I0575324

www.ingramcontent.com/pod-product-compliance
Lightning Source LLC
Chambersburg PA
CBHW020638110726
47899CB00002B/819

9 7 9 8 9 9 3 7 7 0 9 3 2

سفر ایران

جناب کشیش اشلی ویشارد و مستخدم او فتحی

نویسنده

الجین گروزکلوز

مترجم

دکتر بهرام آزاده

سفر ایران

جناب کشیش اشلی ویشارد و مستخدم او فتحی

بخش نخست

فصل نخست

ضربهٔ ملایمی به درب اتاق‌خواب کشیش اشلی ویشارد خورد. ویشارد قبلاً بیدار شده بود.

پاسخ داد بله.

مستخدمش از پشت در پرسید: ارباب، می‌خواهید حالا بلند شوید؟

بله فتحی اشرف، دارم بلند می‌شوم.

متشکرم ارباب. صبحانه‌تان را حالا بیاورم؟

نه، طبقه پائین خواهم خورد.

جناب کشیش اشلی ویشارد دستش را به سمت ساعتش که روی میز کنار تخت بود برد و از عقربه شب‌نمای آن دید که ساعت چهار است. نسیم خنکی پرده‌های دریچه را تکان می‌داد که از پشت آن جالیز خاکستری‌رنگی را نمایان می‌کرد. ویشارد برخاست و به سمت دریچه رفت. بیرون، شب آن حالت بیمناک را داشت که درست قبل از سپیده‌دم به خود می‌گیرد. روی دیوار باغ، درختان صنوبر که تازه جوانه‌زده بودند، در زمینه آسمان منظرهٔ مشبک‌کاری ساخته بودند و بر فرازشان هلال ماه رنگ‌پریده رو به افول بود. هوا آن حالت نرم و لطیف لحظات زودگذر بازگشت قدوم بهار را داشت.

اشلی ویشارد فکر کرد روز باشکوهی در پیش است. خدا مرا خیلی دوست داشته که به چنین کشور شگفت‌انگیزی فرستاده است.

۲

صبح زود از خواب برخاستن مشرق‌زمین را دوست داشت. هم اکنون زمزمه ملایم رفت‌وآمد در خیابان‌ها از پشت دیوار به گوش می‌رسید - هیزم‌فروش‌ها که خرهای خود را با نق‌نق‌های سوزناک به‌پیش می‌راندند، صدای طلق، طلق کرکره‌های دکه‌های نانوایی و سبزی‌فروشی. اشلی به یاد قصر اکبرشاه گورکانی در فاتح پور سیکری[1] افتاد، تالار شرفیابی که امپراتور جلسات مشورتی صبحگاهی خود را مشهور است حتی زودتر از این، می‌گویند ساعت سه صبح، تشکیل می‌داد.

در این حال که کنار دریچه ایستاده و در صفای صبحگاه تأمل می‌کرد در این فکر بود که چطور با طلوع خورشید هر روحی دوباره زاده می‌شود. شادمانه به سفری که آن روز در پیش‌داشت می‌اندیشید که اولین سفر میسیونری[2] او بود، به طور تمثیلی مانند سفر پولس[3] به مقدونیه. سکون سحر با فریاد خوش‌آهنگ لا الله الا الله، محمداً رسول‌الله در هم شکست. آوای بلند مؤذن بود که مؤمنان را به نماز صبح فرامی‌خواند. حی علی الصلوة[4]، حی علی الصلوة، زیرا نماز بهتر است از خوابیدن.

اشلی ویشارد با خود فکر کرد «پرنده‌ای که زود می‌آید کِرم نصیبش می‌شود» و از این ضرب‌المثل اصولاً خلاف انجیلی به خود لبخند زد. سپس هوشیارانه‌تر به فکر تکلیفی افتاد که برای خود تعیین کرده بود. تکلیفی که بدون خواست خدا به‌هیچ‌عنوان قابل‌اجرا نبود: که این مردم را قانع کند که خدای دیگری و پیامبر دیگری به‌جز محمد رسول‌الله را بپذیرند و مسیح را به‌عنوان نجات‌بخش و راه رستگاری ستایش کنند.

از این اندیشه دهانش را کمی محکم‌تر به هم فشرد، لباس‌پوشید و بلافاصله رفت پائین.

مستخدمش فتحی سلام کرد. فتحی گفت امروز روز شاعران است. روزی که شاید سعدی در وصف آن شعری سروده باشد. خدا سفر ما را به خیر کرده.

اشلی به مستخدمش نگاه کرد. فتحی به‌جای کلمه‌الله که مرسوم بود کلمه خدا

---

[1] شهر پیروزی
[2] مُبَلغ مذهبی
[3] پولس رسول
[4] بشتاب بسوی نماز

را بکار برده بود.

اشلی گفت لطف داری فتحی، فکر می‌کنی خدا سفر ما را به خیر می‌کند؟

فتحی گفت: طبیعتاً.

فتحی اشرف مسیحی نبود. با وجودی که دو سال، در واقع از بدو ورود اشلی ویشارد به ایران، در میسیونری خدمت کرده بود هنوز اعتراف به مسلمانی می‌کرد. اشلی او را از میان جمعیت متقاضیانی برگزیده بود که اغلب به دلیل آشنائی به‌رسم انگلیسی‌ها، توصیه‌نامه‌های رنگ‌پریده و پاره‌پوره فرنگی‌هایی را هم که برایشان کارکرده بودند با خود آورده بودند. بعضی هم قابلیت‌های خود را تصنیف‌وار یا باهیبت حماسی بر می‌شمردند. اما او فتحی را انتخاب کرده بود؛ چون جوان بود، خودش هم نسبتاً جوان بود و از یک کلان‌شهر آمده بود، جایی که جوانی امری است ملکوتی. امید و انرژی جوانی را دوست داشت، اضافه بر آن فتحی خیلی باهوش بود و رفتاری آرام داشت و مخصوصاً از یک حس باطنی متوجه حالت شاعرانه، فیلسوفانه و ازخودگذشتگی در او شد که تقریباً از همان ابتدا معلوم بود که او فقط یک مستخدم نیست؛ بلکه خادم وفاداری است که وابستگی‌هایش قلبی است نه مادی.

اشلی علاقه زیادی به فتحی اشرف پیدا کرده بود. علاقه‌ای که فراتر از کشش‌های طبع ذاتاً مهربان او بود. این علاقه در ظرف دو سال مراوده به مرحله‌ای رسیده بود که به نظر می‌رسید فقط مذهب مشترکی کم دارد که به کمال برسد. اشرف مسلمان بود و علی‌رغم بحث‌های فراوانشان در باره دین، تلقین‌های ملایم ولی مداوم میسیونری و توسعه احساس خویشاوندی و رفاقت بین آنها، مسلمان مانده بود. بعضی وقت‌ها اشلی را عمیقاً به تحیر وامی‌داشت که او که به این سرزمین آمده بود تا انجیل را تبلیغ کند و مردم را به آئین مسیحی درآورد، حتی مستخدم خود را که هر روز با او زندگی می‌کند و بین آنها صمیمیت نسبتاً خوبی هم وجود دارد، نتوانسته است تحت‌تأثیر قرار دهد. گاهی اشلی را نسبت به توانائی‌های روحانی خود و اینکه او واقعاً فرستاده برگزیده‌ای بود به شک می‌انداخت...

بنابراین، چون خیلی دلش می‌خواست بداند شاید نوری بر فتحی اشرف تجلی کرده باشد پرسید: طبیعتاً؟

فتحی گفت: طبیعتاً. شما کار خیر انجام می‌دهی که برای بیماران شفا و

برای افراد سالم سخنان محبت‌آمیز می‌آوری و به مردم نیکویی و احسان و برادری می‌آموزی.

اشلی وسوسه شد بپرسد: اما نه حقیقت؟ ولی نپرسید. نمی‌خواست فتحی را در این موقع با مباحثات دینی ناراحت بکند. در عوض پرسید محبوب آمده است؟

فتحی گفت: محبوب متأسفانه متمایل است که از گل تقلید کند که گرچه در زمره دوست‌داشتنی‌ترین مخلوقات خدا است، در بهار اول‌ازهمه بیدار نمی‌شود.

اشلی خوشش آمد که فتحی هرگز در مورد اشخاصی که برای آنها احترام قائل است کلماتی مانند تنبل بکار نمی‌برد و محبوب حق داشت مورداحترام باشد. او تنبل بود؛ اما یک شوفر بود. او – حداقل به‌اندازه هر آدم شرقی – از طرز کار اتومبیل سر در می‌آورد و این، در میان مردمی که در آن موقع در باره ماشین‌آلات بیدار شده و مشتاقانه خواهان موهبت‌های اختراعات مکانیکی بودند، احترام زیادی برایش کسب می‌کرد.

اشلی تصمیم داشت حداقل تا آنجائی که ممکن بود با اتومبیل مسافرت بکند. علاقه چندانی به حمل‌ونقل موتوری نداشت؛ ولی در عوض عاشق جست‌وخیز اسب پارسی بود. اما اتومبیل باعث می‌شد مردم دور او جمع شوند و به پیام او گوش بدهند. در هر دهی با شنیدن صدای ماشینی که داشت نزدیک می‌شد، مردم تمام کارها را رها می‌کردند و جمع می‌شدند که این وسیله عجیب‌وغریب را که به‌خودی‌خود حرکت می‌کرد تماشا کنند. وقتی‌که آنها خیره و مجذوب ورشو، رنگ براق، چرخ‌ها با تایر لاستیکی و شیشه جلو آن می‌شدند او شروع می‌کرد به موعظه و از ماشین که قدرت پنجاه اسب داشت به‌عنوان سمبل قدرت روحانی مسیح استفاده می‌کرد.

اشلی درحالی‌که چای را نوشید و نان نازک و عسل را که فتحی جلواش گذاشته بود خورد، پرسید ما فقط منتظر محبوب هستیم؟

فتحی گفت: همه چیز حاضر است به‌جز وسایل صورت‌تراشی شما که اگر آماده است الان می‌روم بیاورم.

اشلی بلند شد و گفت جعبه پزشکی را خودم می‌آورم. می‌خواهم مطمئن بشوم که همه چیز مرتب است. بسته اضافی الکل جامد داریم؟

فتحی گفت: همه را قبلاً گذاشتم تو ماشین.

پس برو ببین اگر می‌توانی محبوب را بیدار کن.

بعد از رفتن مستخدم، اشلی به داروخانه رفت و جعبه پزشکی را برداشت، به‌دقت آن را بررسی کرد که مطمئن بشود تمام ابزارها سر جای خودش است و تمام شیشه‌های داروئی پر هستند. جناب کشیش اشلی ویشارد فارغ تحصیل پزشکی هم بود و در جراحی هم قدری تجربه داشت.

همچنان که تروفرز حرکت می‌کرد با خود می‌اندیشید کمتر کسی هست که از لحاظ تکنیکی، بهتر از او آماده گسترش انجیل و توسعه ملکوت خدا باشد. از لحاظ شخصی در اوج سلامت و در عنفوان جوانی بود، تازه سی‌ساله شده بود (سنی که مرشد او کشیش شدن او را مطرح کرده بود). از لحاظ مقام علمی، از جانب کلیسا تأیید شده بود و صاحب تحصیلات کتب مقدسه (تورات و انجیل) در زبان‌های اصلی و تسلط بر تفاسیر محققین و علمای ربانی بود. علاوه بر این فارغ‌التحصیل پزشکی بود و معلومات او در این حرفه از بقراط تا کاربرد چراغ‌های اشعه بنفش[5] را در بر می‌گرفت. (او قبول داشت که طب بقراطی و ترموتراپی[6] تفاوت چندانی با هم ندارند مگر در تکنیک). به‌اضافه او ناچار نبود مانند پولس نگران جمع‌آوری اعانات باشد؛ زیرا یکی از ثروتمندترین کلیساهای نیویورک مخارج کارهای او را تأمین می‌کرد. در امر مشاجره با اپولوس[7] هم جای نگرانی نبود؛ چون در این کار تنها بود. پدر روحانی او و فرشته مالی جناب کشیش دکتر جرج وینتراپ بود که چنان‌که همگان می‌دانستند در امور روحانی تنها طی طریق می‌کرد و کلیسای مادر یعنی «کلیسای عصر» – اشلی اغلب فکر کرده بود چه اسم بجایی – مستقل از وابستگی‌های فرقه‌ای بود.

درحالی‌که محبوب دیر می‌کرد، اشلی ویشارد بررسی نهائی از زمین و ساختمان میسیونری را انجام داد. در نور شفق دیوارهای سفیدکاری شده جذاب و ظریف و باغ‌ها دلنشین و معطر بودند. اشلی از ساختمان پزشکی گذشت و به مدرسه رسید که یک‌طبقه آن هنوز ناتمام بود و بعد به کتابخانه

---

[5] وسیله قدیمی و از مد افتاده طبی که در اوائل قرن بیستم برای الکتروتراپی مورد استفاده قرار میگرفت

[6] گرما و سرما درمانی

[7] کلیمی مسیحی اهل اسکندریه قرن اول میلادی که در انجیل از او یاد شده هم عصر پولس رسول

ـ که چنین نامیده می‌شد گرچه هنوز کتابی در آن نبود ـ و از میان میدان تفریحات فراتر رفت.

تمام میسیونری در دو سال گذشته ساخته شده بود و برق و جلای تازگی از همه جای آن ساطع می‌شد. اشلی اکنون آنجا را بدون سرنشین، تحت سرپرستی حبیب قاپوچی[8] رها می‌کرد. حدس می‌زد تمام فصل بهار از آنجا دور باشد و با سررسیدن گرمای تابستان به هوای خنک اینجا پناه بیاورد. سفر او در یک گستره وسیع در فاصله زیاد به سمت شمال و غرب از میان مناطق و مناظر متنوع، کوه‌ها و دشت‌ها و اقلیم‌هایی خواهد گذشت که برای ساکنین آن بشارت عیسی مسیح هرگز موعظه نشده یا به سستی شده.

محبوب بالاخره پیدایش شد و با شتاب و سروصدای زیاد اخطار کرد قبل از آنکه خیابان‌ها با ترافیک شلوغ بشوند باید راه بیفتند. باروبنه در اطراف ماشین پراکنده شده بود و او شروع به بار زدن کرد. صندوق‌عقب که به‌آسانی قابل‌دسترسی بود مخصوص ملزومات پزشکی، تراکت‌ها و ترجمه‌های انجیل؛ یکی از تخته رکاب‌ها مخصوص تشک و تختخواب سفری و دیگری مخصوص حلب‌های بنزین و روغن. فضای خالی صندلی جلو برای بقچه‌های محبوب و فتحی؛ صندلی عقب برای اشلی، فتحی، یک تشک دیگر و کوله‌پشتی اشلی.

همه چیز را بار زدند غیر از فیلم سینمائی و آپارات که بزرگ و سنگین بودند و به نظر می‌رسید نمی‌شود آنها را جا داد. فیلم توسط انجمن بهداشت تهیه شده بود که یک روز از زندگی یک زن خانه‌دار را نمایش می‌داد. هدف این بود که نشان بدهد چگونه می‌توان بانظافت از بیماری پیشگیری کرد. انجمن آن را بدین منظور فرستاده بود که احتمالاً وسیله‌ای بشود برای ترویج نظافت در بین شرقی‌ها (النظافة من الایمان) و اشلی آن را چندین بار در سالن تفریحات میسیونری نشان داده بود. همیشه جمعیتی را جلب کرده بود و چنین می‌نمود که مردم از آن خسته نمی‌شوند؛ ولی معلوم نبود تأثیر چندانی کرده باشد. بانوی خانه‌داری که کارهایش نمایش داده می‌شد در یک مجتمع آپارتمان سمت مشرق زندگی می‌کند که در آمریکا امری است کاملاً ابتدائی ولی برای ایرانی‌ها مطلقاً ناشناخته است. ایرانی‌ها درباره چیزهایی مثل سطل‌آشغال که می‌بایستی سرپوش داشته باشد، یا بطری شیر که باید فوراً به داخل آورده شود و مگس‌کش برای زدن مگس،

---

8 قاپوچی (ترکی) یعنی حاجب، دربان، بواب، آذن (دهخدا)

یا دستشویی چینی که باید با محلول سودا شستشو شود چیزی نمی‌دانستند. آنها دوست داشتند فیلم را ببینند؛ زیرا نشان می‌داد فرنگی‌ها چگونه زندگی می‌کنند؛ ولی به «نتیجه اخلاقی» آن اصلاً توجه نمی‌شد.

درحالی‌که محبوب و فتحی تکاپو می‌کردند باروبنه را جابه‌جا کنند، اشلی گفت من فکر می‌کنم فیلم را همین‌جا بگذاریم.

محبوب که فیلم را دیده بود گفت: خوب، صاحب. هیچ فایده‌ای برای مردم ندارد. چشمشان را خسته می‌کند و آنها را برای چیزهایی که ندارند به حسرت می‌اندازد.

فتحی اشرف دستگاه را کشان‌کشان برگرداند داخل منزل و محبوب اطراف ماشین دور زد و تسمه و بندها را محکم کرد.

اشلی پرسید موتور درست کار می‌کند؟ اتومبیل خوبی بود، یکی از بهترین مدل‌های آمریکائی، هدیه خصوصی به «میسیونری عصر» از جانب یک سازنده اتومبیل، عضو کلیسای وینتروپ، و اشلی متوجه شد که محبوب زیر کاپوت را نگاه نکرد.

محبوب استارت زد و گاز را فشار داد و با قاطعیت گفت مثل بلبل میخونه. صدای غرّش از اتومبیل بلند شد.

همان‌طور که گفتم درست به انجین رسیدی؟

محبوب خیلی ملایم به حالت آدمی که به او برخورده گفت: البته، صاحب. داخل آن مثل سوسن تازه شکفته تمیز است. محبوب کار اتومبیل را در کارگاه انگلیسی‌ها در بغداد یاد گرفته بود و به مهارت‌های خود می‌بالید. مایلید نگاه کنید؟

چرا؟! نه محبوب. فقط کمی نامنظم صدا میده.

محبوب خیالش راحت شد.

با بی‌خیالی توضیح داد به علت هوای صبح است، صاحب. اتومبیل مثل آدم است که موقع بیدارشدن سرفه و عطسه می‌کند.

اشلی با نگرانی پرسید تایرها را امتحان کردی؟

نمی‌خواست هیچ اتفاقی بیفتد.

ببینید چه محکم است، مثل عضلات یک پهلوان.

خیلی خوب. میخوای راه بیافتیم؟

اشلی ویشارد نشست روصندلی قسمت عقب[۹] فتحی اشرف بغل دستش و محبوب روصندلی راننده. محبوب کلاچ را بی‌محابا رها کرد و اتومبیل با تکان شدید در راهرو شنی به راه افتاد.

جلو در ورودی ایستادند و اشلی با حلیب صحبت کرد و قبل از خداحافظی سفارشاتی را به او گوشزد کرد.

حلیب پرسید کی بر می‌گردید، صاحب؟

بخواست خدا اوائل تابستان.

انشاءالله، و خدا روزهای آفتابی و شب‌های مهتابی به شما عطا بفرماید.

---

[۹] Tonneau

فصل دوم

اما چطور شد که «میسیونری عصر» تأسیس شد؟ چگونه سروکار جناب کشیش اشلی ویشارد به ایران افتاد؟ و چرا این سفر را آغاز کرد؟ برای پاسخ به این پرسش‌ها لازم است مطالبی راجع به جناب کشیش جرج پییرس وینتروپ و «کلیسای عصر» بگوئیم؛ زیرا اینها نه‌تنها «میسیونری عصر» بلکه تا حد زیادی حضور جناب کشیش اشلی ویشارد در ایران و وضعیت افکارش را توجیه می‌کند. بعد از آن می‌شود «کلیسای عصر» و همچنین جناب کشیش جورج پییرس وینتروپ را به فراموشی سپرد. زیرا وینتروپ چنان شخصیت نافذ و برجسته‌ای بود که اگر قرار بود او وارد صحنه بشود، مطمئناً جایی برای کشیش اشلی ویشارد باقی نمی‌گذاشت.

وینتروپ به طور خلاصه شهرتی واقعاً شگرف داشت. موعظه‌هایش در رادیو، آمریکا را طوفان وار درگرفته بود. آنچه او را مقاومت‌ناپذیر می‌کرد، علاوه بر جثه عظیم، سرزندگی غریزی و عشق بی‌پایان به مردم، مفهوم «ملکوت آسمان» او بود. او مشتاقانه معتقد به «ملکوت آسمان» در زمین بود، و روایت اجتماعی قدرتمند و جذابی از انجیل موعظه می‌کرد. این روایت اجتماعی از انجیل بود که قبل از آنکه سایر کلیساها به او برسند و «کلیسای عصر» را تأسیس کنند او را سال‌ها در طریق منحصربه‌فرد خودش متمایز ساخته بود.

او به انجیلی اجتماعی اعتقاد داشت و آن را موعظه می‌کرد و باوجود یکه ثروتمندترین و فعال‌ترین عضو کلیسای او شخص کِیلِب ج. تورنتون بازرگان مهم کشتیرانی بود، لزوم نوعی عدالت اجتماعی را موعظه می‌کرد که در نظر بسیاری از محافظه‌کاران با کمونیسم تفاوتی نداشت و حتی با خوش‌بینانه‌ترین تفسیر هم تهدید عمده‌ای نسبت به مبانی اکثر ساختارهای اقتصادی روز بشمار می‌رفت. او طرفدار اصلاحیه قانونی برای کودکان کار و بازنشستگی برای سالمندان، مخالف ربح و کل سیستم اعتباری، موافق طرح مسکن و مالیات‌برارث و بهبود استانداردهای زندگی برای توده‌های مردم بود. از همه مهم‌تر شدیداً معتقد به دستاوردهای علم و تکنولوژی بود و می‌خواست که فوائد آنها را به طور گسترده‌ای توسعه دهد. او می‌خواست که در هر گاراژ یک ماشین، در هر قابلمه یک مرغ و در هر خانه یک ماشین رختشویی باشد.

به‌قدری پیشرفته یا برحسب نقطه‌نظر اشخاص، رادیکال بود که فرقه خودش مدت‌ها پیش نسبت به او بی‌اعتماد شده بود. قشر محافظه‌کار از مبارزه او برای اموری که به نظر آنها نظم حاکم را به هم می‌ریخت منزجر بودند. روحانیت محافظه‌کار فکر می‌کرد که او فراتر از قلمرو کلیسا پا می‌نهد که باید انجیل رستگاری را موعظه کند، یعنی اخلاقیات و مذهب را موردتوجه قرار دهد، نه سیاست و اقتصاد را. دیگرانی هم بودند که اعتقاد خاصی نداشتند؛ ولی فکر می‌کردند رهبری او کمک‌های مالی به کلیسا را به مخاطره می‌اندازد و خیلی از اعضاء عامی صاحب‌نفوذ شروع به اعتراض کرده بودند و تهدید که اگر این‌گونه دخالت‌های بی جای کلیسا و کشیش‌ها تحمل بشود اعانات خود را متوقف خواهند کرد.

اسقف گفتگوهایی با وینتروپ ترتیب داده بود و وینتروپ موافقت کرده بود که بی‌سروصدا استعفا بدهد. این کار شجاعانه‌ای بود؛ زیرا کشیشی که از حمایت یک سازمان برخوردار نباشد این روزها چیز خیلی اسفناکی است. ولی خداوند کارهای شگفت‌انگیزش را از راه‌های معجزه‌آمیز به انجام می‌رساند. کیلب ج. تورنتون که از این اختلاف‌نظر مطلع شده بود – زیرا پنهان نمانده بود؛ بلکه ستون‌های مطبوعات را اشغال کرده بود – نزد وینتروپ رفته و پیشنهاد داده بود که در قسمت بالای خیابان پارک، کلیسایی برای او بسازد (حداقل با پیش‌گام شدن در لیست اعانات از آن حمایت کند).

بعضی‌ها – آن‌هایی که او را نمی‌شناختند – گفتند کیلب ج. تورنتون شخص منفی‌بافی[10] است و با ساختن کلیسا در مرکز کاپیتالیسم می‌خواهد پوچی آن را برایشان به نمایش بگذارد تا نفوذ اجتناب‌ناپذیر محیط را علناً اظهار و به آن اعتراض کنند و بالاخره تسلیم آن شوند. دیگران گفتند که آدم ریاکاری است که می‌خواهد با یک‌دست صدقه بدهد و با دست دیگر از مردم بدزدد. عده‌ای هم گفتند او آدم متکبری است و می‌خواهد قدرت‌نمایی بکند. اگر او به کلیسا تعلق نداشت، دست‌کم کلیسا به او تعلق داشت و کاملاً در اختیار او بود که هرچه او می‌خواست برایش انجام می‌داد. بعضی دیگر هم می‌گفتند او به دنبال شهرت است و اسم طلاکاری شده او در صدها بندر و هزار شهر آمریکا برایش کافی نیست. او دائماً در هوس عناوین تازه است. اما اگر اینها صحت داشت کیلب ج. تورنتون خیلی دلخور می‌شد؛ زیرا اسم وینتروپ نیرومند و دینامیک بود که تیتر عمده اطلاعیه‌های مطبوعاتی

---

[10] Cynic آدم بدبین، کلبی، پیرو مکتب کلبیون

عمارت و جماعت جدید «کلیسای عصر» را تشکیل می‌داد.

حقیقت این است که وینتروپ که تورنتون را بهتر از هر کس دیگری می‌شناخت می‌توانست شهادت بدهد که تورنتون به روش خودش شخصی بود عمیقاً مذهبی. تورنتون که از راه‌های موردقبول روزگار خود به ثروت و شهرت رسیده بود که خیلی از این راه‌ها چندان روشن و منزه نبود به نقطه‌ای رسیده بود که نسبت به روش‌های خود و کل سیستمی که تشکیلات تجاری‌اش در آن متمرکز شده بود بی‌اعتماد شده بود. نه‌تنها شخصاً مشوش و نادم شده بود؛ بلکه نسبت به کل نظام اقتصادی هم بدگمان و بی‌اعتماد شده بود. تنها دلیلی که قید تمام ثروت کلان خود را نزده بود این بود که می‌دانست نمی‌تواند کشتی‌هایش را بشکند و بین فقرا تقسیم کند. او یک امپراطوری تجاری در اختیار داشت و به این نتیجه رسیده بود که اگر خودش را کنار بکشد امپراتوری‌اش از هم می‌پاشد و برای هزاران نفری که برای هدایت و معاش به او امید بسته بودند مصیبت به بار می‌آورد. یا به دست افرادی کم‌هوش‌تر، طمع‌کارتر و کمتر به فکر مردم می‌افتد.

تورنتون در انجیل وینتروپ فرصتی می‌دید که بتوان جهانی از نو ساخت بدون اینکه لازم باشد ابتدا آن را در هم کوبید ازاین‌رو وینتروپ را حمایت کرد، برای کلیسای‌ش به او پول داد، سر کلاس روزهای یکشنبه مخصوص امور دینی نشست و از هر طریقی تمام نفوذ و اعتبارش را در خدمت او گذاشت. ولی هیچگاه حتی به‌صورت اعمال‌نظرهای نامحسوس تحسین یا تفسیر، در آنچه وینتروپ هنگام موعظه می‌گفت دخالت نکرد.

مع‌هذا در مورد «میسیونری عصر» نفوذ کیلب ج. تورنتون حی حاضر بود. وینتروپ ایده حمایت «کلیسای عصر» از یک میسیونری را پیشنهاد کرده بود – گفته بود هیچ کلیسائی که فراتر از محدوده خود را در نظر نمی‌گیرد نمی‌تواند به حیات خود ادامه دهد، و منظور او از محدوده آمریکا بود نه خیابان پارک یا نیویورک – و تورنتون موافقت کرده بود ولی به‌عنوان یک پیشنهاد اضافه کرده بود که میسیونری هم در میدان عمل، بایستی مانند «کلیسای عصر»، از تشکیلات فرقه‌ای مستقل باشد.

وقتی‌که داشتند روش‌ها و تخصیص منابع را بررسی و بودجه لازم را تعیین می‌کردند، تورنتون با خرناسی حاکی از عصبانیت گفت البته بایستی خوب مجهز باشد آن‌سان که برازنده یک ملت مسیحی ثروتمند است. میسیونری باید سفارت امریکای مسیحی باشد و شخص میسیونر سفیر آن، و داوطلب

شد که مخارج ساختمان و تجهیزات میسیونری را تأمین کند به شرطی که کلیسا حقوق کشیشی را که اعزام می‌شود بپردازد.

هرچند که تورنتون نسبت به مبنای اخلاقی نظام اقتصادی مشکوک بود؛ اما به‌سلامت دستاوردهای آن اعتقاد راسخ داشت.

می‌گفت آنچه این کشورهای عقب‌مانده نیاز دارند (او از اصطلاح «کشورهای کافر» یا «کشورهای غیرمسیحی» استفاده نمی‌کرد) بیمارستان، مدرسه، تعلیمات صنعتی، مؤسسات علمی برای اقتصاد، حمل‌ونقل است.

کیلب تورنتون سال‌های اوائل زندگی‌اش را در ساحل چین گذرانده بود و بجای اهانت به «چین کافر» نسبت به فقر آنها احساس همدردی عمیقی می‌کرد، و با آگاهی از امساک ذلت وار و پشتکار طبقات روستائی، همدردی‌اش بیشتر می‌شد. به نظر او به علت فقدان تشکیلات علمی تولید ثروت که میراث غرب بود – و هدیه غرب به شرق، این‌همه پشتکار، تحمل سختی و امساک بی‌نتیجه می‌ماند.

کیلب تورنتون ترجیح می‌داد که میسیونری در چین شروع بکار می‌کرد، کشوری که او تمام سواحل دریائی‌اش را خوب می‌شناخت، نه در ایران که او نمی‌شناخت. ولی وقتی‌که وینتروپ توضیح داد که حوزه عمل در ایران آزادتر است، و کمتر با میسیونری‌های سایر فرقه‌ها اشغال شده، رضایت داد. مع‌هذا وینتروپ و تورنتون در مورد دامنه و اهداف کار در توافق کامل بودند.

بنابراین، اشلی ویشارد با مفاهیم بیمارستان و بهداشت، تعلیمات صنعتی، اجتماعی‌کردن فرصت‌ها، به طور خلاصه تمدن مسیحی مدرن با تمام توانائی‌های پویای آن، اشتیاق شگرف آن برای برادری واقعی بشر که به مغز او فروکرده بودند بود همراه با دعاهای خیر، تلگراف‌ها و هدایای سفر اعضای «کلیسای عصر» از آمریکا با کشتی براه افتاد.

ایده‌هایی را هم که اشلی ویشارد در ذهن می‌پرورید ولی هنوز درست شکل نگرفته بود بایستی به اینها اضافه کرد. آن ایده‌ها هنوز در کار او مقادیر نامعلومی بودند؛ اینها در پایان دو سالی که ساختمان میسیونری و آموختن زبان فارسی را به پایان رسانده بود، هنوز تا حدودی نامعلوم بودند، و زمان آن فرارسیده بود که کار تبلیغ مسیحیت را فعالانه آغاز کند.

اشلی ویشارد توسط وینتروپ برای این کار دست‌چین شده بود. نه اینکه اشلی ویشارد شخص دنباله‌روی بود؛ بلکه دقیقاً به‌خاطر خصلت‌های مردانه، شخصیت پویا، اشتیاق زیاد و انرژی خستگی‌ناپذیر او بود. اشلی ویشارد قبل از آنکه کلیسای عصر تأسیس بشود، در کلیسای دکتر وینتروپ واقع در قسمت پائین خیابان پنجم دانشجوی کشیشی، یا دستیار، بود. در آن زمان وینتروپ هنوز موردعلاقه و احترام فرقه خودش بود و ویشارد هم در مدرسه علوم دینی بالای شهر دوره علوم الهی را طی می‌کرد. ویشارد از اوان زندگی، خودش را وقف مسیح کرده بود و پس از پایان مدرسه مقدماتی تحصیلات کشیشی را شروع کرد. اما او مُبلغ خوبی نبود، حالا یا به دلیل اینکه پر شور و نشاط سخن نمی‌گفت یا اینکه منطق قوی نداشت. او در سازماندهی و وظایف کشیشی خیلی خوب بود و خیلی زود نقطه قوت خود را تشخیص داد.

در این موقع تحت نفوذ وینتروپ به برداشتی اجمالی از معنی انجیل اجتماعی دست‌یافته بود و ترجیح می‌داد بجای کشیشی، وارد خدمات اجتماعی یکی از میسیونری‌های مرکز شهر بشود. احساس می‌کرد تحصیلاتش برای این کار کافی نیست و به‌منظور تعلیمات عملی بیشتر به کالج برگشت. امکان داشت دوره‌هایی در جامعه نشناسی انتخاب کند؛ ولی قبلاً مهارت‌هایی در آزمایشگاه بیولوژی از خود بروز داده بود و وینتروپ را که اغلب می‌دید رشته پزشکی پیشنهاد کرده بود. این به معنی چهار سال بیشتر درس‌خواندن بود؛ اما اشلی هنوز جوان بود و وینتروپ مؤکداً معتقد به پایه محکم. (خود وینتروپ دارای درجه دکترا از هایدلبرگ بود) [11] و این‌چنین بود که اشلی ویشارد که سال‌های طولانی تحصیلات رسمی را تمام کرده و بالاخره آماده بود که وارد حرفه موردعلاقه‌اش بشود، «کلیسای عصر» تصمیم به برنامه متهوّرانه ایران گرفت و کاملاً طبیعی بود که وینتروپ، ویشارد را انتخاب کند و ویشارد هم بپذیرد.

طرح‌ریزی مشخصات فیزیکی کار با همان قدر توجه به تدارکات دقیق که در انتخاب ویشارد بکار رفته بود به‌پیش برده شد. میسیونر جوان را بدون کارمند یا بودجه اعزام نکردند. انتخاب شهر، مذاکره در باره زمین، طراحی معماری، تجهیزات، تمام اینها یک سال طول کشید تا اینکه اشلی به محل مأموریت فرستاده شد.

---

[11] Ph.D

اشلی پس از ورود ضمن اینکه کار ساختن ساختمان‌های میسیونری پیش می‌رفت، دو سال تمام صرف آموختن زبان، ادبیات و رسوم کشور کرد. تمام ساختمان‌ها با طراحی‌های یک آرشیتکت مشهور آمریکائی اجرا شد که فرم‌های زیبای اسلامی را با نیازهای روش‌های میسیونری مدرن هماهنگ کرده بود. ساختمان پزشکی با تجهیزات برای پنجاه تخت، به دو بخش تقسیم می‌شد که با یک سالن از هم مجزا می‌شدند و بر فراز هر بخش یک گنبد باشکوه قرار داشت. طرح و تهیه کاشی گنبدها در هلند اجرا شده بود (روش پخت کاشی ایرانی به نظرشان ناکارآمد آمده بود). کاشی‌ها مخصوصاً طوری طراحی شده بودند که موتیف‌های گل ایرانی با «عصای اسقلبیوس» ۱۲ و صلیب در هم می‌آمیختند. علاوه بر کاشی‌ها مقدار زیادی الوار هم وارد کردند؛ چون فکر می‌کردند سپیددارهایی که مردم محل بکار می‌بردند خیلی شکننده است و نمی‌شود از آنها برای تیر سقف یا ستون استفاده کرد. حتی گچ را بار شتر از اسپهان در فاصله دویست میل آوردند؛ زیرا معمار با تحقیقات آزمایشگاهی که انجام داد، نتیجه گرفت که گچ اسپهان خیلی بهتر از گچ محلی است.

همان دقت عمل موشکافانه و همان اراده که هر چه می‌سازی باابهت، ماندگار و استادانه باشد، در ساخت سایر عمارت‌های مجتمع یعنی مدرسه، کتابخانه و خانه مسکونی اشلی حاکم بود. خود زمین‌ها به همه چیز هیبت خاصی می‌بخشید. اینها قبلاً متعلق به یکی از ثروتمندترین خوانین شهر بود و ازنقطه‌نظر تناسب و محیط باشکوه بود. مهندسین گل‌کاری و محوطه‌سازی محل - که حتی مهندسین «لانگ ایلند» هم به‌پای آنها نمی‌رسیدند - باغی دلپذیر با یک استخر بازتابی در فضای جلو خانه اشلی ساخته بودند. بالاتر از آن، زمین‌های مخصوص نیازهای ساختمانی آتی به طور دست‌نخورده و دلپذیری به حال خود رها شده بودند. یک فضای صاف مرتفع و مسلط در عقب برای کلیسا در نظر گرفته شده بود که بعداً ساخته بشود. ممکن است عجیب به نظر برسد که امر مهمی چون میسیونری بدون کلیسا آغاز بکار کند. اما البته مسیحی به‌جز ارامنه و نسطوری‌ها وجود نداشتند و هنوز نیازی به کلیسا نبود. مردم را باید اول با خدمات پزشکی و تعلیم‌وتربیت به‌سوی مسیح گرایش داد و سپس در وقت مناسب به کلیسا. اشتیاق به مسیحیت باید مثل کوره تفتان باشد؛ یعنی تبلوری آرام، استوار، مداوم. این استعاره از دکتر وینتروپ بود.

<hr>

۱۲ نماد حرفه پزشکی

این‌چنین بود که کار به وضع کنونی‌اش انجامید. ابتدا طرح تکوین یافت، سپس نوشته شد و بعد با صبر و حوصله به اجرا گذاشته شد. با همان قدرت روحی تسلیم‌ناپذیر که یک سد عظیم یا یک تونل زیر رودخانه، از رؤیا به مصوبه کنگره، به تعیین مشخصات، قراردادها و بالاخره به ساخته‌شدن می‌انجامد.

اما مثل ساختن سد که آخرین چیزی که کار گذاشته می‌شود دیناموی برق است، در مورد میسیونری عصر هم دیناموی انسانی آن آخر از همه پدیدار گشت. اشلی ویشارد کارش را تنها آغاز کرد. او هم مانند «پولس» [۱۳] عشق انسانی را لمس نکرده و مجرد بود. همراه و همکاری هم نداشت. فقط یک میسیونر بر این مجموعه باشکوه ساختمان‌ها نظارت می‌کرد. شاید این نقصی در طرح بود، شاید هم نه. دکتر وینتروپ آن را این‌گونه نمی‌دید. اگر یک کار فیزیکی مدت‌ها طول می‌کشد تا طرح و برنامه‌ریزی و تکمیل بشود، شخصیت انسان چقدر بیشتر؟ اشخاصی که روحاً و جسماً آمادگی آن را داشته باشند که به سرزمین‌های دوردست بروند و انجیل مسیح را موعظه کنند تعدادشان کم‌اند. تربیت داوطلبان طول می‌کشد. دکتر وینتروپ مایل نبود کسی را که به‌خوبی کل طرح بنیاد محکمی نداشته باشد به «میسیونری عصر» بفرستد. او انسانی بود با ایمانی خارق‌العاده. چون خانه‌اش را ساخته بود، اعتماد داشت که خدا سرنشینانش را تأمین خواهد کرد. وظیفه او آن بود که تخم را بکارد و آن را خوب بکارد. خداوند وسعت عنایت می‌کند. به‌تدریج که کار به نتیجه برسد، داوطلبان، معلمین برای مدرسه، پرستارها و دکترها برای بیمارستان و واعظین انجیل پیدا خواهند شد. او و اعضاء «کلیسای عصر» می‌توانند خوب صبر کنند. «میسیونری عصر» به‌موقع خود در این خاک ایران با همه زیبائی و قداستش شکوفا خواهد شد...

اما چرا اشلی ویشارد که در شهر اسدآباد که میدان ثمربخشی برای ترویج است، هنوز درست مستقر نشده باید به سفر میسیونری برود، سؤالی است به جا و جالب. یک راه پاسخ‌دادن در این است که پرسید اصولاً چرا آمریکا را ترک کرد حال‌آنکه آنجا کار ترویج میسیونری خیلی موردنیاز است. اما پاسخ به سؤال شاید تا حدودی در این باشد که این سفر بخشی از آماده‌سازی جناب اشلی ویشارد برای کار میسیونری بود. او در ظرف دو سال گذشته آداب‌ورسوم مردم را مطالعه کرده بود؛ ولی تماس‌های واقعی

---

[۱۳] پولس رسول Paul the Apostle

او محدود به شهر و دهات اطراف بود. مرشد او دکتر وینتروپ، مؤکداً از او خواسته بود که به این سفر برود و تحقیقات خود را تا سرحدّ امکان وسیع و تمام‌وکمال به انجام برساند. تا حدودی هم به دلیل اینکه در سنت حواریون بود. «پولس» اولین کسی بود که بذر را در اکناف پراکنده کرد. شاید خواست خدا در این بود که مطمئن‌ترین و پرثمرترین راه تکثیر، پخش‌کردن باشد نه گلخانه.

شاید هم تصور شود اشلی ویشارد به دلیل یک اشتیاق درونی و حیاتی روحی بود که به این سفر می‌رفت. امکان داشت که این عمارت‌های بزرگ و باشکوه خالی از انسان همچون یک نمای همیشه حاضر بی‌حاصلی او را افسرده می‌کردند؟ امکان داشت او احساس می‌کرد این وسایل مادی که او را احاطه کرده بودند روحش را بی‌اهمیت می‌کنند؟ ممکن است این سؤال را از خود بکنیم. ولی می‌توانیم هم مطمئن باشیم که اشلی ویشارد تحت نفوذ یک‌شور و شوق میسیونری واقعی بود، عشق به مسیح، اشتیاق به انجیل او، ایمان تزلزل‌ناپذیر به اهداف او و اعتماد کامل به رهنمون او. ما همچنین به خصلت‌های ذاتی او اعتماد داریم که انسانی بود مهربان، خیرخواه، بانشاط و سرزنده، باملاحظه و فروتن. این مشخصات، انسان را از ایمنی دیوارهای حصارش بیرون می‌کشد تا در راه آنچه باور دارد به هر ماجرائی تن دهد.

فصل سوم

خورشید بر فراز تپه‌های مشرق سر برمی‌کشید که اتومبیل حامل جناب کشیش اشلی ویشارد، مستخدمش فتحی و شوفر او محبوب از دروازه شهر خارج و وارد شاهراه همدان شد. در بالای دروازه، نوازندگان طبق یک سنت باستانی به پیشواز طلوع آفتاب بوق‌وکرنا و سنج و نقاره می‌زدند. هوا تازه بود و روز نوید می‌داد که طلائی باشد. جاده، صاف و سفید بسان یک نوار، در دشت و در فراز و نشیب کوهستان می‌پیچید.

اشلی دوست داشت صبح‌ها به حال تفکر و تعمق فرورود که او را غرق نشاط و صفا می‌کرد. اما یک‌صدای جوش مانند غیرمعمول در انجین اتومبیل افکار او را به هم می‌ریخت.

از روی صندلی اتومبیل به جلو خم شد و از محبوب پرسید همان‌طوری که گفته بودم شمع‌ها را تمیز کردی؟

طبیعتاً، صاحب. موتور قبراق است، مثل یک نره اسب. ایناها و حسابی گاز داد و اتومبیل به‌سرعت پیش رفت.

اشلی فعلاً خیالش راحت شد و برگشت گوش بدهد به حرف‌های فتحی.

جادهٔ خیلی قدیمی، ارباب. بگویم چقدر قدیمی؟ بله. توسط خسرو ساخته شد. خسرو اول که قبل از خسروی بود که یونانی‌ها او را سیروس می‌نامند. داریوش – همان داریوش انجیل – از همین جاده رفت وقتی که رفت بابل را فتح کند، سرزمین بین‌النهرین و کشور مصر و اسکندرخان، همان الکساندر یونانی‌ها، از همین راه عبور کرد، و خیلی‌های دیگر.

اشلی دوست داشت به این موضوع فکر کند تا افکارش را با یاد شخصیت‌های بزرگ گذشته مشغول سازد. تمام این فاتحان کاروان‌سراهای خود را زیر این آسمان برپا کرده بودند و همه یک‌به‌یک، این زمین و این کوه‌ها را دست‌نخورده و به حال خود گذاشتند و بیرون خزیدند.

دوست داشت به بقایای بنی‌اسرائیل که از تبعید بر می‌گشتند بیندیشد، یحتمل که در طول همین راه افتان‌وخیزان می‌رفتند، و پیک‌های شاهنشاه کبیر در همین راه نفس‌نفس‌زنان به‌سرعت می‌تاختند تا به امر استر از کشتار یهودیان جلوگیری کنند... در همدان آرامگاه استر و مردخای را خواهد دید که

زیارتگاه یهودیان است. بعضی باستان‌شناسان معتقدند همدان مقر کاخ آپادانای شوش است.

شاید، توماس قدیس، حواری کلیسای آسیا نیز در مسیر خود به ارومیه از همین راه عبور کرده باشد که طبق حدیث، در راه سفر به مُلک ختای هنگام گذر از دریاچه ارومیه، همچون خداوندگارش روی آب راه رفت. (اشلی می‌دانست که آب این دریاچه از دریاچه یوتا[۱۴] شورتر است، بنابراین به‌سادگی می‌توان روی آب شناور ماند و این‌گونه احادیث جعلی به حقیقت تعالیم مسیحی بیشتر لطمه می‌زند تا نفعی برساند).

اشلی مخصوصاً دوست داشت به یاد بیاورد که این مناطق کوهستانی ایران میهن باستانی نژاد آریا، نژاد خودش، بوده. اینجا در سپیده‌دم تاریخ چراگاهشان بود تا اینکه آن انرژی تسکین‌ناپذیر که از مشخصات همیشگی‌شان بوده بر آنان چیره شد که از استپ‌ها به جلگه‌های اروپا یورش برده آنجا را اشغال کردند و نسل خود را برای آنان به ارث گذاشتند.

اشلی دوست داشت به ایران آمدنش را نوعی بازگشت به میهن پندارد، بازدید از زادگاه باستانی قوم خود. آگاهی نسبت به نژاد در او قوی بود – نه به‌صورت یک ناسیونالیسم متعصّبانه، نه غرور منحصر به مرزهای کشور خودش بلکه یک احساس همبستگی و برادری با طیف وسیعی از مردم، مردم جهان غرب که به بسیاری از میراث‌های جهانی یعنی تسخیر طبیعت و غلبه بر جهان مادی نائل شده‌اند. شاید بعد از انجیل که در آنجا هم احساس همبستگی نژادی قوی است، نفوذ هومر و هرودوت بود که در جوانی افکار او را به دوران شکوفائی نژادها گرایش داد، دورانی که هرودوت با اشتیاق از آن به دورانی که تمام یونانی‌ها هنوز آزاد بودند یاد می‌کند.

بعدها در دانشکده، کتاب «زندگی نژادی اقوام آریایی» نوشته «ویدنی»[۱۵] را یافته و خوانده بود و شیفتگی او به هومر را درک کرده بود و اول بار احساس اشتیاق کرد که باید به دیدن سرزمین‌های باستانی برود.

این علاقه به آریانیزم با روال افکار مسیحی او جور در می‌آمد. چون‌که آریایی‌ها از همان ابتدا به طور غریزی یکتاپرست بودند، معتقد به " خدای

Great Salt Lake of Utah[۱۴]
Joseph Romeroy Widney: The Race Life of the Aryan People[۱۵]

بهشت " که معنی «دیاس پِتر» متون ودیک[16] یا «ژوپیتر» لاتین همین است. آنها به احساس برادری نوع بشر پایبند بودند که تعلیمات مسیح هم همین است. آنها مردمی پویا و رؤیا گرای که سرودهایشان را رو به آسمان‌ها می‌خواندند و هدف دستاوردهایشان را پیوسته برتر می‌نهادند و طبیعی بود که نژادهای آریایی انجیل را بپذیرند و از آن خود کنند.

موقعی که دکتر وینتروپ از او خواست که به مأموریت میسیونری کلیسای عصر برود و داشتند با هم بررسی می‌کردند در کدام کشور کار خود را مستقر کنند، اشلی گفته بود ایران.

او روی نقشه انگشتش را روی نقطه‌ای گذاشته بود که آرارات را نشان می‌دهد، کوهی که کشتی نوح روی آن بود، و گفته بود: جایی در صورت امکان در این حدود در بین شروع تاریخ مسیحیت و اروپا.

ولی آن‌قدرها به‌خاطر آرارات نبود که از دیدگاه علمی و مدرن او فقط یادآور یک حدیث بابلی بااعتبار مشکوک در این عصر رئالیسم علمی بود. بیشتر به‌خاطر این واقعیت که اینجا سرزمین آریایی، احتمالاً سرزمین اصلی، ولی قطعاً مسکن یکی از بقایای آن نژاد بود.

و وینتروپ چون دید که هرچه اشلی به نقشه خیره می‌شود اشتیاقش بیشتر می‌شود خواسته او را به خواسته تورنتون رجحان داد و ایران را به‌عنوان مقر کارشان انتخاب کرد.

بنابراین، آمدن اشلی به ایران از دو جهت حائز اهمیت بود. او نه‌تنها حامل پیام دوستی و حسن‌نیت از جانب مسیح خود و کلیسای خود بود، پیام برادری یعنی برادری هم‌خونی نیز با خود می‌آورد. او و ایرانی‌هایی که قرار بود برایشان موعظه کند از یک اصل‌ونسب بودند. آنها از شاخه قدیمی‌تری بودند او از شاخه‌ای جوان‌تر. او همچون پسر گم شده[17] ایست که نزد آنها باز می‌گردد و با خود میوه‌هایی می‌آورد که در مزارع دوردست جمع کرده بود.

و این میوه‌ها؟ از همه مهم‌تر این بود که هدیه یک غریبه بود – معلمی یهودی در ساحل مدیترانه – آزادی عیسی مسیح، رهائی که آریایی‌های جوان‌تر از طریق قدرت مسیح به دست آورده بودند. او آن آزادی، آن

---

[16] دین ودائی

[17] اشاره ایست به مثل عیسی در فصل ۱۵ از انجیل لوقا

رهائی از بردگی سنت‌ها و راه‌ورسم‌ها و طرز فکرهای پوسیده، رهائی از گناه و بیماری و جهل را می‌آورد که مسیح آمده بود تا جهان را از آنها پاک سازد.

و میوه‌های آن آزادی؟ کافی بود اشلی فقط واضح‌ترین آن را نام ببرد یعنی آزادی از بردگی کار طاقت‌فرسا. البته آزادی‌های دیگری هم بودند مانند رهائی از بندگی جمود فکری، آزادی خرد، آزادی فردی و رهائی خانه از جور و ظلم پدر. تمام اینها و بیش از آن با مسیحیت به‌دست‌آمده بود. اما اشلی دوست داشت به یک نوع خاص آزادی بیندیشد چون‌که آشکار بود، چون به‌روشنی دیده می‌شد.

مثلاً این اتومبیل. سمبل رهائی تن. اتومبیل و هواپیما بال‌های ایکاروس[۱۸] به انسان داده‌اند، او را از زمین آزادکرده، به او تحرک داده‌اند. ایده اتومبیل چگونه به ذهن خطور کرد مگر به واسطه نبوغ ذهن آزاد که جرئت کرد قیدوبندها را بگسلد و خیال به دست باد سپارد، قوانین تازه کشف کند و کاربردهای تازه اختراع کند. ذهن چگونه آزاد شده بود؟ با انجیل مسیح که تعلیم داد که آدم‌ها بازیچه‌های ناتوان شرایط نیستند؛ بلکه فرزندان خدایند که برتری قدرت الهی بر نیروهای طبیعت به آنها ارزانی شده است.

اما متأسفانه اتومبیل دوباره به پت‌پت افتاد و از زیر کاپوت صداهای ناراحت‌کننده‌ای شنیده شد که تعادل منطقی افکارش را به هم زد. اشلی در این باره از محبوب سؤال کرد.

محبوب فیلسوف‌مآبانه جواب داد خیلی خوبه صاحب، کمی آب تو کاسه (منظورش کاربراتور بود). به‌زودی خارج می‌شود. موتور مسلمان خوبی نیست، از آب منزجر است.

محبوب از جوک خودش به خنده افتاد. اما اشلی با اخم و درحالی‌که سرش را کج گرفته بود با نگرانی به صدای ماشین گوش داد. امیدوار بود که به‌زودی درست بشود. نمی‌خواست از بابت اتومبیل دچار دردسر شود. چون علاوه بر اینکه موعظه‌اش را ضایع می‌کرد، مقدار زیادی تجهیزات پزشکی هم در اتومبیل بود که بیشترشان شکننده بود. احتمال داشت اگر به‌وسیله دیگری مثل گاری‌های سفت و خشن یا پشت قاطر حمل بشوند

---

[۱۸] شخصیت افسانه ای در اساطیر یونانی که خواست با بالهای مومی از زندان فرار کند...

آسیب ببینند.

همچنان که فکر اشلی ویشارد مشغول اتومبیل بود، فتحی اشرف توجهش به مناظری که از آن عبور می‌کردند جلب شده بود. این‌همه گل‌های زودگذر کوهستان را می‌دید که بسان ستاره‌های افتاده در سراشیبی‌ها افتاده بودند و آب که همچون بارانی از مروارید در میان صخره‌ها فرومی‌ریخت و قله‌های باشکوه و تزلزل‌ناپذیری که به نظر می‌رسید شاهد گذر همه زمان بوده‌اند و مه رنگارنگ که چون توری نازک در عمق دره‌ها شناور بود. روح شرقی او مست از بهار و عوالم پریسا بود و در نوسانات اتومبیل آوازی زمزمه می‌کرد که غزلی از حافظ بود:

گل در بر و می در کف و معشوق به کام است

سلطان جهانم به چنین روز غلام است

تا گنج غمت در دل ویرانه مقیم است

همواره مرا کوی خرابات مقام است

حافظ منشین بی می و معشوق زمانی

کایام گل و یاسمن و عید صیام است

نزدیک‌های ظهر در یک جنگل صنوبر توقف کردند که صدای دلنواز نهر آبی در میان صخره‌ها بگوش می‌رسید که آسیای آبی را غژغژ کنان می‌چرخاند. آسیابان سراپا پوشیده از آرد بیرون آمد و به آنها نان تعارف کرد. این رسم کشور بود. اشلی پیش خودش فکر کرد چه رسم زیبنده‌ای که هیچ‌کس نباید از آسیا برود بدون اینکه از مائده گندم بهره‌ای برده باشد. آنها از نان گرم خوردند و از آب گوارا نوشیدند و پس از استراحت برخاستند و از آسیابان تشکر کردند.

وقتی‌که اشلی در اتومبیل نشسته بود برگشت و به مرغزار نظر انداخت ـ برج خاکی‌رنگ آسیا، صنوبرهای پوست نقره‌ای، آب که بسان آینه دوشیزگان می‌درخشید، همه در پرتو آفتاب بهشتی و در پناه صخره‌های دامنه کوه ـ ناگهان دریافت که دلبسته آن و عاشق انزوا و آرامش آن است. چیزی در آن حال‌وهوا بود که اتومبیل و زیب و زیورهای غربی او را کمی زائد و مزاحم می‌ساخت. حالا یادش آمد که از تمام مناطق دلپذیری که حتماً در طول صبح عبور کرده‌اند حتی یک تصویر هم در ذهن او نقش

۲۲

نبسته است.

در طی بعدازظهر از یک دره کم‌عمق شگرف عبور کردند که شبیه ننو ای بود که بر فراز جهان آویزان کرده باشند که در او یک احساس انزوا نسبت به تمام آن تمدنی که در آن پرورش‌یافته بود به وجود آورد. در نگاه اول دره‌ای خالی و بی‌حاصل به نظر می‌آمد – تپه‌ماهورهای وسیع خاک سبزرنگ و قهوه‌ای که صخره‌های خاکستری در میانشان پراکنده بود و در اطرافشان مرتع‌های زرد و ارغوانی بود که به‌تدریج در آسمان وسیع و تنها محو می‌شدند. بین زمین و آسمان بادی حزین می‌وزید که توده‌های کوچک گردوغبار را پشت چرخ‌های اتومبیل در دشت پراکنده می‌کرد و هوا را در حجاب رنگارنگ به نوسان در می‌آورد.

دقیق‌تر که نگاه کرد دره خالی از حیات نبود منتهی حیات شگفت‌انگیزی بود که احساس محوشدن درگذشته را برمی‌انگیخت. نقطه‌به‌نقطه در قطعه‌های زمین سبز در دامنه‌های بایر، گوسفندان و شترها مشغول چرا بودند که با شنیدن صدای اتومبیل سرهایشان را بلند می‌کردند مثل‌اینکه می‌خواستند بپرسند چرا آرامش دره را به هم می‌زند. دهی در دوردست که درختان صنوبر لمباردی بر فراز بام‌های صاف خانه‌هایش برافراشته بود در نور آفتاب به رنگ گل و مرجان بود، و مسافران که عبور می‌کردند از پشت دیوارهایش عطر شکوفه‌های بادام بر آنها افشاند. آن‌سوتر در جاده پهن، مسافران به جماعت زوار برخورد کردند؛ سواران در هوای پر تلألؤ جست‌وخیز می‌کردند، نوکرها سوار بر خرهای راهوار و آرام، و قطار چارپایان بارکش با اثاثیه و کجاوه که به زیارت مرقدهای گنبد طلای کربلا می‌رفتند.

همچون شبنم که روی شیشه پنجره می‌نشیند و جهان مادی را بر خود می‌بندد و شکل‌ها و فراخنای خود را پی می‌گیرد به نظر می‌رسید از این دره یک مه جاودانگی بر می‌خیزد که شکل‌وشمایل هستی دیگری به خود می‌گیرد، هستی که به نظر اشلی ویشارد از هرآنچه او می‌شناخت کاملاً مجزا درعین‌حال کاملاً آشنا بود. لمحه‌ای از نوعی زندگی به چشمش خورده بود که وقتی اولین تاریخ بشری را می‌نوشتند کهنه شده بود، طرحی از امور که طی اعصار متمادی تجربه شده بود که طبیعت انسان بادقت قابل تحسینی با آن اخت شده بود. نوعی زندگی که با قلب زمین می‌تپید و با اقیانوس روح به حرکت در می‌آمد و ناگهان از بی‌مایگی دستاوردهای دنیای مدرن چه در زمان و چه در معنی به حیرت افتاد که چیزی بیش از امواجی

که سطح دریا را آشفته می‌کنند نیستند...

کم‌کمک رسیدند به بیستون همان جایی که داریوش کتیبه‌اش را روی صخره‌ها نوشته بود و چون اتومبیل دوباره به پت‌پت افتاده بود، اشلی به محبوب گفت که بهتر است در کاروان‌سرای بمانند و انجین را بر رسی کنند. محبوب همین کار را کرد و متوجه شد که لوله‌اگزوز ترک‌خورده. خطرناک نبود؛ ولی احتیاج به مراقبت داشت و وقتی‌که محبوب مشغول تعمیراتی بود که از دستش بر می‌آمد، اشلی و دنبالش فتحی رفتند سنگ‌نبشته‌ها را ببینند.

به‌سختی با هم از صخره‌های پوشیده از گل‌ولای پائین پرتگاه بالا رفتند تا توانستند کتیبه‌ای را که داریوش فتوحات دوران پادشاهی‌اش را به ثبت رسانده بود ببینند. کتیبه عظیمی در ارتفاع سیصد پا از سطح زمین، چنان به‌دقت اجرا شده بود، چنان به‌دقت صیقل داده شده بود که بعد از بیست و پنج قرن هنوز به‌تازگی روز اول بود. تصویری از پادشاه بزرگ که باشکوه و جلال جلو تخت خود ایستاده، سایبان زیبائی از او محافظت می‌کند، کمانی در دست چپ گرفته و دست راستش را به نشانه صدور حکم بلند کرده است، تصویری پر ابهت و قدرتمند. در جلو او سلاطین جهان که او اسیر کرده، با دست‌های بسته ایستاده‌اند و بالای سر او اهورامزدا – خدای روشنائی – در پرواز است. زیر آن سنگ‌نوشته نام سلاطین، کشورهایی که پادشاه بزرگ فتح کرده، موهبت‌های دوران پادشاهی‌اش، اندرز به آیندگان و ستایش اهورامزدا به سه زبان نوشته شده:

"منم داریوش شاه، شاه شاهان، فرمانروای سرزمین‌ها، پسر ویشتاسپ، نوه آرشام هخامنشی. ما از دیرگاهان اصیل هستیم، از دیرگاهان خاندان ما شاه بودند."

این‌چنین بود شکوه پادشاهان بزرگ.

فتحی با اعتمادبه‌نفس و چرب‌زبانی یک راهنما گفت این کتیبه خارق‌العاده ایست. در بین ایرانی‌های نادان به گنج نوشته شهرت دارد، بدین تصور که نشان می‌دهد کیخسرو گنج‌های خود را در کجای این کوهستان دفن کرده است.

" بخواست اهورامزدا من شاه آنها بودم: پارس، ایلام، بابل، آشور، عربستان، مودرای (مصر)، اهل دریا (فینیقی‌ها) اسپاردا (سارد، لیدی)

یونان، ماد، ارمنستان، کاپادوکیه، پارت‌ها، زرنگ (سیستان)، آریا (هرات)، خوارزم، باختر (بلخ)، سغد، گندهار، سکاها، ثت گوش، هروتیش و مکا (مکران و عمان) جمعاً بیست و سه سرزمین."

فتحی ادامه داد: بعضی‌ها فکر می‌کنند جن‌ها این نوشته‌ها را اینجا قرار داده‌اند که نسبت به خدا کفر بگویند، هم به‌وسیله نوشته‌هایی که هیچ‌کس نمی‌تواند بخواند و هم از طریق تصویرها که نقض آشکار احکام پیامبر است.

پادشاه بزرگ گوید " بسیاری کارهای دیگر به‌وسیله من انجام شد که در این سنگ‌نوشته، نوشته نشده، مبادا کارهایی که انجام داده‌ام، برای کسی که بعدها این نوشته را می‌خواند مبالغه به نظر آید و ممکن است به نظرش راست نیاید و ممکن است به نظرش دروغ آید."

فتحی پرسید گفتم هیچ‌کس نمی‌تواند آن‌ها را بخواند؟ بله، هیچ‌کس نمی‌توانست آن‌ها را بخواند تا اینکه یک فرنگی به اسم راولینسون آمد و سال‌ها در اینجا ماند و بعد از صرف وقت و زحمت بسیار نوشته‌ها را ترجمه کرد. اگر به‌خاطر این فرنگی نبود هیچ‌کس نمی‌دانست این نوشته‌ها چه می‌گویند. اما اکنون معلوم است که این کلمات را یک پادشاه باستانی ایران نوشته است، یک شاه بزرگ. عجیب است، این‌طور نیست؟ که پادشاهی به این عظمت باید منتظر یک فرنگی بشود که بتواند حرف بزند یا حرف‌هایش شناخته بشود؟

فتحی اشرف به فکر فرورفت.

پرسید داریوش امروز کجاست؟ هیچ‌چیز غیر از این سنگ‌نوشته بجا نمانده. کجایند آن پادشاهان؟ آنها رفته‌اند و کشور ما امروز مثل هیچ است. پادشاه بزرگ خرمن می‌کند؛ اما پادشاه بزرگ‌تر بذر می‌افکند.

اما اشلی از فکر این پیشینیان آریایی که ملت‌ها را تحت فرمان خود در می‌آوردند به‌هیجان‌آمده بود. درست است که پادشاهان رفته بودند؛ ولی‌نژاد برجای ماند، این نژاد سرکش، این نژاد پویا که خودش هم عضوی از آن بود. اگر روحیه پویائی و کشورگشایی از کوهستان‌های ایران رخت بربسته ولی نمرده.

اشلی دوست داشت فکر کند که در بین شاخه دیگری از این نژاد مستقر شده است. در سواحل اقیانوس غربی خویشان داریوش در جستجویند تا

دنیاهای تازه‌ای فتح کنند، دنیاهایی که در مرز دریاها و بیابان‌ها متوقف نمی‌شوند. دنیاهای میکروسکوپ و تلسکوپ، اتم و ماشین — دنیاهایی دائماً در حال گسترش و دائماً در انتظار فتوحات بیشتر.

وقتی که به سمت اتومبیل برگشتند دیدند محبوب روی سکوی کنار کاروانسرای نشسته، زیر آفتاب چرت می‌زند و چند تا بچه جلواش قاپ‌بازی می‌کنند. کمی دورتر زنی در جوی آبی که از صخره‌ها سرازیر می‌شد لباس می‌شست. لباس‌ها را روی سنگ می‌کوبید و می‌چلاند، کوبیدن و چلاندن به روش خسته‌کننده و تغییرناپذیر اعصار و قرون. وقتی‌که اشلی و فتحی نزدیک شدند چارقدش را رو صورتش کشید؛ ولی چشمهایش با کنجکاوی همراه با بی‌اعتمادی آنها را تعقیب کرد.

اشلی پرسید اتومبیل درست کار می‌کند؟

محبوب حرکتی به خود داد و بلند شد و سلام کرد. بله صاحب، ساکت است مثل باد در مهتاب. می‌خواهید حرکت کنیم؟

ولی چندکیلومتری نرفته بودند که اتومبیل دچار مشکل شد و یک‌لایه بخار نازک از سر رادیاتور بلند شد.

اشلی دستور داد بایست.

محبوب گفت بله صاحب، و ناگهان اتومبیل را متوقف کرد که به‌شدت تکان خورد.

اشلی پیاده شد و کاپوت را بالا زد. آب رادیاتور تقریباً تمام شده بود و انجین گرم کرده بود. ماشین آب کم می‌کرد؛ ولی اشلی نتوانست بفهمد از کجا. سطل برزنتی را بیرون آورد و محبوب را به چشمه‌ای در همان نزدیکی فرستاد. انجین خنک شد؛ ولی مجبور شدند این کار را چندین بار تکرار کنند. نزدیکی‌های غروب با وجودی که بارها آب سرد ریختند و مدت‌های مدید ایستادند که انجین خنک بشود، ماشین به‌سختی روشن می‌شد. اشلی و فتحی پیاده براه افتادند که بار اتومبیل سبک بشود. اتومبیل بارها ایستاد و با استارت‌زدن‌های مکرر باتری به‌تدریج ضعیف‌تر می‌شد.

سردی هوای غروب تا حدودی کمک کرد و یک ساعت بعد از غروب آفتاب به همدان رسیدند. ولی معلوم بود که اتومبیل برای ادامه سفر احتیاج به تعمیر اساسی دارد.

۲۶

فصل چهارم

صبح روز بعد که کشیش جوان از خواب بیدار شد، پرتو طلائی خورشید از دریچه خانه محمدعلی‌خان در همدان که اشلی دعوتش را پذیرفته بود به داخل می‌تابید. تا دیروقت خوابیده بود و تروتازه شده بود؛ ولی تابش نور خورشید از دریچه، بی‌حالی‌اش را به یادش آورد.

آفتابی چنین باشکوه از کوهستانی چنین رفیع برآید. اشلی با خوداندیشید تعجب ندارد که اینجا سرزمین باستانی زرتشت و پرستش اورمزد، خدای خورشید، است. اینجا خورشید یک آپولو، یک میترا است که پرستشگاهش کره زمین است که لبخند فیض‌بخشش را بر آن می‌تابد.

اشلی به سمت دریچه رفت و آن را کاملاً باز کرد. عطر سنبل که در کنار دیوار کاشته بودند و مستخدمی با کلاه بلند و برجسته مشغول آب دادنش بود در اتاق پخش شد. هیکلی مضحک که کت بلندی که تا زانوهایش می‌رسید پوشیده بود و شال پارچه‌ای به رنگ درخشان دور کمرش پیچیده بود. این به‌زودی متروک خواهد شد – قبلاً فرمانی از شاه صادر شده که کلاه بلند آب‌نباتی را ممنوع کرده. کلاهی که از زمان کورش مرسوم بوده و نمونه‌های آن هنوز در سنگ‌نوشته‌های باستانی موجود است، و بجای آن کلاه نقاب‌دار معروف به کلاه پهلوی مقرر شده است. اما بدون شک، در این شور و شوق اروپایی کردن که مملکت را درگرفته طولی نخواهد کشید که شلوارهای گل‌وگشاد و شال کمرهای پر زرق‌وبرق هم ممنوع بشوند. آیا به بوته فراموشی هم سپرده خواهند شد خود سؤالی دیگر است. شاهان و پادشاهان می‌آیند و می‌روند؛ ولی رسم‌ورسوم مملکت برقرار می‌مانند.

از پشت دیوار باغ صدای صبحگاه خیابان به گوش می‌رسید – غرغر خرران‌ها، تلق، تلق گاه‌به‌گاه درشکه‌ها، فریاد حلوا فروشان. بعضی از ساختمان‌های بلند شهر پیدا بودند – کاخ سه‌طبقه استاندار، قبه‌های بازار و گنبد فیروزه‌ای یک مسجد. ورای دیوار، ورای شهر، در دوردست تپه‌های مرتفع تابلو دلپذیری با زمینه آبی و لکه‌های گلگون و سرخ ترسیم می‌کردند. در سمت شمال کوه‌ها به مجموعه عظیم و درهم‌پیچیده استحکامات غیرقابل‌نفوذی می‌رسیدند که کردها زندگی مستقل خود را پاس می‌دارند و اقتدار و تسلط ایرانی و ترکی را به چالش می‌گیرند،

چالشـــی که به زمان داریوش بر می‌گردد – گرچه او در ســـنگ‌نوشـــته بیســـتون افتخار می‌کند که آنها را تحت فرمان خود درآورده اســـت. حتی خلاف رأی پیـامبر هم عمل می‌کننـد کـه فرموده برادران ایمـانی بـاید در صلح و صفا زندگی کنند.

ادامه سفر اشلی از میان همان کوه‌ها خواهد بود و داستان‌هایی که در باره ایلیاتی‌ها شنیده بود او را با لرزه‌های ملایم هیجان به وجد آورده بود.

لباس‌پوشید و به حیاط رفت. محبوب لبخندزنان به او نزدیک شد.

با خوشحالی اعلان کرد که اتومبیل خوابیده و بیدار نمی‌شود.

می‌توانی بگوئی اشکال کجاست؟

محبوب توضـــیح داد که وقتی آب در دهانش می‌ریزم از شـــکمش خارج می‌شود.

اشلی رفت به‌طرف اسطبل‌هایی که اتومبیل را برای شب در آن جا همراه با اسـب‌های محمد خان جا داده بودند. اسـب‌ها باحالت عصـبی پا به زمین می‌کوفتند و بینی‌هایشـان را به علت حضـور افراد غریبه گشـاد می‌کردند. اشلی به ماشین‌ش نگاه کرد، توده بی‌شکلی پوشیده از گردوخاک و بعد به اســب‌ها با پوســت براق، هیکل‌های باشــکوه، بینی‌های لرزان نگاه کرد و آیه‌های ایوب یادش آمد:

"آیا تو به اسب نیرو داده‌ای؟ آیا تو گردنش را با رعد پوشانده‌ای؟... شکوه بینی‌هایش مهیب است. در دره پاهایش را به زمین می‌کشد و از نیرومندی‌اش شادمانی می‌کند. او به رویارویی مردان مسلح می‌رود."

اتومبیل‌ش پنجاه اسب نیرو داشت؛ ولی آن را که بررسی کرد به حال ماتم‌زده متوجه شد که نمی‌تواند گردنش را با رعد بپوشاند یا شکوه بینی‌اش را باز گرداند. در یک نگاه فهمید که «سرسیلندر» ترک‌خورده و سردوگرم شدن مکرر دیروز ترک را به یک شیار خیلی گشاد تبدیل کرده است. تنها راه چاره این بود که انجین را پیش نمایندگی در بغداد بفرستند.

محبوب این خبر را بامتانت پذیرفت.

گفت به‌هرحال بهتر است که شما با درشکه بروید. اتومبیل برای ایران ساخته نشده که سرزمین اسب‌های سرکش است.

و خرهای پرناز و کرشمه و نوکرهای خواب‌آلوده، این را فتحی که در همان لحظه ازراه‌رسیده بود اضافه کرد.

اشلی از اینکه مجبور شده بود ماشین را کنار گذارد ناراحت نبود. ظاهراً آنچه از دیروز به یادش مانده بود غرّش و پت‌پت، خفه کردن‌ها و به‌زور روشن‌شدن‌ها بود که حالا در گوشش می‌کوبید. آنچه دیده بود نوار جاده جلو او بود که مواظب محبوب بود که با رانندگی بی‌ملاحظه و خطرناکش به این‌طرف و آن طرف ویراژ می‌داد. توقف در بیستون و خاطرات شکوه و جلال ازدست‌رفته را تقریباً از یاد برده بود. حالا به یاد نمی‌آورد زائرانی که از آنجا عبور می‌کردند چه شکلی بوده‌اند گرچه عبور آنها را به یاد می‌آورد. تمام آن منظره‌های شکوهمند، کوه‌های باعظمت، دامنه‌های ابلق، گل‌های بهاری که از صخره‌ها بیرون‌زده بودند – تمام اینها همچون حباب مات و مبهمی بود درگذشته، درصورتی‌که تمام توجهش روی یک وسیله صددرصد مکانیکی متمرکز شده بود که علی‌رغم رنگ آبی و سعی در خوشگلی خطوط سیال آن که آن‌قدر در آگهی‌های تجارتی بزرگ‌نمایی شده بود، مسلماً چیز زیبائی نبود و چیز خوش‌آهنگی هم نبود؛ بلکه چیزی بود که گوش‌ها را از هم‌گسیخته‌ترین و ناموزون‌ترین صداهای ساخت انسان پر می‌کرد.

مع‌هذا ازدست‌دادن اتومبیل او را از مطلب موردبحث برای یکی از موعظه‌های موردعلاقه‌اش، یعنی موعظه نیرو محروم می‌کرد که از این بابت به‌طور گذرا قدری افسوس خورد... شاید هم تفسیر او از معنی معنوی و شخصی نیرو کمی کج‌ومعوج بوده. این امکان قبلاً به فکرش نرسیده بود.

از فتحی پرسید می‌توانیم وسیله نقلیه دیگری پیدا بکنیم؟

ارباب، در بازار چاروادارها هستند. می‌رویم آنجا.

بعد از خوردن صبحانه به سمت بازارها رفتند. سر راه از بسیاری کوچه‌های تنگ پیچ و وا پیچ با دیوارهای گلی بلند عبور کردند. دیوارها، دیوارهای گلی پایان‌ناپذیر که در فواصل فقط درب‌های سنگین چوبی در آن نصب شده بود. از فراز دیوارها عطر دلپذیر بادام و سوسن درهم‌آمیخته بود، ولی هیچ نشان دیگری نبود که پشت آنها چه اسراری نهفته بود. در وسط کوچه جوی آب جریان داشت و زن‌ها مشغول شستن بچه‌ها، لباس و ظرف‌وظروفشان بودند.

به‌زودی رسیدند به یک میدان، فضای بسیار وسیع و روشن از نور خورشید که در اطراف آن دکه‌های متحرک کوزه فروش‌ها، شیرینی‌فروش‌ها، سبزی‌فروش‌ها پراکنده بود و در یک طرف آن تاق چهار خم و بلند درب ورودی یک مسجد نمایان بود. در طرف آفتابی دیوار عریضه‌نویس‌ها و ملاها نشسته بودند که برای مشتری‌هایشان قرارداد و عریضه می‌نوشتند. لشکر گدایان در اطراف آنها جمع شدند تا اینکه اشلی مشتی یک‌قرانی بیرون آورد و برایشان پرت کرد.

در یکی از گوشه‌های میدان چاروادارها، یعنی کنتراتچی‌های حمل‌ونقل، جمع شده بودند. اشلی و فتحی جلودار او به آن سو رفتند. فتحی یکی را انتخاب و به او اشاره کرد از همکارانش جدا شود و سر یک درشکه شروع به چانه‌زدن کرد. بعد از مدتی و با ایماواشاره‌های بسیار سر قیمت موافقت کردند و با هم رفتند به دکه‌های جلو مسجد که کاتب‌ها نشسته بودند. جلو مرد عمامه‌به‌سر ریش‌سفیدی که شال سبز او حاکی از آن بود که سید، یعنی از اعقاب پیامبر است برای انجام تشریفات ثبت، امضا و مهر کردن قرارداد ایستادند.

کاتب یک جعبه لاکی میناکاری شده از جیب جبه خود بیرون کشید که از داخل آن یک قلم پَر و یک ورق کاغذ زرد دست‌ساز درآورد. با استفاده از کف دستش بجای میز، شروع کرد به نوشتن شرایط قرارداد. حروف را با خطی سلیس و خیلی زیبا می‌نوشت. چاروادار خیلی زیاد به کاتب احترام می‌گذاشت، به‌خاطر هنر اسرارآمیز خطاطی او بود یا به‌خاطر شال سیدی او، یا به‌خاطر بعضی مقاصد شخصی، اشلی هنوز نمی‌دانست.

او با هیبتی که با کرنش‌های قرا روح بیشتری به آن می‌بخشید با صدای بلند گفت: بنویس ای استاد کاتبان که اگر مسافرت با سرعت و شتاب به ترتیبی که خوشایند صاحب باشد صورت نگرفت لعنت خدا بر من باد

فتحی که راه‌ورسم چاروادارها را، همچون خر که پیچ‌وخم کوچه را می‌شناسد، می‌فهمید، دوید وسط حرف: اضافه کن علاوه بر لعنت خدا، اگر صاحب روز اول رمضان به «بیشتر» نرسد، باید پنجاه تومان جریمه بدهد.

چاروادار گفت قسم به ریش امام رضا چنین شرطی فایده ندارد. اگر بنویسد لعنت خدا، خدا دستی بیرون می‌آورد که جلو سرعت ما را بگیرد؟ و اگر چنین شد جریمه به چه درد می‌خورد؟

فتحی مؤدبانه ادامه داد: و همیشه باید سه اسب برای کشیدن درشکه حاضر باشد و طی مسافت نباید کمتر از پنج فرسخ در روز باشد.

چاروادار که دست‌هایش را بالای سرش بلند کرده بود به التماس افتاد که من آدم فقیری هستم و از عهده چنین جریمه‌ای بر نمی‌آیم

پنجاه تومان حالا پرداخت شود، پنجاه در «میان‌آباد»، پنجاه در «نهند» و بقیه در «بیشتر».

کاتب با شدت تمام قلم را به حرکت در می‌آورد. ازقرارمعلوم دستمزد خوبی به او تعلق می‌گرفت. چاروادار لحظه‌ای جریمه را فراموش کرد و برگشت با چرب‌زبانی بسیار از او چاپلوسی کرد.

بالاخره قرارداد نوشته و مهر شد و نسخه‌ای به اشلی و نسخه‌ای به چاروادار داده شد. چاروادار کاغذ را به‌دقت تا کرد و در کیف گذاشت؛ اما اشلی نسخه خود را مرور کرد که مطمئن بشود اشکالی ندارد.

او برای فتحی اعتراف کرد که سروته این را نمی‌فهمد. بعد از دو سال تحصیل نوشتن و صحبت‌کردن زبان خجالت می‌کشید که نمی‌تواند نوشته را بهتر بخواند.

فتحی اشرف توضیح داد که این کاتب‌ها خط مخصوص به خودشان را دارند. یک کاتب لازم است که آن را بخواند.

درست مثل قراردادهای آمریکائی خودمان. یک وکیل می‌گیری که آن را بنویسد و وکیل دیگری که ترجمه کند اولی چه نوشته. اما نمی‌شود این را ساده‌تر نوشت؟

فتحی اشرف شانه‌هایش را بالا انداخت.

قرارداد در بیابان چه ارزشی دارد؟ این چیزها طبق آداب‌ورسوم عمل می‌شود.

منظورت این است که تمام اینها فقط قرطاس‌بازی است؟

قانون برای شهرها نوشته می‌شود و برای افرادی که شاه آنها را می‌بیند.

مع‌هذا طبق شرایط قرارداد قرار بود روز بعد راه بیافتند که چاروادار فرصت داشته باشد درشکه را آماده کند و به اسب‌ها برسد. اشلی بعدازظهر

را صرف این کرد که ببیند شهر چه دیدنی‌هایی دارد.

یکی مصلّی بود که احتمالاً یک موقعی قصر شوشان (کاخ آپادانا) اقامتگاه خشایارشاه و ملکه‌اش استر بوده. در حال حاضر چیزی بیش از یک توده خاک بی‌شکل و شمایل نبود. تنها باقی‌مانده باستان‌شناسی آن یک قطعه‌سنگ بازالت داغون که از بعضی زوایا و با نور کافی می‌شد دید که روزی مجسمه شیر بوده است. امروزه به‌صورت زیارتگاهی برای زن‌هایی که بچه‌دار نمی‌شوند درآمده که به امید شفاعت برای بچه‌دارشدن می‌آیند دماغ حیوان را چرب می‌کنند. آرامگاه ابن سینا، یا آوسینا، هم بود که اروپای قرون‌وسطی، قبل از احیای علوم یونانی، او را به‌عنوان پزشک بزرگ و مرجع اعلی پزشکی می‌شناختند. آرامگاه استر و مردخای هم بود، یک ساختمان آجری کوچک با گنبدی بی‌قواره – که بدون شک مقبره اصلی نیست که مطمئناً در یکی از زلزله‌های متعدد که در طول تاریخ در این منطقه رخ‌داده، ویران شده است، اما بعداً ساخته شده – مورداحترام و محافظت جامعه یهودیان مقیم همدان است و شاید گواه قوی‌تری از واقعیت شخصیت‌های تاریخی و داستان‌هایشان باشد تا تاریخ مکتوب.

بدون شک چیزهای بیشتری در همدان برای دیدن بود. ولی هرچه بود از چشم مسافر کنجکاو پنهان بود. هرچه از رویدادها و رنگ و نگارها از جنبه‌های ظاهری یک شهر ایرانی که ممکن است چشم مشاهده‌گر را به خود جلب کند، مثل بازارها و میدان‌های جلو مسجدها، اقوام و آداب‌ورسوم متفاوت، تکاپوی پر سروصدای معابر عمومی، اشلی به فراست دریافت که زندگی واقعی مردم، در پشت دیوارهایی که همه‌جا به چشم هجوم می‌آوردند از نظر پنهان می‌ماند.

دیوارهای گلی خاکستری، دیوارهای گلی زرد – موازی، پیچاپیچ، پایان‌ناپذیر؛ ساکت، یکنواخت و حزن‌انگیز. اینها اسرارشان را خوب پنهان می‌کردند. مانند حجاب که زیبائی زنان را پنهان می‌کرد، دیوارها زیبائی باغ‌ها و جذابیت زندگی خانوادگی را مخفی می‌کردند. برای هر کس که خواه از سر کنجکاوی آمده بود، خواه در جستجوی مصاحبت، چهره‌ای عبوس و بازدارنده می‌افراشتند.

اما بلندترین دیوارها هم نمی‌توانند در را بروی همه چیز ببندند. عطر گیاهان درحال‌رشد و بوی زننده آتش زغال می‌تواند از دیوار بیرون بزند و برای کسی که بینی حساس دارد این بوها می‌توانند زندگی و کاری را

تداعی کنند که وسوسه‌انگیز باشد. گوش‌تیز گاهی می‌تواند صدای لطیف زن‌ها، شیهه اسب یا هیاهوی مستخدمین را بشنود و صحنه‌های شادی‌های خانوادگی را در خیال زنده کند. البته هیچ دیواری هر قدر هم بلند نمی‌تواند جلو خیال، آن قدرت ذهن که همه چیز را تسخیر می‌کند را بگیرد.

اما اغلب اوقات دیوارها غیر از سکوت چیزی از خود بروز نمی‌دهند و آنچه در پشت آنها است در حجابی از اسرار غیرقابل‌نفوذ پنهان می‌ماند. آدم بیهوده دنبال صداهایی حاکی از سرزندگی و خوشبختی می‌گردد و گوش می‌دهد. تنها پاسخ به گوش جوینده خش‌خش ملال‌انگیز برگ‌ها ست و در چشم جوینده فقط پهنای کسل‌کننده خاکستری و زرد؛ تا اینکه آدم احساس می‌کند که در یک کلاف سردرگم گرفتار آمده که تنها چیز آشنا خورشید بالای سر یا درخت صنوبری است که از فراز دیوار سرکشیده و بر تو خیره گشته است.

اهمیت دیوارها برای یک‌لحظه اشتیاق روح اشلی ویشارد را فرونشاند و یک احساس ناتوانی در او به وجود آورد. فکر اتومبیل خراب‌شده‌اش احساس ضعف و تواضع را در او تقویت کرد. هر قدرتی که ممکن است به او داده شود آیا کافی خواهد بود این موانعی را که جلو او به وجود آمده از بین ببرد؟ آیا این دیوارها هرگز جلو او فرو خواهند ریخت آن‌چنان‌که دیوارهای اریحا[۱۹] با صدای بوق‌وکرنا و فریادهای مردمان برگزیده فروریخت؟

دیوارها همچنان که اشلی می‌دانست از آب‌وگل، دو ماده‌ای که در ایران بسیار باارزش‌اند ساخته می‌شوند. گل خالی از سنگ‌ریزه را از بهترین رگه‌های زمین می‌کنند، غربال می‌کنند و بار خر برای فروش به باغبان‌ها و بناها به شهر می‌آورند.

در یک جایی، دیواری زیر باران زمستان فروریخته بود و کارگران مشغول تعمیر بودند. گل را در گودالی ریختند و با کاه مخلوط کردند. آب را که در یک مشک پوست بز آورده بودند روی آن ریختند و آن‌قدر مالیدند تا یک ملاط ساخته شد. با این ماده گران‌قیمت دیوار را بالا آوردند و سطح آن را به‌دقت و یکنواخت با ملاط بسیار ظریفی صاف کردند. آفتاب که داشت بالا می‌آمد کار را تکمیل می‌کرد. وقتی‌که رطوبت تبخیر شده بود

[۱۹] اریحا: لغت عبرانی، نام مدینه جبارین غور در سرزمین اردن شام (دهخدا)

دیوار می‌ایستاد و با خونسردی راز افسردگی خود را به نمایش می‌گذاشت.

همین‌طور که اشلی نگاه می‌کرد گروهی زن با چادرسیاه بلند که از سر تا پایشان را می‌پوشاند از آنجا عبور کردند، صورتشان را با «پرده» پوشانده بودند که نواری است از چیت موصلی سفید که از پیشانی آویزان می‌کنند و تا کمر می‌رسد. برای اینکه بتوانند ببینند پارچه را روی چشم‌ها سوراخ کرده و یک‌تکه توری چسبانده بودند.

اشلی از تجربیات پزشکی‌اش می‌دانست که این حجاب‌های تنگ‌وترش علت ناراحتی‌های مزمن چشمی در میان زنان ایرانی است. همچنین به او گفته بودند که اگر خاک غنی دیوارهای ایران را روی زمین بپاشند حاصلخیزی زمین را دوبرابر می‌کند که می‌شود معاش جمعیتی دوبرابر این را تأمین کرد. برای فردی که درک او از زندگی وافر بیشتر با استانداردهایی از مفاهیم زندگی هماهنگ بود که با محیط تحصیلی او عجین شده بود، این ملاحظات برای او و پیام او حائز اهمیت ویژه‌ای بود.

درعین‌حال ملاحظات دیگری هم که بیشتر جنبه فلسفی داشتند بر او سنگینی می‌کردند. فکر کرد چیزهای ناقابلی مثل گل‌ولای و چیت موصلی ما را از هر آنچه در زندگی برایمان دوست‌داشتنی و گرامی هستند محروم می‌کنند، از مصاحبت با هرآنچه احساس خویشاوندی می‌کنیم جلوگیری می‌کنند.

فصل پنجم

اشلی که در خواب عمیقی فرورفته بود از صدای ملایم فتحی که چای آورده بود از جا برخاست. فکر کرد صدای ایرانی‌ها در بین نسل بشر خوش آواترین صداها ست و برای بیدار کردن آدم از رؤیاهای شیرین با جرینگ، جرینگ هیچ ساعت شماطه‌دار تمدن مکانیکی که او اینجا آمده بود معرفی کند قابل‌مقایسه نیست. در ژرفای نیمه بیدار ذهن ناخودآگاه در حالی‌که داشت بیدار می‌شد و چشم‌هایش را می‌مالید و از ایوان به بیرون خیره شده بود به این تمایز می‌اندیشید.

هیکل‌های بزرگ تیره‌رنگ در حیاط پائین در حرکت بودند که طنین خوش‌آهنگ زنگشان بلند می‌شد. صدای خرخر شترها می‌آمد و فحش‌های ملایم شتربانان که افسار آنها را می‌کشیدند که زانو بزنند تا کالاهای محمدعلی‌خان تاجر را بار آنها کنند به سمت شرق به مقصد مراکز تجاری دوردست سمرقند و مرو و قندهار. ماه زردرنگ نزدیک به افق در آسمان بود که شبح درختان صنوبر را در طول دیوار باغ نمایان می‌ساخت. اشلی برای لحظه‌ای دچار تردید شد که واقعاً بیدار است. آیا هزار سال به عقب برگشته و مارکوپولوی دیگری بود که در آسیا براه افتاده، یا در عصر خلیفه هارون‌الرشید از پنجره کاروانسرایی در بغداد به بیرون نگاه می‌کند. این احساس بازگشت در زمان، احساسی بود که او بیش‌ازپیش تجربه می‌کرد. تأثیر ناخودآگاهانه‌اش این بود که هنوز با زندگی دیگری احساس هویت نمی‌کرد؛ ولی حداقل خود را از محیطی که قبل از آمدن به ایران در آن زندگی کرده بود مجزا ساخته بود. خودش را به‌قدری از آن جدا و مجزا ساخته بود که می‌توانست به طور عینی به آن نگاه کند مثل آدمی که از کره دیگری آمده باشد؛ از این دیدگاه که به آن نگریست نوعی دلزدگی نسبت به آن احساس کرد، مثل‌اینکه کاملاً واقعی نبود، مثل‌اینکه این جدائی‌های لحظه‌ای، شکل او یا شکل چیزها را به نحوی تغییر داده بود که او دیگر به درد اینجا نمی‌خورد یا باید مردم را به‌زور عقب بزند تا جای خود را پیدا کند. شکل اشیا هم یک‌جوری به نظر او غریب می‌آمدند و آشنایی‌شان را از دست می‌دادند، مثل دوستانی که مدت‌ها از هم دور بوده دیگر یکدیگر را نمی‌شناختند یا نمی‌فهمیدند.

موضوع ساعت‌های شماطه‌دار فقط نماد کوچکی از این معنی بود. به نظر می‌رسید که او همیشه به ساعت شماطه‌دار عادت داشته. این یکی از ضروریات زندگی تنظیم‌شدهٔ وابسته است. در یک کشور پر مشغله، کشوری که تحت تسلط تولید انبوه است، خیلی ساده، بدون ساعت‌های شماطه‌دار، یا حداقل بدون ساعت، زندگی امکان‌پذیر نیست. وقت یا احساس وقت، احساس وقت که بین شب‌وروز، تابستان و زمستان، جوانی و پیری، لحظه و ابدیت تمایزی قائل نمی‌شود؛ اما بین دقیقه‌های یک روز تمایز قائل می‌شود و برای هر دقیقه‌ای شخصیت و اهمیت محض قائل می‌شود، چنان اهمیتی که مفاهیم بزرگ‌تر زمان از بین می‌روند یا نادیده انگاشته می‌شوند. وقت در دنیای غرب در معیار میکروماتیک تقسیم‌بندی می‌شود نه مانند فاصله در معیار ماکروماتیک. انسان با مفهوم بی‌نهایت فاصله و بی‌نهایت فضا آشنا بود و آن‌ها را بکار برده بود؛ ولی چشم‌هایشان را بر روی امکان بی‌نهایت زمان بسته بودند و هرچند دامنه خیال را گذاشتند تا به بی‌نهایت فاصله برود؛ ولی آن را از تصور زمان بی‌نهایت باز داشتند.

این‌گونه دریافت از ماهیت زمان یکی از آن مواردی بود که به طور غیرمحسوس بین اشلی ویشارد و محیطی را که ترک کرده بود شکاف می‌انداخت. اینجا به نظر او طومار زمان ـ طوماری با ابعاد نامحدود ـ جلو او گسترده بود و به نظر می‌رسید او هرچه بیشتر در بی زمانی غوطه‌ور می‌شود، نوعی بی زمانی که هر دو انتهایش را به هم وصل می‌کند ـ گذشته و آینده یکی شده و از یکدیگر نامتمایز می‌شوند. زمان مانند مار «آزگارد» در افسانه‌های نروژی می‌شود که کره زمین را دور زده و دمش در دهانش هست. در حضور گذشته، آینده نمایان به نظر می‌آید و تمام زمان یکی می‌شود.

و عجیب اینکه فکر آرام‌بخشی بود، فکر اینکه شاید نسل او که به‌خاطر دستاوردهای مادی و علمی ظاهراً این‌قدر از سایر نسل‌ها مجزا شده‌اند بالاخره مانند تمام نسل‌های گذشته‌اند و مانند تمام نسل‌های آینده خواهند بود. بجای اینکه خود و نسل خود را یک پدیده، مانند چیزی بی‌سابقه در تاریخ، بپندارد ـ که احساس آن باعث می‌شد انسان نسبت به بقیه حیات خیلی احساس تنهائی و جدائی کند ـ او به طور عجیبی با زندگی احساس یگانگی می‌کرد که عنصر اصلی تمام تجربه‌ها است و نه فقط با زندگی بلکه با آن وجه مرموز روح که برای همیشه او را وسوسه و مسحور خود ساخته بود، همان چیزی که در دین جستجو می‌کرد. آن گوهر جاودانه حیات که

جاودان بود و با جاودان‌گان همساز بود. با به‌دور انداختن احساس فوریت که میراث فرهنگ او بود آن چیز اینجا نزدیک‌تر، واقعی‌تر، لطیف‌تر و دربرگرفتنی تر به نظر می‌رسید.

این افکار به‌سرعت و فارغ از زمان، از ذهن اشلی گذشت و وقتی‌که لباس‌پوشید و کاملاً آماده شد، منطق آن بخار شده بود و ماده متبلور شک برایش بجا مانده بود، بذر آغاز این آگاهی که شاید، بله شاید، پیامش به این مردم باید از نو نوشته شود، شاید پیامش باید در فرم‌های تازه‌تر و سرزنده‌تری قالب‌ریزی شود. همان احساس شک تعریف‌نشدنی، مستدل نشدنی بود که هنگامی‌که اتومبیل خراب شده بود به او دست داده بود.

در واقع خراب‌شدن اتومبیل اولین سنگ از هم‌پاشیده شدن کل بنای معتقدات اشلی ویشارد بود که در طول سفر ایران رو به فروریختن گذاشت...

در حیاط پائین شترها با بارشان در قطارهای چهار پنج‌نفره براه افتادند. دروازه‌های مرتفع آهسته باز و آنها وارد خیابان شدند و در مسیر سنگ‌فرش‌شده کوچه‌های پر پیچ‌وخم به راه خود ادامه دادند تا صدای زنگوله‌هایشان از پشت دیوار باغ زمزمه نامشخصی شد و بالاخره دیگر بگوش نرسید.

اشلی کیف‌دستی را آماده کرد و به کمک فتحی تسمه‌اش را انداخت و آن را بست و نشست منتظر درشکه شد. یک ساعت گذشت، یک‌ساعتی که در قرارداد پیش‌بینی‌شده بود. وقت برای چاروادار ایرانی مانند وقت برای شوفر ایرانی ظاهراً معنائی نداشت. فتحی پشت به یک چمدان لمیده بود و به نرمی خرخر می‌کرد. یک ساعت دیگر هم گذشت و باز هم از چاروادار خبری نشد. آسمان بالای باغ پریده‌رنگ می‌شد و اشلی دید که علی‌رغم تمام فلسفه‌بافی‌ها دارد با دلواپسی در اتاق بالا و پائین می‌رود.

بالاخره سروصدای چرخ بگوش رسید، و یک درشکه لکنته مدل کالسکه‌های خیلی قدیمی روسی وارد باغ شد. فتحی که خوابش مثل سگ سبک بود فوراً بیدار شد و باعجله رفت بیرون.

فریاد زد زود باش، صاحب حوصله‌اش سر رفته، خیلی دیر کردی.

چاروادار با خوشحالی جواب داد صبر، هنوز زود است، اگر خدا می‌خواست مردم زودتر بیدار شوند حتماً ساعت را جلوتر میاورد یا طلوع خورشیدش را. به‌اضافه کاملاً معلوم است که صاحب در خارج عادت ندارد

این موقع بیدار بشود.

اشلی رفت پائین. وقتی‌که وضعیت درشکه را دید لازم دید از فتحی بپرسد این وسیله در بوداغون می‌تواند ما را به منزل برساند؟

چاروادار ضرب‌المثلی آورد که درخت بادام چروکیده میوه خوب ببار می‌آورد. صاحب می‌بینید خیلی محکم ساخته شده و چرخ را گرفت درشکه را تکان داد که پره چرخ در دستش در آمد.

چاروادار فوراً و در کمال پررویی گفت خدا منو حفظ کنه اگر می‌دانستم این‌قدر زور دارم. ولی قرارداد تعداد اسپوک چرخ را تصریح نمی‌کند. بیاید حرکت کنیم.

قرص آفتاب کمی بالای افق بود که از دروازه شهر بیرون آمدند. جلو آنها بیابان تا دامنه کوه در افق گسترده بود. شهر در مه درخشانی ناپدید می‌شد که گردوخاک برخاست تا همچون حجاب آنرا از جهان خارج پنهان کند.

جلوشان کوه‌ها سر به فلک کشیده بودند؛ ولی با توجه به فاصله و سرعت یورتمه اسب، خیلی دور بودند. در اطرافشان دشت لوت بود، بیابان ایران، بیابانی بر هوت، با صدمات باران‌های سیلابی زمستان و گردوغبار و ریگ روان‌های تابستان.

نیمی از صبح گذشت و کوه‌ها نزدیک‌تر نشدند گرچه شهر از نظر ناپدید شده بود. اشلی اظهارنظرهایی درباره وسعت گول‌زننده دشت بیان کرد.

چاروادار سر جایش چرخید و پرسید: صاحب، شما از بیابان می‌ترسید؟

اشلی بر سبیل جواب، پرسید هرگز در بیابان گم شده‌ای؟

چاروادار جواب داد کی می‌تواند از چشم خدا پنهان بماند؟ من فکر می‌کنم خانه‌ها اختراع شیطان است. می‌گویند اقامت طولانی در آنها مردم را کور می‌کند. این‌طور است، صاحب؟

اشلی یادش آمد زمانی که رفته بود هندوستان روش‌های کار میسیونری را مطالعه کند موارد بی‌شماری ابتلا به آب‌مروارید دیده بود که در اثر اقامت در کلبه‌های کوچک تاریک پر از دود به وجود آمده بود؛ و به طور مکانیکی در پاسخ سر تکان داد.

منهم همین‌جور فکر می‌کنم. تمام «صاحب‌ها» عینک می‌زنند. خانه‌های

فرنگستان هم مثل خانه‌های ما از گل ساخته شده‌اند؟

از شیشه و فولاد و سنگ ساخته شده‌اند، و خیلی هم بلند هستند.

به چه بلندی؟ به بلندی مناره مسجد شاه کاظم؟

خیلی بلندتر.

چشم‌های چاروادار از تعجب گشاد شد.

و مردها به همان بلندی هستند؟

نه ولی فضا کوچک و مردم زیاد هستند. آنها روی سر یکدیگر زندگی می‌کنند.

صاحب، اینجا هم مردم زیاد هستند، ولی زیر همدیگر زندگی می‌کنند. چاروادار زد زیر خنده.

بچه‌های زیادی به دنیا می‌آیند، چون موهبت‌های پیغمبر زیاد می‌شوند، ولی در بچگی می‌میرند.

فتحی حکیمانه گفت مهم نیست در بهار چند شکوفه می‌شکفد؛ بلکه در پائیز چقدر میوه می‌دهد.

صاحب، می‌شود جلو باد را گرفت که شکوفه‌ها نریزند، یا کلاغ‌ها میوه‌های نو رس را نخورند؟

اشلی که شایق بود در این فرصت پیامش را بگوش برساند شروع کرد به توضیح‌دادن که چگونه با بهداشت، با دانش پزشکی، با مراقبت در پرورش کودکان از جان انسان محافظت می‌شود. اشلی مدتی با ذکر جزئیات صحبت کرد؛ ولی به نظر نمی‌رسید چاروادار می‌فهمد.

پیغمبر به ما گفته چطور رعایت نظافت بکنیم و ما اطاعت می‌کنیم؛ ولی فایده نمی‌کند. ما باید ریشمان را کوتاه کنیم و در مواقع معین خود را بشوییم – گرچه درست است که اگر آب در دسترس نباشد می‌شود از شن استفاده بکنیم. خوردن گوشت خوک و بعضی حیوانات دیگر حرام است. اما در مورد حکیم‌ها – همه اهل رشوه و پیشکش هستند، همین. فرزند اول من، یک پسر که الله حفظش بکند، مریض شد و تمام نوشداروهای حکیم‌ها یک‌ذره اثر نکرد. یک دعا رو تخم‌مرغ نوشتند و دادند به یک کُرّه شتر

خورد؛ ولی مؤثر واقع نشد. آنها تومان‌ها دعا خواندند و او زنده نماند. فکر می‌کنم اینها خلاف خواست الله است. اگر الله می‌خواهد که ما زیاد باشیم چرا بیابان‌هایش را به چشمه‌سار و تاکستان تبدیل نمی‌کند. اشلی به خودش گفت این اعتقاد به قضاوقدر است که او باید با آن مبارزه کند، یعنی اعتقاد به «قسمت» که مثل یک ابر تیره تمام سرزمین را پوشانده، تمام فعالیت‌ها را از هدف تهی می‌کند، تمام آرزوها را پوچ می‌سازد و روح آفرید گر انسان را دل‌مرده می‌کند. این بود وظیفه مبشر مسیحی که با نشان‌دادن نمونه مسیح و نویدهای او، شراره ربوبیت را در قلب مردم شعله‌ور سازد، آگاهی بر این امر که انسان برتر از عروسکی بازیچه سرنوشت است.

اشلی پرسید دلت می‌خواهد ببینی که این بیابان به دشت سبز وسیعی تبدیل شده است؟ می‌خواست برای او دست آوردهای حیرت‌انگیز علم مکانیک، آبیاری و احیا و کارهای مهندسی را شرح بدهد.

ماشاءالله، نه، در این صورت دیگر مشتری برای ما چاروادارها نخواهد ماند که با راهنمائی اشخاص برای عبور از آن زندگی‌مان را تأمین می‌کنیم.

اشلی پیش خودش قبول کرد که حق با چاروادار است. کی قید بیابان را می‌زند؟

آنهایی که آن را نمی‌شناسند از آن می‌ترسند و فکر می‌کنند یکی از آن جاهایی است که بلاهای آسمانی بر آن نازل شده. ولی برای آن‌هایی که با آن آشنا هستند، حتی خیلی کم آشنا مثل اشلی ویشارد، دوستی آن زود آشکار می‌شود. روز در سطح آن هزاران رنگ موج می‌زند. شب ستاره‌ها نزدیک هستند و باد بر می‌خیزد تا خنکی طراوت‌بخش بیاورد. بیابان تپه‌های بی‌مصرف ریگ روان هم که اشلی قبل از آمدن به شرق تصور می‌کرد نمی‌باشد. سلسله کوه‌ها آن را قطع و دوباره قطع می‌کردند، واحه‌ها بسیارند، حتی در دشت بایر هم نوعی علف وجود دارد که شترها از آن تغذیه می‌کنند. بیابان مسلماً سرنوشت خودش را دارد؛ ولی این سرنوشت بی‌هدف نیست.

اشلی متوجه شد که این رشته افکار با آن مفاهیم روح آفرید گری که او آن‌قدر مشتاقانه به آن دلبسته بود توافقی ندارد و باز هم با ترس و دلهره ناگهانی متوجه شد که شاید هنوز پیامش را درست عمل نیاورده است که شاید او آمده چیزی را موعظه کند که هنوز فقط یک فلسفه نارس و یک‌جانبه زندگی است. او اخیراً کتابی در باره بیابان‌ها خوانده بود تحت عنوان

«پیشروی بیابان‌ها» [۲۰] بقلم پروفسور سیپرز نامی که گیاه‌شناس شهیری بود. نویسنده هنگام اظهارنظر در باره طوفان‌های شن هولناکی که دشت‌های غربی آمریکا را درگرفته بود، اعتقاد داشت که انسان بجای تبدیل دنیا به باغ آن‌چنان‌که خدا به او حکم کرده، به علت کژفهمی سعی دارد پروسه‌های طبیعت را تسریع کند یا تغییر شکل بدهد، و در نتیجه شاید آن را به بیابان تبدیل می‌کند - به نظر می‌رسد با پافشاری مصرانه بر روحیه آفرید گر خود که خیلی بی‌باکانه از آن پیروی می‌کند، با جسارت بیش از حد که می‌خواهد آتش عرش را به زمین آورد، با تلاش در مهارکردن قوانین طبیعت یا سرپیچی از آنها و از خدایان خویش؛ یا به بیان مفاهیم دینی دنبال آن نیست که اراده الهی را بداند.

حقیقت و جریان حقیقی رفتار انسان شاید یک جایی در بین این دو حد غائی قرار گرفته باشد. اما کجا؟ و اشلی به‌عنوان یک آمریکائی پویا بر علیه سازش طغیان می‌کرد...

نزدیکی‌های شب به دامنه سلسله کوه‌های خاور نزدیک رسیدند و در یک کاروان‌سرای خشتی خرابه چادر زدند که عبارت از یک حیاط چهارگوش بود که در اطراف آن طویله‌های اسب و اتاق‌خواب مسافران قرار داشت. هنگامی‌که چاروادار مشغول تیمار اسب‌هایش بود و فتحی ترتیب جای استراحت را می‌داد، اشلی در تاریکی غروب بیرون رفت و روی یک تپه کوچک که بر دهکده تسلط داشت مکث کرد. آنجا ایستاد و به شیرینی زندگی اندیشید. تاریکی کوهستان را در بر می‌گرفت و آسمان پرده بنفش فامی بود که ستاره‌ها یکی‌یکی روی آن جمع شدند تا تمام فضا از ستاره پر زرق‌وبرق شد. در غرب «شکارچی» با کمربند پر زرق و برقش در دریای دشت می‌افتاد و سگ‌هایش به دنبال او، و در مشرق «ماکیان» در پای «مشتری» شناور بود. در عالم خواب‌وخیال در شکوه آسمان نیلگون، کلام خدا بر زبان اشلی جاری شد که با ایوب سخن می‌گفت: "تو نمی‌توانی دانه‌های شیرین عقد ثریا را به هم وصل کنی یا کمربند شکارچی را باز کنی" و از اینکه تسلیم اراده خدا بود در خود احساس وجد و آرامش کرد. در حضور خدا عقل به هیچ نیرزد و جهل هم همین‌طور. خدا به انسان هوش عطا فرموده برای شکوه و جلال خودش و انسان، همچنان که نور به ستارگان داده و در ذات انسان است که هوش خود را بکار گیرد

---

[۲۰] Deserts on the March, by Paul B Sears

همان‌گونه که در ذات ستاره است که بدرخشد.

آنگاه که اشلی آنجا ایستاده بود و سکوت کاروان‌سرا را فراگرفته بود، در دوردست صدای خفیف زنگ‌ها را شنید. صدا نزدیک و زیاد شد و به‌صورت زنگ پرقدرت ساز درآمد، آمیخته با دلینگ، دلینگ ریز و ملایم‌تر زنگ‌های کوچک که آهنگی می‌ساخت مثل موقعی که به بلور بزنند.

در شکاف تپه‌ها در تاریکی، در فرورفتگی ۷ مانند صخره‌ها کاروان شترها که از روی پشته عبور می‌کردند صفی از کوهان‌ها بالا آمدند و پائین رفتند. صدها شتر اکنون که کوهستان را پشت سر گذاشته و به کاروان‌سرا نزدیک می‌شدند به‌خوبی قابل‌تشخیص بودند. در انعکاس نور آتش اردوگاه، اشلی می‌توانست ببیند که دهنه آنها با تزیینات فیروزه‌ای برق می‌زنند. شترها، این حیوانات صبور راهرو، زنگشان فضا را با سمفونی باشکوهی پر می‌کرد. حالا کنار کاروان‌سرا رسیده بودند؛ ولی چون تعدادشان به‌قدری زیاد بود که در داخل جایشان نمی‌شد در فضای صاف بیرون توقف کرده و همان جا اردو زدند.

شترها را در گروه‌های پنج شش‌نفره با طناب به هم‌بسته بودند، هر گروه توسط یک ساربان هدایت می‌شد که پوستین ضخیم سنگینی بر تن و یک کلاه گرد و تنگ نمدی بر سر داشت. اینها ایرانی نبودند. چهره آنها به شکل باریک و کشیده آریایی‌ها نبود. اینها تاتار بودند با گونه‌های برجسته و چشم‌های مورب که حکایت از استپ‌های آسیا داشت. اینها ساکنان این سرزمین بودند؛ ولی از زمانی که اجداد آنها همراه با قشون چنگیزخان و تیمور لنگ وارد ایران شدند تا زمان حاضر زبان ترکی، شکل‌وشمایل مغولی، استعداد برای راه‌پیمایی‌های طولانی و زندگی پر التهاب و در حال حرکت صحرانشینی را حفظ کرده‌اند. اینها ساربانان ایران‌اند. اینکه از کجا آمده بودند یا به کجا می‌رفتند اشلی نمی‌دانست. معلوم بود که از فاصله دوری نیامده بودند، چون شترها در گرمای روز سفر نمی‌کنند. آنها نزدیکی‌های غروب راه افتاده بودند و صبحگاهان، خیلی قبل از آنکه اشلی و فتحی چاروادار را راه بیندازند، دوباره به راه می‌افتند و در برهوت کوه و بیابان‌های مرموزی که آمده بودند ناپدید می‌شوند.

آنها در یک دایره بسیار بزرگ در واقع یک سری دایره‌های گرداگرد، جمع شدند. سرپرست هر کدام از گروه‌های پنج شش‌نفره تکان محکمی به

دهنه شترها داد همراه با یک کلمه فرمان. اول‌ازهمه شتر جلودار زانو زد، مثل گاو، اول دست‌هایش و بعد پاهایش را پائین آورد. بعد شتر پشت سر او و به همین ترتیب پشت‌سری، تا تمام قافله چمباتمه زدند و زمین پوشیده از امواج کوهان‌ها شد.

ساربانان مشغول به کار شدند، افسارها را باز کردند و لنگه‌هایی را که از هر دو طرف شترها آویزان بودند شل کردند، سپس بسته‌های آزاد را به‌صورت متکا درآورده به آن تکیه دادند و بدون خوردن شام خوابیدند. سکوت برقرار شد به‌جز گاه‌گاهی دلنگه زنگ شتری که تکان می‌خورد.

اشلی به کاروان‌سرا برگشت. فتحی اشرف را دید.

فتحی گفت سماور هنوز آواز می‌خواند. یک لیوان چای دیگر دوست دارید؟ چای قبل از خواب خوب است.

بله متشکرم فتحی اشرف.

با هم نشستند جلو دیوار کاروان‌سرا، جایی که اشلی بتواند ستاره‌ها را که در دشت می‌افتند ببیند و هوای شبانگاه را روی صورت خود احساس کند. با هم چای نوشیدند و سپس اشلی پرسید:

هدف زندگی چیست، فتحی اشرف؟

مستخدم بدون تأمل جواب داد که خدا را بشناسی.

اشلی مکث کرد بعد پرسید: تو خدا را می‌شناسی؟

فتحی باز هم مثل قبل بدون تأمل جواب داد: چه کسی می‌تواند خدا را بشناسد؟

انسان نمی‌تواند خدا را بشناسد؟

سعدی فرموده چراغ چه باشد در برابر خورشید یا بلندترین مناره در برابر دماوند؟

انسان نمی‌تواند تا مقام خدا عروج کند؟ روح انسان بال‌هایی ندارد که تا اعلا درجات الوهیت پرواز کند؟

چرا باید اوج بگیرد؟ خدا همه‌جا هست، همین‌جا روی زمین و هم در آسمان.

اشلی با تحکم و اضطراب، کمی با بی‌حوصلگی پرسید: تو نمی‌خواهی خدا را بشناسی؟

فتحی ضمن اینکه لیوان اربابش را می‌گرفت جواب داد: چرا، بله.

اما انسان چگونه می‌تواند خدا را بشناسد، مگر با عبادت‌های شورمندانه، تمنای شورمندانه و بر افروختن چراغ روح خاموشی ناپذیرش؟

فتحی آتش سماور را تکاند که جرقه پراکند و سوسو زد و فرونشست، روی آن آب ریخت که با صدای هیس خاموش شد. زغال‌های تر را برای دفعه بعد جمع کرد و ریخت در یک کیسه، برخاست و سماور و لیوان‌ها را با خود برد.

گفت: ارباب من شاید با بستن دروازه‌های روح، می‌خواهد حالا استراحت کند؟

بله فتحی اشرف.

فصل ششم

به کوه‌ها نزدیک می‌شدند. اینجاوآنجا دهکده‌های کوچک گِلی بر حاشیه پژمرده تپه‌ها چسبیده بودند که از دور مرجانی رنگ دیده می‌شدند، مثل گل سرخی که بر سینه زمین قهوه‌ای‌رنگ انداخته باشند. در بین صخره‌ها گاه‌گاهی گله گوسفندان دنبه‌دار دیده می‌شدند که روستاییان از آنها مراقبت می‌کردند و به این‌طرف و آن طرف می‌بردند تا از علف‌های کم‌پشت تغذیه کنند.

همچنان که درشکه غژغژ کنان پیش می‌رفت یکی از چوپان‌ها که پسربچه‌ای بود، مراقبت گوسفندان را رها کرد و با بسته‌ای که در دست داشت به‌پیش دوید.

وقتی نزدیک می‌شد فریاد زد پیشکش، صاحب. کت پاره‌پوره و شلوار پاره‌پوره‌تری برتن داشت. ولی یک کلاه بلند سیاه، باوقار بر سر داشت. بسته‌ای که با خود حمل می‌کرد یک بره کوچولو بود، نرم و پشمالو که در دست‌های او می‌لرزید.

اشلی بره را گرفت و به‌آرامی بر زمین نهاد، بعد یک قران نقره از جیبش در آورد و به پسربچه داد. بره جست‌وخیزکنان پرید روی صخره‌ها در جستجوی مادرش، اما پسربچه ایستاد و با سلام و تعظیم ابراز تشکر کرد. اشلی تخمین زد دوازده تا چهارده سال داشته باشد.

اشلی پرسید میوه برای خوردن هست؟

پسر دستش را دراز کرد و به کف دستش به نشانه خالی بودن فوت کرد.

موجود نیست. هنوز اول فصل است، ولی تخم‌مرغ و ماست و پنیر و نان موجود است، اگر همراه من بیایید، و به سمت دهکده اشاره کرد.

چاروادار به حرف آمد، اِه، برادر یک راه کوتاه به «میان‌آباد» نیست؟

پسر پرید روصندلی فریاد زد: چی، تو که پول می‌گیری مردم را در کوه‌ها راهنمائی کنی خودت راه‌بلد نیستی؟ در آن چای‌خانه آن بالا بپیچ، و به سمت چای‌خانه اشاره کرد و گفت و من یک راهی به تو نشان می‌دهم به صافی گونه‌های یک دختر باکره.

چاروادار جواب داد تت تت، تو بچه از گونه زن‌ها چه میدانی؟ ولی راهی به ما نشان بده که صاحب نتواند شکایت کند و من جیب‌هایت را پر از پول نقره می‌کنم.

بهتر است بگوئی ریگ.

چاروادار به اسب‌ها شلاق زد و آنها تلق، تلق راه افتادند. درشکه افتان‌وخیزان به‌پیش رفت. اشلی طوری به صندلی چسبیده بود مثل‌اینکه همه چیز در یک آن خورد و خمیر و خاک و خاکشیر خواهد شد.

تمام روز مسیر حرکت را پسربچه هدایت می‌کرد. کوره‌راهی که نشان داد صاف بود و در طی صبح از یک دره با شیب ملایم می‌گذشت که کوه‌های بلندی آن را مسدود می‌کردند که به نظر می‌رسید راه دائماً به آن نزدیک‌تر می‌شود ولی هیچ‌وقت نمی‌رسید. مسافرین گاه‌گاهی به دهکده‌های گلی کم‌ارتفاع برخورد می‌کردند که پشت دیوارهای گلی در واحه‌های سبز کوچک چمباتمه‌زده بودند. گاهی برای یک لیوان چای و یک کیسه مغز گردو و کشمش توقف می‌کردند. در راه از الاغ‌هایی گذشتند که زنگوله‌شان جیلینگ، جیلینگ می‌کرد و یک‌بار هم از عرابه‌های سنگین پست ایران.

در دامنه تپه‌ها اغلب شترهایی می‌دیدند که با پای بسته می‌چریدند. لنگه‌های بار در اطراف پراکنده بود و ساربانان سیگار می‌کشیدند. منتظر سررسیدن خنکای غروب بودند تا بتوانند دوباره راه بیافتند. اینها همیشه برای اشلی جذاب بودند. از خود می‌پرسید از کدام شهرهای دور آمده‌اند و در فکر خود با آنها همدلی می‌کرد. شترهایی که به جاده نزدیک‌تر بودند با بی‌اعتنایی سرشان را بلند می‌کردند که باعث می‌شد زنگ‌هایی که به گردنشان آویزان بود به صدا در آید، و مهره‌های آبی‌رنگی که دهنه‌هایشان را تزیین می‌کرد در نور خورشید بدرخشد و به نظر اشلی چنین می‌رسید که کل طبیعت هم به همین خونسردی عبور او را ملاحظه می‌کند مثل‌اینکه او، آخرین مسافر از جهان خارج، فقط یکی از همراهان فرستادگان ژوستینیان و قوبلای خان بوده باشد.

درشکه به تاخت می‌رفت و همچنان که روز بالا آمد گرما بیشتر و سکوت بر مسافرین مستولی شد. دره صاف حالا جای خود را به زمین ناهموار داد که صخره‌های مضرس همچون نگهبانان پراکنده بودند، دیده‌بانان کوه‌هایی که در پیش بودند. جاده سخت و خشن و ناصاف و قله‌ها نزدیک‌تر شدند و اخم آگین از بالا به آنها خیره شده و از نزدیک‌شدن منع می‌کردند.

همه‌جا خلوت وسیعی بود که صِرف نبودن در آن رنج‌آور بود. درهٔ بی‌حاصل، ارتفاعات خالی از درخت، پهنای خالی آسمان بی‌هیچ لکه‌ای از سفیدی، هوا چنان شفاف گوئی خلأ محض بود. همه چیز دست‌به‌دست هم داده بود تا این احساس را تقویت کنند که در نیم جهانی دوردست بین زمین و آسمان معلق و تنها به حال خود رها شده‌ای.

یک چیزی در امساک خدا در این سرزمین شرقی، این تالار شرقی قصر الهی، هولناک بود. اندک چیزهایش را با چنان صرفه‌جویی در اطراف پراکند بود که جلوه عظمت به وجود آورد. فقدان حیات‌وحش، معدودی پرنده، کمبود شدید و پراکندگی گیاهان، درعین‌حال بساط عظیم هستی: دیوارهای دراز کوه‌ها و بر فراز آن اسباب و اثاث بیکران کهکشان‌ها – خورشید، ماه، ستارگان – تا چنان نمایش عظیمی خلق کند که در مقابل آن این کره خاکی و اموراتش بی‌اهمیت شود.

اشلی فکر کرد در مقابل این عظمت، دنیا چه باشد؟ بیش از آنچه شاعر پارسی گفته بود:

کاروان‌سرای ویران

که شب‌وروز درهای دوگانه آن‌اند[۲۱]

احاطه با معمای خدا – رمز تاریک کنج عزلت، پوچی زمان، بی‌نهایت طاس آسمان که بر اشلی فشار می‌آورد، روحش همچون چیزی رام به نظر می‌آمد، چنان‌که در خرقه‌ای پیچیده باشندش، بااحساس خفقان‌آور درماندگی و طردشدگی و احساس کرد که می‌خواهد همراه با مزامیر نویس گریه کند:

"وقتی در عرش تو تأمل می‌کنم، کار انگشتان تو، ماه و ستارگان که تو

---

[۲۱] از شعر مارک توان:
بیندیش، در این کاروانسرای ویران که شب و روز درهای دوگانه آن اند
چگونه سلطان با شکوه تمام درمهلت یک ساعته مقرر خویش ماند و سپس بیدرنگ روانه شد.
که از رباعی خیام الهام گرفته:
این کهنه رباط را که عالم نام است
آرامگه ابلق صبح و شام است
بزمی استکه وامانده صد جمشید است
قصری استکه تکیه گاه صد بهرام است
رجوع کنید به مقاله Alan Gribben برگردان مصطفی حسینی

آراسته‌ای؛

انسان چیست که تو در اندیشه او هستی؟"

حوالی غروب در دهکده گِلی زردرنگی که پائین خیابان اصلی آن جوی باریکی جریان داشت ایستادند. کاروان‌سرا حیاط بدون سقفی بود با طویله‌هایی در اطراف آن که تعدادی شتر، خر و یکی دو تا اسب باشکوه در آنها بودند (که از اینها اشلی نتیجه گرفت که باید صاحب‌منصبی از پایتخت در این حوالی باشد) و یک جفت اسب پُست فرتوت و یک خانواده مهاجر.

وقتی‌که چاروادار از اسب‌ها رسیدگی می‌کرد و فتحی با چانه‌زنی بسیار از روستاییان نان و پنیر می‌خرید، پسر که اشلی فهمید اسمش کاظم است، سماور را روشن و چای را دم کرد. در یک‌لحظه هم آتش کوچکی راه انداخته بود و مرغ و برنج می‌پخت.

وقتی فتحی برگشت پرسید این مرغ را از کجا آورده‌ای؟

پسر به‌طوری مبهم گفت: خدا روزی‌رسان است.

معلوم شد روزی‌رسان مهربان دکان‌داری بود که اکنون آمده بود و با عصبانیت پول مرغش را می‌خواست.

با التماس می‌گفت: صاحب، پول منو بده. پسره گفت برای خان است و مرغ و برنج برای اربابش می‌خواهد که من مثل یک رعیت خوب، مفت و مجانی دادم – چون بهتر است که خودت به نوکر حاکم بدهی تا اینکه سربازان بیایند بازور بگیرند. مرغ‌ها گران‌اند، (و در کمال ساده‌لوحی اضافه کرد) مخصوصاً اگر برای صاحب‌ها باشد.

کاظم داد زد برو دنبال کارت. وقتی که صاحب غذاخورده باشد سخاوتش بیشتر می‌شود.

گفت: پس می‌شود ده قران.

کاظم با بی‌ادبی او را از در بیرون کرد و به‌حساب خودش گفت دو قران ان‌شاءالله.

دکان‌دار با آه‌وناله گفت به ریشم قسم دو قران کافی نیست، اقلاً بکنش پنج.

پس سه قران به شرطی که مرغ دست‌آموز مادربزرگت دندان ارباب رو نشکند.

در این موقع اشلی ویشارد دخالت کرد، از جیبش یک سکه پنج‌قرانی در آورد. داشت می‌داد به دکان‌دار که کاظم آن را گرفت و نگهداشت جلو دکان‌دار و گفت:

سه قران، نه بیشتر، و هشت شاهی هم برای برنج، بقیه‌اش را پس بده.

دکان‌دار در جیب ردایش گشت، سکه‌هایی بیرون آورد که شمرد و داد به پسر و رفت. کاظم پول را به اشلی داد.

نوکر خدمتگزار شما هستم، صاحب.

اشلی گفت: بنابراین در همه چیز درستکار باش که به نرمی او را سرزنشی کرده باشد.

پسر به کناری رفت.

کمی بعد مردی آمد که کدخدا از میسیونر دعوت کرده به باغ او برود و خواهش می‌کند که بپذیرد. اشلی از او تشکر کرد، برخاست و فتحی هم دنبالش.

باغ کدخدا برای گذراندن بعدازظهر رو به غروب و به فراموشی سپردن تنهائی بیابان جای مطبوعی بود. بزرگ و دلباز و کاملاً خالی از سکنه. یک ایوان سنگ‌فرش‌شده در یک طرف آن بود که خورشید به گرمی بر آن می‌تابید. در سایه پای دیوارها دسته‌های بنفشه بود و آن‌طرف‌تر فوجی از لاله آماده رژه که فنجان‌های سرخ‌فامشان آراسته، به سلام ایستاده بودند. نرگس و سوسن هم شکوفه داده بودند که عطرشان در فضا پراکنده بود و زنبورهای عسل در اطرافشان مشغول بودند. جلو ایوان استخر چهارگوش بلندی بود که در انتهای آن آب به‌آرامی فوران می‌کرد.

نوکر کدخدا رفت و با یک‌پارچه دمشقی برگشت که آن را روی علف‌ها پهن کرد و کاسه‌های مسی سفیدکاری شده و کاسه‌های کاشی و قاشق‌های چوبی روی آن گذاشت. سپس به‌سرعت رفت و یک دیگ سنگین آورد و برنج داغ که بخار کره از آن بلند می‌شد در کاسه‌ها ریخت. برای صرف با این پلو، مرغ بریان، ماست پر از جعفری و تربچه، نان و چای و شیرینی آورده بود. گرچه اشلی قبلاً به‌نوعی غذایش را خورده بود، اشتهایش باز

شد و با رغبت تام مشغول خوردن شد.

او تمام کرد و فتحی هم خورد بعد دست‌هایشان را شستند و با حوله‌ای که نوکر کدخدا گذاشته بود خشک کردند.

اشلی بلند شد ایستاد به باغ نظر انداخت. دید که باغ‌های ایرانی دارای آن تکلف و آرایشی که ذهن غربی به آن خو گرفته نیستند. میدان‌های شسته‌رفته، حاشیه‌های به‌دقت طرح‌ریزی‌شده و چمن‌های مرتب زده شده ندارند. در عوض خرندهایی هستند که یک‌مرتبه به گلزارهایی که قاتی‌پاتی از گل انباشته شده یا به باغچه‌های پر پشت بوته‌های گل سرخ می‌رسند و همه‌جا پهنه‌های طبیعی گیاهان درهم‌آمیخته که با جوییارها از هم مجزا می‌شوند. در بین درختان میوه شکوفه‌های بادام و گیلاس در حال ریختن بود و برگ‌هایشان داشت سبز می‌شد. شکوفه‌های هلو و زردآلو به رنگ صورتی و سفید شکفتن آغاز کرده بودند. درختان انگور، کج‌ومعوج روی آلاچیق‌های خاکی با خس و خاشاک طرح درهم‌پیچیده‌ای ساخته، بی‌صبرانه در انتظار برگ دادن بودند. اطراف استخر، شاخه‌های درختان بید با پوسته ارغوانی لطیف که داشتند برگ در می‌آوردند با حرکت نسیم روی سطح آب حلقه‌حلقه موج می‌ساختند.

فتحی اشرف کمی دورتر، روی سبزه‌های کنار استخر دراز کشیده به گلزارها خیره شده بود و ابیاتی ترنم می‌کرد. خورشید رو به افول بر جوان ایرانی می‌تابید. ورای او استخر سایه و روشن شده بود و ورای استخر، ورای دیوار، کوه‌ها همچنان که ابرها از فرازشان عبور می‌کردند رنگ آبی‌شان طلائی می‌شد.

اشلی پرسید: فتحی اشرف، چه می‌گویی؟

فتحی چرخید به حالت ادب ایرانی دوزانو نشست، گفت بیتی از سعدی، می‌خواهید بشنوید؟

بله فتحی اشرف.

فتحی اشرف رباعی را خواند:

اگر ثروتت را از دست دادی

و برایت فقط دو قرص نان باقی ماند

یکی را بفروش و با پول آن

سوسن بخر تا روحت را شاد کنی[۲۲]

اشلی گفت: فتحی اشرف این خیلی زیبا است و به حال افسرده‌ای فرورفت.

روز روبه‌پایان نهاد و سایه‌های بلند بر باغ افتاد و روی سبزه‌ها طرح تورمانندی کشید. روی کوه‌ها را آبی درخشانی برگرفته بود. رنگ‌های ملایم قشنگ از کوه‌ها پریده و حالا بر بوم آسمان نقاشی می‌کردند. پرنده‌ای در چالابی نزدیک فواره آب‌تنی کرد. صدای به‌هم‌زدن بال‌هایش و پاشیدن آب فواره تنها صداهایی بود که سکون شب را می‌شکست.

اشلی که مقهور افسون مکان شده بود فهمید چرا برای ایرانیان که امپراتوری‌شان سرزمین دشت‌ها و کوه‌های بایر است، باغ‌ها بهشت‌های پنهان‌اند و چرا باغ مضمون موردعلاقه شاعران ایرانی است.

از مستخدمش پرسید قرآن راجع به باغ، چه می‌گوید؟ فتحی اشرف دولا شده پرنده را نگاه می‌کرد.

او در حال بلندشدن اربابش را خطاب کرد و گفت: پیامبر خیلی تعریف باغ‌ها می‌کند و بهشت را با آن‌ها تشبیه کرده است. خداوند در قرآن مجید می‌فرماید:

"برای آنان که از عظمت خدایشان هراس دارند دو نوع باغ آوردیم

با درختان پر شاخ‌وبرگ

در هر کدام دو نوع از هر میوه"

متشکرم فتحی اشرف. در این باره باید خیلی فکر کنم.

اشلی ویشارد دوباره در سکوت فرورفت.

غروب خورشید چنان رنگی بر افشاند که قله‌های کوه را به التهاب در آورد و نوارهای طلائی به دورترین گوشه‌های آسمان انداخت. عمر کوتاه غروب به سررسید و همچون آوائی خاموش شد. پرده‌ای از سیاهی سپهر را در بر

---

[۲۲] بنظر میرسد شعر کوتاهی باشد از عذرا پوند و هیچ سندی بدست نیامده که این شعر از سعدی یا شاعر دیگری اقتباس شده یا الهام گرفته باشد. رجوع کنید به مقاله دانیل سویفت. Daniel Swift, September 15, 2017 The Paris Review

گرفت، ولی فقط تا صحنه را تغییر دهد. «مشتری» از میان درختان سرکشید و بالاتر ستارگان در نمایش باشکوه فلکی به‌تدریج شکل و جای خود را گرفتند.

فتحی اشرف پرسید ارباب من مایل است که اکنون، قبل از آنکه شب کاملاً تاریک شود برود؟

نه، می‌خواهم لمحه‌ای بمانم و فکر کنم. ولی تو برو و ببین که چاروادار چیزی کم نداشته باشد و تختخوابمان آماده باشد.

فتحی اشرف رفت ولی فوراً با قالی و چراغ دریائی و منقل پر از آتش برگشت. قالی را پهن کرد و منقل را نزدیک گذاشت که گرمایش راحتی بخش بود. اشلی روی قالی نشست، و به طور خودکار از مستخدم خود تشکر کرد. مات و مبهوت شده بود.

از آن حالت وجد که از باغ پیدا کرده بود و صلح و صفای محیط با همان سرعتی که شادی جای خود را به غم می‌دهد، اشلی گرفتار شک‌وتردید مذهبی شده بود. از خود می‌پرسید کشورهای اسلامی که این‌قدر نسبت به تبلیغ مسیحیت رسوخ‌ناپذیرند به دلیل درک متفاوتشان از بهشت نیست؟ بهشت آن‌گونه که از دیدگاه یحیی برداشت می‌شود، یک شهر است، شهری که خیابان‌هایش از طلا، دیوارهایش از یشم و دروازه‌هایش از مروارید است. البته این‌ها هم مانند چشمه‌ها و درختان و حوری‌های باغ بهشت اسلام چیزی جز استعاره نیستند، مع‌هذا مفاهیم مهم مسیحیت هستند. بهشت برای مسلمانان باغ است، برای مسیحیان شهر. برای مسلمانان به طبیعت بر می‌گردد، برای مسیحیان فرار از طبیعت. مسلمانان به میراث آباواجدادی خود چسبیدند، مسیحیان در هر فرصت سعی کردند آن را انکار کنند، از آن فراتر بروند. بهشت برای مسیحیان جستجو بود، اشتیاق جان‌بخش خستگی‌ناپذیری بود که بال‌ها به ابر گره زنند و بگذارند در آسمان پرواز کند.

جستجوی روح که نماد آن در سنن مسیحی، «جام مقدس» است و معادل آن در جهان مادی جستجوی اتم، جستجو برای کشف قوانین بیولوژیکی و جستجو برای و سائلی است که قوانین فیزیک حاکم بشوند. روح آزادی طلب می‌کند؛ موجود خاکی که روح برایش موضوع مجهولی است، این تمنای روحی را به تمنای جسمی تحریف کرد و بجای جستجوی آزادی روح به دنبال آزادی جسم شد به‌صورت چیزهایی از قبیل وسائل پرواز،

آسمان‌خراش‌ها، تغییر مداوم مد لباس و هنری که تصنعی بود، هنری که معرف هر چیزی بود جز طبیعت.

این شکست مسیحیت بود. فقط این نبود که روح را بجای آرامش بخشیدن، ناآرامی بخشید، دائماً به دنبال گریز از قالبی بود که خدای دانای مطلق، زندگی و روح انسان را در آن ریخته بود. اسلام به طبیعت نزدیک‌تر بود و بجای آزردن، التیام‌بخش بود. انسان را به جستجو و بی‌قراری وانمی‌داشت؛ با سپردن همه رهنمون‌ها و خواسته‌هایش به دست خدا، او را ثابت‌قدم و آرام می‌ساخت.

اشلی دید که عرق روی پیشانی‌اش جمع شده، و از فتحی اشرف خواست که منقل را دورتر ببرد. پذیرفت که این‌گونه تأملات او نمی‌تواند صحیح باشد. علاوه بر درک باطنی‌اش که به او می‌گفت حقیقت در آنها نیست، تجزیه‌وتحلیل‌های منطقی‌اش هم نادرستی آشکار آنها را نشان می‌داد. هم منطق و هم تمایلات درونی‌اش از این فکر که او در اسلام حقیقتی ژرف‌تر از مسیحیت یافته است سرکشی می‌کردند. حتی در همین حال مکاشفه هم قلبش در اشتیاق شکوه وصف‌ناشدنی و لطف سرورش بود که در آن لحظه احساس می‌کرد دارد به‌آرامی حضورش را ترک می‌کند و فکر اینکه مسیح زندگی او را ترک گوید برایش غیرقابل‌تحمل بود، شکنجه‌ای بود دردآورتر از رنج عاشقی که معشوق خود را ازدست‌داده، همان قدر دردناک که مادری که به ازدست‌دادن فرزندش می‌اندیشد.

حقیقت این بود که در نتیجه افکاری که از آغاز این سفر ایران در درون او انباشته شده بود، اشلی ویشارد برای وظیفه‌ای که برای خود در نظر گرفته بود احساس کمبود می‌کرد. احساس کمبود نامطلوب نیست؛ شاید پیشتاز خرد باشد. هرکس که وارد ملکوت آسمان می‌شود باید همچون یک طفل کوچک بشود، بایستی خودبینی‌های دانش‌های یادگرفتنی را ترک کند، و فقط بر مبنای دانش غریزی عمل کند که میراث بشری او ست. خوشبختانه، اشلی ویشارد هنوز در حقیقت بنیادین ایمانش شکی نداشت. اعتقادات دینی‌اش محکم بود و از ایمانش کاسته نشده بود. پس چگونه است که شک‌وتردید می‌تواند به پیام او مربوط باشد و نه به حقیقت آن؟ دلیلش این بود که قلب او حقیقت را تشخیص می‌داد ولی ذهنش تشخیص نمی‌داد. اشلی ویشارد بر این امر آگاه بود که آنچه را که او تصور کرده بود پیام مسیحی او به این مردم باشد، به‌گونه‌ای خیلی از ملزومات این قضیه را کم دارد؛ اگر دروغ نبود حداقل بی‌ارتباط بود. او مسیحیت کاذبی را زیسته

بود، باور کرده بود و موعظه کرده بود؛ بجای نوشیدن آب جاودانی و فرح‌بخش حیات، کف را نوشیده بود و به دیگران عرضه کرده بود.

فتحی اشرف برگشت همراه کدخدا که یک ایرانی کوتاه‌قد عینکی بود، موقر و خیلی کمرو. کدخدا همچنان که نزدیک می‌شد سلام کرد و اشلی هم متقابلاً درود گفت.

اشلی گفت رحمت بر شما افزون باد، بزرگواری‌هایتان مثل شبنم طراوت‌بخش است.

کدخدا گفت خدا را شکر می‌کنم که اینجا تسلی خاطر یافته‌اید؛ اما از هیبت آمریکائی نتوانست حرفش را ادامه بدهد.

فتحی اشرف گفت چاروادار می‌گوید یکی از اسب‌ها لنگ شده و فردا نمی‌توانیم راه بیافتیم. کدخدا می‌خواهد راجع به این حرف بزند.

کدخدا به خود جرئت داد: بله، و....اما مسافر حتماً خسته است، و یک روز استراحت موهبتی خواهد بود. باغ من، این باغ متعلق به صاحب است که رفع خستگی کند و برای مسافرت به او نیرو بدهد.

مکث کرد، ندانست دیگر چه بگوید.

فتحی با درایت توضیح داد کدخدا راجع به یک دهکده جذامیان آن طرف تپه‌ها حرف زده که ماه‌ها است هیچ حکیمی به عیادت آنها نرفته.

کدخدا خیلی با اشتیاق و مقداری عذرخواهی حرف او را قطع کرد که: صاحب، مستخدم شما محبت کرد پرسید اینجا کسی بیمار هست، و گفت که اربابش عامل کارهای نیک و شفادهنده حیرت‌انگیزی است که خداوند در هر نسلی یک‌بار می‌فرستد و من فقط اشاره‌ای به جذامیان کردم. ولی نمی‌خواستم صاحب به‌زحمت بیافتند که به آن طرف تپه‌ها بروند یا با دیدار از آنها خودشان را به خطر بیندازند.

اشلی گفت: برعکس، من می‌خواهم که به عیادت آنها بروم. آنها چگونه به آنجا آمدند؟

صاحب بدون شک با مقررات آشنا هستند. جذامی‌ها اجازه ندارند در مناطق مسکونی بمانند و بایست از آنجا رانده شوند. دولت در آن طرف تپه‌ها به آنها زمین داده. زمین بایر است، زمینی که آب شیرین و بوته‌های گل ندارد

که کسی را به آنجا جلب کند و بنابراین جذامی‌ها کاملاً به حال خودشان رها می‌شوند. هیچ‌کس از آنها دیدن نمی‌کند، غیر از فصلی یک‌مرتبه یک بازرس دولت.

دولت این مطرودین را تغذیه می‌کند؟

کدخدا به علامت نفی سر جنباند.

پس چطور زندگی می‌کنند؟

کدخدا بلافاصله جواب نداد ولی بالاخره گفت: من صاحب زمین‌های زیاد و میوه‌های فراوان هستم و خوشحالم که به‌حکم پیغمبر با بخشش به بیچارگان برای خودم اجر بهشت ذخیره کنم. برایشان گندم و لباس‌پشمی تهیه می‌کنم.

این خوب است. تو انسانی هستی که خدا از تو خشنود می‌شود. این دهکده از اینجا چقدر فاصله دارد؟

نمی‌دانم، چون هرگز آنجا را ندیده‌ام.

اشلی با تعجب گفت: چی، تو هرگز آنجا را ندیده‌ای؟

رنگ از صورت مرد پرید. به خود لرزید و گفت: نه، من هرگز آنجا را ندیده‌ام. می‌ترسم. جذام نمی‌خواهم.

خیلی خوب، فردا از جذامی‌ها عیادت می‌کنم، ولی من نمی‌توانم به‌قدر تو برایشان کاری انجام بدهم، چون‌که داروهای من بدرد این بیماری نمی‌خورند. شاید بتوانم سخت‌ترین بیماران را معاینه کنم و زخم‌های باز را پانسمان کنم.

کدخدا وحشت کرد و نفس‌نفس‌زنان پرسید: یعنی شما می‌روید بین آن‌ها؟

اشلی به حالت یک چیز عادی جواب داد: علم پزشکی ترس از عفونت را غیرضروری کرده است. گرچه در عمق وجود خود می‌دانست که علم پزشکی موانع خدشه‌ناپذیر بر پا نکرده است و در تجزیه‌وتحلیل نهائی انسان باید خودش را به دست خدا بسپارد که از خطر محفوظ بماند. صبح زود خواهیم رفت.

کدخدا که ظاهراً خیالش راحت شده بود گفت خدا به شما اجر بدهد. ترتیبش

را می‌دهم که اسب‌ها برای شما جلو در و گندم و لباس هم بار خرها آماده باشند و حالا، اجازه مرخصی می‌فرمایید؟

خانه‌تان پر برکت باد.

بعد از رفتن کدخدا، اشلی بازهم نشست و به نور ستارگان که روی استخر شناور بودند نگاه کرد. بالاخره فتحی اشرف سکوت را شکست.

به نرمی گفت: ارباب من انسان خوبی است که در مظهر خدا خلق شده است.

فصل هفتم

اشلی ویشارد از صدای سم اسب روی سنگریزه‌های کف حیاط و صدای خوش‌آهنگی که با اسب‌ها حرف می‌زد بیدار شد. از دریچه کاروان‌سرا آسمان ارغوانی‌رنگ را نگریست. فتحی اشرف چای آماده می‌کرد.

فتحی اشرف به نرمی گفت اسب‌ها آماده‌اند هروقت ارباب من آماده باشد.

اشلی پتو را به سوئی انداخت و از روی تختخواب سفری بلند شد. چه روز باشکوهی! فتحی اشرف، چرا من باید همیشه این‌قدر خواب‌آلود باشم؟

ارباب من مرد اندیشه است و اندیشه پلک‌ها را سنگین می‌کند.

اشلی دست‌هایش را در تشت آب سردی که فتحی اشرف آورده بود فروبرد، خواب را از چشمانش شست و لباس‌پوشید. فتحی اشرف نان تنک، پنیر شیر بز و چای جلو او گذاشت. بعد از آنکه هر دو صبحانه خوردند، به حیاط رفتند. دو سه نفر از نوکرهای کدخدا با اسب‌ها و حیوانات بارکش با بار غلات ایستاده بودند.

با ورود میسیونر همه افراد سوار شدند ولی یکی از آن‌ها که آدم شل‌وول بدقواره‌ای بود رکابش لغزید و به‌شدت به زمین افتاد. خون از مچ دستش سرازیر شد.

اشلی باعجله به سمت او رفت و دید که سرخرگ «زند زبرین» در اثر برخورد با یک سنگ تیز پاره شده. دستمالش را در آورد و مثل رگ‌بند دور بازوی او بست و صدا زد که فتحی اشرف وسائل پزشکی او و آب سرد بیاورد.

اشلی با کمک ابزار پزشکی سعی کرد دو انتهای رگ پاره شده را پیدا کند و بدین منظور تدارک می‌دید که برش بدهد تا زخم را باز کند. مرد باحالت غیظ دستش را عقب کشید.

با عصبانیت اعتراض کرد: صاحب دست من بریده شده و تو می‌خواهی با خونریزی مرا بکشی؟

اشلی با استمالت برایش توضیح داد که چرا برش لازم است.

۵۷

مرد پرخاش کرد که حکیم‌ها اینجا از این کارها نمی‌کنند.

اشلی با قاطعیت دست او را گرفت و گفت خوشبختانه تو در دست کسی هستی که بیشتر از حکیم‌های شما می‌فهمد. صبور باش.

مرد دستش را دراز کرد و اشلی به کارش ادامه داد. دو انتهای سرخ‌رگ قطع شده را پیدا کرد و با هموستات آنها را گرفت و با ریسمان جراحی بست. سپس به‌سرعت رگ‌بند را آزاد کرد. بخیه‌ها محکم ماند و خونریزی بند آمد.

برش را بخیه زد، زخم را پانسمان کرد و مرد را به حال خود رها کرد.

اشلی به او توصیه کرد که برو خانه و امروز استراحت کن، و امشب دوباره دست تو را معاینه می‌کنم. با این دست کار نکن، یکی دو روز دیگر خوب می‌شوی. سپس تسمه جعبه‌ابزارش را بست و اعلام کرد که آماده حرکت است.

خورشید هنوز طلوع نکرده بود که این کاروان کوچک به صف وارد خیابان شد. اشلی از مختصر جراحی که کرده بود راضی بود و حال خوشی داشت. هوا تازه و دیوارها با ته‌رنگ گلگون، ظاهری جذاب حتی دوست‌داشتنی داشتند. جنب‌وجوش زندگی در دهکده آغاز شده بود، الاغ‌ها با بار هیزم برای نانوایی‌ها که صاحبانشان آنها را سیخونک می‌زدند با ناز و کرشمه براه افتاده بودند. حمال‌ها با بار سنگین بر پشت در اطراف پراکنده بودند و در بازار تنگ و باریک تجار کرکره‌هایشان را باز می‌کردند. در میان این‌همه هیاهو، صدای مؤذن بگوش می‌رسید که مؤمنان را به نماز می‌خواند.

دهکده جذامی‌ها در آن طرف رشته تپه‌های سرخ‌رنگی قرار داشت که سدی به‌طرف شرق به وجود می‌آورند. وقتی‌که به دشت حدفاصل رسیدند، خورشید از پشت کوه‌ها طلوع کرد، دشت به‌تدریج از ارغوانی به صورتی و از صورتی به یک مه نقره‌فام درخشان درآمد. هوا در این صبح زود، فرح‌بخش و هوس‌انگیز بود، و اسب‌ها – از نژاد اصیل عربی که کدخدا در اختیارشان گذاشته بود – می‌خرامیدند و جست‌وخیز می‌کردند. هنوز فاصله کمی از دهکده دور نشده بودند که اشلی صدای تلق، تلق ملایمی به گوشش خورد، سر برگرداند کاظم را دید سوار یک خر خاکستری‌رنگ که با جیغ و فریاد آن را پیش می‌راند.

اشلی دهنه اسبش را کشید و فتحی اشرف هم همین‌طور تا کاظم به آن‌ها رسید.

فتحی پرسید: اِه، کاظم چرا دنبال ما میایی؟

من با صاحب می‌روم، چون صدایش مثل شراب شیرین است، و کارهای حیرت‌انگیز می‌کند بی‌شمار.

اشلی خوشش آمد. امکان دارد این پسر اولین کسی باشد که او افتخار بیدار کردنش به «حقیقت» را داشته باشد؟

نور امید که در چند روز گذشته که فهم او از اسرار حیات توسعه‌یافته و به همان نسبت هم بغرنج‌تر شده بود، کمتر در قلب اشلی درخشیده بود، روشن‌تر درخشیدن گرفت.

پسرک را همچنان که کنار هم می‌راندند به صحبت گرفت. عقابی که جلو آن‌ها شیرجه می‌رفت فرصتی شد که سر صحبت را باز کنند. همچنان که آن‌قدر بالا رفت که تقریباً از نظر ناپدید شد، کاظم، با بهت و حیرت گفته بود: ماشاءالله.

اشلی گفت هواپیما می‌تواند بالاتر و سریع‌تر پرواز کند.

واقعاً، صاحب؟ من هواپیماهای انگلیسی‌ها را دیدم که بالای سر ما پرواز می‌کردند، ولی به نظر می‌رسید که یواش حرکت می‌کنند.

به این دلیل که آن‌قدر بالا پرواز می‌کنند که یواش به نظر می‌رسد.

ما می‌توانستیم غُرّش آن‌ها را که هوا را می‌شکافتند، حتی در ده بشنویم. باید برایشان دردناک باشد. یکی از آن‌ها در دشت نزدیک جایی که گوسفندان می‌چریدند نشست. اونجا کاری نداشتند. حق نداشتند در فضای شاه پرواز کنند، ولی بهانه درآوردند که یکی از موتورهایشان روشن نمی‌شده. چیز قشنگی نبود، این هواپیما. دو تا بازو داشت که از یک چیزی شبیه کندو زنبور زده بود بیرون. دوتا بازو که براق و پیچ‌واپیچ بودند و بالاخره وقتی‌که روشن شد مثل هزار جن که درد می‌کشند می‌غرید و جست‌وخیزکنان در دشت رفت تا اینکه به لطف خدا باد امد و ان را به هوا بلند کرد.

اشلی پرسید تو نمی‌خواهی که در یک ماشین مثل آن در هوا پرواز کنی؟

این روشی بود که معمولاً موعظه‌اش در باره قدرت خدا را آغاز می‌کرد؛ موعظه‌اش بر مبنای تشبیه اتومبیل با فعل‌وانفعالات عوالم ربانی بنا شده بود.

پسر مختصر و مفید پاسخ داد پرواز کار پرندگان است که خدا ساخت برای آسمان.

اشلی از کندی پیشرفت، کمی سرخورده شد. دوباره سعی کرد.

ولی خوب نیست که آدم بتواند مثل پرنده پرواز کند؟

کاظم معصومانه پرسید چرا باید دوست داشته باشم مثل پرنده پرواز کنم؟ آیا عقاب دوست دارد راه برود؟ نه، و نمی‌تواند هم راه برود. باوقار راه‌رفتن چیز دیگری است، کاری که پرستوها، زیباترین پرندگان، نمی‌توانند بکنند، ولی مجبورند که جست‌وخیز کنند مثل همان هواپیما.

اشلی از پیگیری دست کشید. پیامدهای دست‌آورده‌های مکانیکی به‌وضوح فوق هوش محدود پسر بود. معهذا، کمی بعد، اشلی روال دیگری پیش گرفت. موضوع پزشکی و جراحی را پیش کشید، به طور پیش‌پاافتاده به پانسمان‌کردن دست نوکر کدخدا اشاره کرد.

او گفت نوکر کدخدا معلوم است که یاد نگرفته موقر سوار اسب بشود، وگرنه نمی‌افتاد دستش را ببرد.

کاظم با احترام گفت: صاحب مثل شبنم روی علف خشک آمد بالای سرش.

اشلی به‌سرعت جواب داد. این صاحب نبود که مثل شبنم به سراغ او رفت، بلکه دانشی بود که او حامل خوش‌شانس ولی کمینه آن بود.

دانش مانند کلام سحرآمیزی است که گنج اسرار را می‌گشاید. صاحب به لطف خدا صاحب آن کلام است.

بله دانش موهبت شگفت‌انگیزی است، موهبت خدا به انسان‌هایی است که به حقیقت گوش می‌دهند. دانش نه‌تنها در برابر بیماری، بلکه در برابر طوفان‌های کوهستان، آب دریاها و آتش قعر زمین به انسان قدرت می‌دهد.

او به همین روال ادامه داد که بعضی دست‌آوردهای علمی را برای کاظم بازگو کند که چگونه نیروی آب‌های خروشان و گرمای ذخیره شده درون سنگ سیاه، یعنی سرعت برق‌آسا را مهار کرده‌اند؛ چگونه انسان را قادر

ساخته است که نیروهای طبیعت را تحت اراده خود در آورد؛ تا چه اندازه اسرار بدن انسان را آشکار کرده و انسان را بر بیماری‌های جسمی چیره کرده، نه فقط بر بیماری‌های جسمی بلکه بیماری‌های روانی و ناتوانی‌های حاصل ترس، ناشکیبائی، شک‌وتردید و سوءظن و ورای این‌ها، بیماری‌های اجتماعی. برای کاظم گفت چگونه یک هوش‌برتر، دائماً در حال دورانداختن آداب‌ورسوم پوسیده ایست که دست‌وپاگیر انسان‌اند. چگونه برخوردهای عاقلانه‌تر مثلاً در مورد اموری مانند لباس پوشیدن منجر به بهبود تندرستی شده. چگونه دولت‌های هوشمند، بجای اینکه هم‌وغم خود را فقط صرف فرمانروایی بکنند، صرف رفاه اجتماعی کرده‌اند. چگونه برخوردهای روشنفکرانه‌تر، مثلاً، نسبت به مجرمین، بهتر موفق به حفظ نظم عمومی شده است.

بیشتر اینها ظاهراً برای پسر قابل‌فهم نبود، چون فقط گفت:

ماشاءالله.

کاظم تو بجای مراقبت از گوسفندان، باید در جستجوی دانش باشی.

کاظم با ساده‌لوحی پرسید: پس، دانش مثل ورد «اجی مجی لاترجی» است که درب مخفی گنج را برای علی‌بابای هیزم‌شکن باز کرد؟

اشلی با اشتیاق و امیدواری سر تکان داد: بله، همین‌طور است.

کاظم با دستپاچگی و به‌سرعت گفت: ولی علی‌بابا موقعی که ورد سحرآمیز را متوجه شد و در غار را باز کرد، دنبال گنج نمی‌گشت. دنبال هیزم می‌گشت. برای اینکه به نتیجه‌گیری‌های خودش قاطعیت بدهد اضافه کرد: و برادرش حسن طمع‌کار که حرف رمز را یاد گرفت که گنج را پیدا کند گیر افتاد و شقه، شقه شد. به نظر من دانش باید مثل باران بر سر ما ببارد. آدم نمی‌تواند برای آب دنبال ابر بدود.

اشلی ویشارد در سکوت اسب راند، متحیّر و پریشان‌احوال که موفق نشده هیچ تأثیری روی پسر ایرانی گذاشته باشد. این اولین شکست او نبود – مستخدمش فتحی، ساکت و بانزاکت که هرگز هم اهل پرحرفی نبود؛ هروقت که خواسته بود از واضحات پا فراتر گذاشته سعی کند تفاهم را به سمت قدردانی از سرچشمه‌های روح پویای غرب بکشاند، با دیواری از بی‌تفاوتی مواجه شده بود. با کاظم، با فتحی با دیگرانی که صحبت کرده بود، همواره به همین صورت بود: ابراز علاقه مؤدبانه، اظهار حیرت،

معمولاً همراه با الله‌اکبر و دیگر هیچ.

او متوجه بود که این همان «قسمت» مشرق‌زمینی است، یعنی احساس ژرف جلال و جبروت خدا، بی‌اهمیت‌بودن انسان و عدم امکان ارتباط بین آن دو. می‌توان به درگاه خدا استغاثه کرد. می‌شود با عبادت‌های پنج‌گانه (گفتن اشهد، نماز، روزه، زکوة، حج) از او یاری طلبید. اما خداوند تبارک‌وتعالی گنجینه ایست که کلیدی برای آن وجود ندارد. شاید خودش اسرار الهی را بگشاید، ولی انسان هرگز. چطور ممکن است انسان که موجودی است متناهی بتواند خدای نامتناهی را بفهمد یا به او نزدیک شود. در قبال چنین مفهومی غیرقابل‌تصور است که انسان هرگز بتواند حاکم بر سرنوشت خود باشد. اگر دیواری خراب بشود کار خدا است و انسان مسئول آن نیست. اگر طاعون هم جمعیت مردم را نابود می‌کند همین‌طور – بیهوده است که سعی کنیم به کمک دانش پزشکی در برابر خواست خدا استقامت کنیم. اگر برده‌داری، بی‌عدالتی‌های اجتماعی، ظلم و ستم یا بلاهای آسمانی رواج داشته و بر ما فائق آمده‌اند، کاری از ما ساخته نیست، مگر که آنها را به‌عنوان اِعمال اراده‌ای که اراده انسان در برابر آن امکان و توان مخالفت ندارد، منفعلانه بپذیریم. الله‌اکبر. برخورد مسلمانان با زندگی در این عبارت خلاصه می‌شود و در برابر چنین اعتقاد متعصبانه‌ای به قدرت و دانایی خدا، آدم چگونه می‌تواند اعتقاد مسیحیت را بگذارد که خدا پدر است و انسان می‌تواند باخدا ارتباط برقرار کند مثل کودکی که با پدر و مادرش حرف می‌زند و با همه کسانی که مسیح را پذیرفتند " به آنها این توانائی را داد که پسران خدا بشوند."

اشلی این برخورد مسلمانان را درک می‌کرد؛ همین روحیه را هم در بسیاری مسیحیانی می‌دید که تکیه‌شان روی کتاب عهد عتیق متمرکز بود نه انجیل عهد جدید، مثلاً آن‌هایی که فریاد ایوب درباره خدا را در نظر داشتند:

" که خورشید را امر می‌فرماید، و طلوع نمی‌کند؛ و ستارگان را مخدوم می‌سازد."

" که به تنهائی، آسمان‌ها را پهن می‌کند و در امواج دریا می‌خرامد... "

" زیرا که او مثل من انسان نیست که او را جواب بدهم و یا با هم به محاکمه بیاییم."

" در میان ما حَکَمی نیست که بر هر دوی ما دست بگذارد " ۲۳

برای کسی که خدا را اینگونه می‌نگرد، و با ایمانی بی‌چون‌وچرا و پایبندی متعصّبانه به اعتقادات که فرد مسلمان از خود نشان می‌دهد، غیرقابل‌تصور است که شفیعی وجود داشته باشد که انسان بتواند به‌وسیله او به درگاه ابدی تقرب یابد، اما شاید بشود با لطف و مرحمت آن شفیع و به قدرت الهی " وارد آن گنجینه‌های برف شد " تا بدانی " نور از کدام سوی می‌تابد ". شاید باگذشت زمان حتی " تابش‌های دل‌انگیز «عقد ثریا» را با هم ببندی و «جبار» را از بندرها کنی."...

درحالی‌که کنار هم اسب می‌راندند، فتحی اشرف پرسید: جذام را می‌توان شفا داد؟

اشلی جواب داد: نمی‌توانیم کاملاً جواب مثبت بدهیم. اما می‌توان کاری کرد که بسیاری از بیماران از جذام‌خانه مرخص شده به منزل و مأوای خود برگردند. ما مدیون «هانس» نروژی هستیم که باسیل عامل بیماری در سال ۱۸۷۳ کشف شد که حالا می‌توانیم مطمئن باشیم که مانند سل و سفلیس، بالاخره آن را درمان کنیم. داروهایی وجود دارد که از همه مؤثرتر تزریق ترکیب استری از روغن شالموگرا۲۴ است، گرچه از محلول جیوه هم استفاده شده و تحت آزمایش است. درمان در مراحل اولیه تا حدودی دردناک است و بایستی چند سال ادامه پیدا کند تا نتیجه‌بخش باشد و بیمار هم دائماً زیر نظر و مراقبت‌های پزشکی باشد تا از عود بیماری جلوگیری شود.

بلای عمده جذامی‌ها جذام نیست، بلکه نامردمی انسان‌ها است. ملل مسیحی دو هزار سال است که تسلیم محض قانون موسی بوده‌اند نه دستور عیسی، و جذامیان را ناپاک خوانده‌اند یعنی که باید از شهرها رانده و محکوم به زندگی در تنهائی باشند. ولی روش برخورد با جذام، ایزوله (منزوی) کردن نیست بلکه معالجه است. ایزوله کردن امید را از بین می‌برد و سرزندگی روحی را متلاشی می‌کند که تمام معالجات بایستی مبتنی بر آن اساس باشد. اولین قدم ایست که طرز تلقی ذهنی صحیح بیمار را به او بازگردانده، سپس با تغذیه و مراقبت‌های صحیح نیروهای بهبودی بخش او را تقویت کرد.

---

۲۳ انجیل، ایوب، فصل ۹

۲۴ Chaulmoogra oil

به نظر می‌رسید فتحی راضی شده چون دیگر سؤالی نکرد. آنها در سکوت پیش راندند.

وقتی‌که به خط‌الرأس تپه‌های سرخ رسیدند مسیر آنها سنگلاخی و پر شیب شد و خورشید که طلوع می‌کرد به‌شدت بر گروه آنها و بر صخره‌ها می‌تابید و نور و گرمای شدید را به‌صورت آنها منعکس می‌کرد. اسب‌ها گام‌هایشان را کند کردند و اشلی، فتحی، کاظم و نوکرهای کدخدا، همگی ساکت و منفعل شده بودند، مانند الاغ‌های صبور که در تمام مدت صبح با گام‌های ثابت راه پیموده بودند. دشت زیر پایشان اکنون طشت بزرگی از نور بود؛ تپه‌های روبرو سفت‌وسخت چون سنگ.

حالا خط‌الرأس را پشت سر گذاشته به سمت دره بی‌آب‌وعلف و خالی از سکنه‌ای سرازیر شده بودند. نه دهکده‌ای نه آبادی علف‌زاری در این دره سوخته و ملامت بار وجود نداشت. هیچ نشانی از حیات دیده نمی‌شد به‌جز چند کلبه در دوردست در سراشیبی کوه که در نزدیکی آن جوی آب زردرنگی روان بود. آب جوی از نوع آب‌های حیات‌بخش نبود. آلوده از گوگرد، شور و غیرقابل‌شرب بود. اینجا و آنجای دره نواحی براق نمک‌زار دیده می‌شدند.

در اینجا بود که یک کلنی پنجاه تا صدنفره جذامی زندگی می‌کردند. زندگی در فلاکت محض، تبعید شده از دهات محل زندگی‌شان دور از دوستان و خویشاوندان، به نظر می‌رسید حتی دور از خدا، دور از هرآنچه انسان از زمین و خوبی‌های آن درک می‌کند.

نزدیک‌تر که رفتند معلوم شد کلبه‌ها حتی از آنچه از دور دیده می‌شد هم فلاکت‌بارترند. چیزی که روزی دیواری گلین بوده، دور دهکده کشیده بودند ولی خراب شده و فروریخته بود و در هیچ جا ارتفاع آن به کمر یک مرد نمی‌رسید.

چند موجود انسانی در حوالی کلبه‌های ویرانه می‌خزیدند. کلبه‌ها چیزی از سر یک انسان فراتر نمی‌رفت و درب‌ها چیزی جز روزنه‌ای در پائین دیوار نبود — به‌عمد کوچک بودند تا ساکنان آن بتوانند در برابر شغال‌های بیابان که دنبال طعمه می‌گشتند بهتر از خود دفاع کنند. در بعضی از این روزنه‌ها تکه دریچه‌ای به طور خطرناکی روی لولای زنگ‌زده‌ای آویزان بود؛ بقیه چیزی نداشتند.

همچنان که اشلی و همراهانش به دیوار نزدیک شدند، دسته موجوداتی ژولیده، سلام گویان در طرف مقابل گرد آمدند. یکی، پیرمردی با انگشتان درهم گرەخورده، خوشامدی زمزمه کرد. مرضی که بدان مبتلا بود به‌تدریج زبانش را خورده بود.

مشاهده وضعیت عینی جذامیان، دل‌آزردگی شدیدی نسبت به نوع برخوردی که کاظم آن را به زبان آورده بود در اشلی برانگیخت. او نمی‌توانست بپذیرد که آدم‌ها در چنین وضعیتی زندگی بکنند. در درون خود فریاد می‌کشید چقدر نادانی، چقدر کژفهمی، چقدر عدم تمایل به قبول حقیقت! او در هندوستان از کلنی جذامی‌های تحت مراقبت میسیونری‌های پزشکی مختلف بازدید کرده بود و دیده بود که با مراقبت‌های هوشمندانه پزشکی، به موفقیت‌های شایانی در اعاده سلامت و بدن سالم دست‌یافته بودند. این بود نتیجه هوشمندی، نتیجه روحیه آفریدگر (پرومیتوسی) که به انسان جرئت می‌دهد دست به انجام کارهایی بزند که غیرممکن به نظر می‌آیند.

لکن در برابر این مصیبت هولناک، در اینجا از دست او به تنهائی چه کاری ساخته است؟ ماه‌ها، بلکه سال‌ها، مداوای بیماران طول خواهد کشید تا این جذام‌خانه پاکسازی شود. اگر پرسنل پزشکی و پول کافی در اختیار داشته باشد این کار شدنی است. اما حالا چه می‌تواند بکند؟ یک عدد تزریق نمک جیوه از سهمیه محقر داروهایش باعث درد بیشتر خواهد شد تا معالجه.

در این لحظه چه می‌تواند به آنها عرضه کند؟

خوشبختانه، علاوه بر فکر، چیز دیگری هم در اشلی ویشارد وجود داشت، چیزی ورای منطق. در آن لحظه او متوجه آن نشد، گرچه به‌موقع خود متوجه می‌شد، ولی به‌خودی‌خود پیش آمد. حتی در همان حالی هم که از آنچه دیده بود افسرده شده بود، روحش در جنب‌وجوش بود و با اشتیاقی خارج از اراده او به چالش برخاسته بود. اشلی که در فکر فرورفته بود از اسب پرید پائین و به جذامیان سلام داد:

سلام‌علیکم. کدخدای ده «عصمت» لطف کرده برایتان گندم فرستاده. سرپرستی دارید که آنها را تقسیم کند؟

همان شخصی که در ابتدا به آنها سلام کرده بود خس‌خس کنان گفت بله صاحب.

فتحی اشرف شروع کرد به پائین آوردن و تقسیم گندم‌ها در کیسه‌ها و به‌اندازه نیاز افراد که ریش‌سفید دهکده معین می‌کرد؛ و درعین‌حال از جذامی‌ها فاصله می‌گرفت و با ملایمت ولی قاطعانه به آنها هشدار می‌داد که فاصله خود را حفظ کنند. در این اثنا، اشلی ویشارد گاز پانسمان و مواد ضدعفونی‌کننده را بیرون آورد، روپوش جراحی پوشید و دستکش لاستیکی به دست کرد و آماده شد که جذامیان را معاینه کند. وقتی‌که داشت به آنها می‌گفت یکی‌یکی بیایند، فتحی اشرف کارش را رها کرد و با وحشت گفت ارباب شما نمی‌خواهید که به آنها دست بزنید؟ مرض به شما سرایت خواهد کرد.

اشلی با حداکثر خونسردی حرفه‌ای که برایش امکان داشت گفت: خطر هست ولی ناچیز، اگر احتیاط بکنی به حداقل می‌رسد.

ولی اشلی کار متهورانه‌ای می‌کرد زیرا علی‌رغم صحبت‌های شجاعانه‌اش به‌هیچ‌عنوان مطمئن نبود. علاوه بر ترس کاملاً بجا از ابتلا به بیماری که حتی آموخته‌های پزشکی‌اش هم نمی‌توانست آن را کاملاً بر طرف کند، این نگرانی هم بر آن افزوده می‌شد که می‌دید تجربه حرفه‌ای او در این مورد بسیار محدود است. این کم‌تجربگی فقط محدود به خودش نبود، بلکه شامل همگان می‌شد. زیرا علی‌رغم دستاوردهای علم پزشکی، اسرار حیات بر همه‌کس پوشیده مانده. علم که می‌تواند اتومبیل بسازد از ساختن یک قورباغه ناتوان است. علم که می‌تواند حیات به یک مایع شبه آب بدمد نمی‌تواند آن را به یک موجود انسانی بدمد و یک اتم هیدروژن چیست، مثلاً در مقایسه با یک قطره خون؟

این توجه به محدودیت‌های دستاوردهای علمی که در چنین شرایطی بر او غالب شده بود ضربه سنگینی بر او وارد آورد. چشم‌هایش به ناگهان بر حیطه کوچکی از ذهن گشوده بود که در مقایسه با میدان عظیم نادانسته‌ها او را از بی‌نهایتی‌ی هستی سرشار از ترس و حیرت کرد. برای یک‌لحظه زندگی را از چشم یک مسلمان دید، انسان فانی، خدای نامتناهی و از تصور پوچی انسان به خود لرزید.

اشلی با آرامش ظاهری به کار خود ادامه داد. دید که جذام به طور معمول همراه درد نیست زیرا این بیماری به اعصاب آسیب رسانده و آنها را بی حس می‌کند. همیشه هم بیماری تنفرانگیزی نیست چونکه زخم‌هایی که به وجود می‌آورد «خشک» است. در مراحل پیشرفته که قسمت‌های آسیب‌دیده

شروع به افتادن می‌کنند یا ناهنجار می‌شوند، تنفرانگیز می‌شود. خیلی از جذامی‌های اینجا در این مرحله بیماری بودند. انگشت‌های بعضی چنان به هم گره‌خورده بود که دست‌هایشان بی‌مصرف شده بود. پاهای بعضی به شکل کنده درخت و قلمبه شده بود. البته تمامشان ناتوان و ازکارافتاده بودند و این عدم توانائی برای انجام امورات خود و اینکه کسی هم نبود که به آنها کمک کند، وضعشان را علی‌الخصوص رقت‌انگیزتر می‌کرد. بدتر، چون نمی‌توانستند نیازهای خود را برآورده کنند دچار رنج بیشتر و بیماری‌های دیگری می‌شدند که بعضی از خود جذام خطرناکتر بودند، مانند مالاریا، اسهال خونی و سفلیس.

صورت جذامیان در اثر بیماری حالت وحشتناکی پیدا کرده بود. صورت بعضی شبیه شیر شده بود و کلفتی پوست و چین‌وچروک‌های شدید عمودی، ظاهر درنده‌خو به آنها داده بود. دیگران پوست صورتشان تحلیل رفته و چین‌وچروک‌ها که به وضعی نومید و مرعوب آویزان شده بودند حالت ماتم انگیزی به آنها می‌دادند. چندنفری هم مثل جسد متحرک بودند، چشم‌های فلج دائماً باز با نگاه‌های مات و مبهوت، لب‌ولوچه‌های فلج و آویزان با دهان‌های راکد و چهره‌های ماتم‌زده.

برای بعضی از جذامیان مثلاً آن‌هایی که دچار مالاریا بودند، اشلی ویشارد توانست کاری انجام بدهد. برای اینها جوهر گنگنه [۲۵] تجویز کرد که به‌قدر کافی همراه داشت و به‌صورت کپسول با دستورات روشن که چطور مصرف کنند به آنها داد. دو تا از جذامی‌های مبتلا به مالاریا وقتی‌که پیش آمدند به‌شدت می‌لرزیدند طور یکه اشلی تصمیم گرفت که تزریق فوری لازم است. به آنها گفت آستینشان را از آرنج بالا بزنند و سرنگ و سوزن را بیرون آورد و چراغ‌الکلی را روشن کرد.

فتحی و نوکرهای کدخدا تقسیم گندم‌ها را رها کرده بهت‌زده به تماشای میسیونر ایستادند که وسائلش را آماده و استرلیزه کرد، رگ‌بند دور بازوی بیمار بست و محلول جوهر گنگنه را بااحتیاط تزریق کرد. وقتی که این کار تمام شد، وسائل را به‌دقت استرلیزه کرد، دست‌هایش را با محلول ضدعفونی‌کننده شست و وسائل را داخل صندوق گذاشت.

دونفری که مالاریا داشتند روی یک‌تکه گونی افتاده و می‌لرزیدند.

---

[۲۵] Quinine dihydrochloride

اشلی درحین اینکه جعبه وسائل پزشکی‌اش را پشت زین می‌بست با ابهت گفت از علم پزشکی در اینجا در یک بعدازظهر کار دیگری ساخته نیست. تصمیم گرفت که باید در باره این جذامی‌ها به «کلیسای عصر» نامه بنویسد. شاید بتواند از آنها پول بگیرد که از اینها درست نگهداری بکند. حداقل امیدوار بود که بتواند.

خدمه مشغول جمع‌کردن حیوانات بارکش بودند و آماده می‌شدند که آنجا را ترک کنند که فتحی اشرف با تردید پرسید:

ارباب، شاید اگر از انجیل چیزی برایشان بخوانی، به آنها آرامش بدهد.

اشلی با تعجب به مستخدمش نگاه کرد. فتحی از او خواهش کرده بود که برای این جذامی‌ها چیزی از انجیل بخواند، چیزی از داستان مسیح! اشلی فکر چنین کاری را کرده بود ولی ترسیده بود ممکن است تصور بشود که او می‌خواهد پیامش را تحمیل کند که در مقابل خدمات پزشکی اشخاصی که تمایلی ندارند مجبور بشوند گوش بدهند. قبل از آنکه آمریکا را ترک کند، دکتر وینتروپ در کنفرانس‌هایی که داشتند به او هشدار داده بود که تعالیم عیسی را به مردم حقنه نکند. " باید صبور باشی و فقط به آن‌هایی که از تو تقاضا می‌کنند ارائه بکنی. باگذشت زمان از تو خواهند خواست زیرا وقتی کارهای نیک تو را ببینند می‌خواهند از رمز نیکوکاری‌های مسیحی آگاه بشوند".

اشلی پرسید فکر می‌کنی می‌خواهند من برایشان بخوانم؟

یکی از میان گروه جذامیان که به حالت احترام ایستاده بودند صدا داد بله صاحب، لطفاً برایمان از مسیح بگو.

اشلی پرسید پس در باره مسیح شنیده‌اید؟

او البته می‌دانست هر مسلمانی که قرآن را خوانده باشد از مسیح شنیده است که حضرت محمد او را به‌عنوان یک پیامبر مقام پائین‌تری توصیف کرده است[۲۶]. علاوه بر آنکه نسطوریان و ارامنه هم در تمام شهرهای بزرگ کلیساهای خودشان را دارند. مع‌هذا انتظار نداشت که این جذامی‌ها با داستان مسیح آشنا باشند.

---

[۲۶] عیسی بن مریم در اسلام پیامبر اولوالعزم و صاحب شریعت است (ویکی پدیا)

پیرمرد گفت بله صاحب، ما در باره «منجی» شنیده‌ایم. سال‌ها پیش یک فرنگی اینجا آمده بود که در باره منجی برای ما گفت و حکایت او را برایمان خواند و ما به یادمان مانده که او کودکان و جذامی‌ها را تبرک می‌کند و راه تاریکی را شیرین می‌سازد. مدت‌ها است که امیدوار بوده‌ایم که کسی دوباره میاید تا بازهم از منجی برایمان بگوید.

اشلی در سخن از مسیح از اصطلاح «منجی» استفاده نکرده بود. در واقع به‌ندرت، نه‌تنها به دلیل اینکه برای مسلمانان موهن بود ولی شاید تا حدودی هم به دلیل قالب ذهنی خودش که مبتنی بر آن الگوی مدرن فکری بود که کمترین توجهی به لزوم منجی نداشته، خودش را خودکفا و مطمئن به قدرت خویشتن دانسته و فقط خواستار یک «هوش» است که راه پیشرفت به جلو را روشن می‌کند.

استفاده از اصطلاح «منجی» مثل یک شوک الکتریکی بود که تا آخرین زوایای روحش را که خودش هم بندرت به آن نزدیک شده بود متأثر می‌کرد و او را دوباره انباشته از یک احساس ناتوانی شخصی عمیق می‌کرد.

اشلی انجیل را باز کرد و خطاب به جذامیان شروع کرد به خواندن حکایت ایلعازر:

حالا مردی بود بیمار، نامش ایلعازر، ساکن بیت عنیا، شهر مریم و خواهرش مارتا....

پس خواهرانش او را نزد او فرستاده گفتند، خداوندا، ببین کسی که او را دوستداری بیمار است.

عیسی وقتی این را شنید گفت این بیماری به مرگ نخواهد کشید، ولی به جلال و جبروت خدا، پسر خدا جلال خواهد یافت.

وقتی اشلی به کلمه عیسی رسید زمزمه موافق از جذامی‌ها برخاست و سرهایشان را تکان دادند مثل موقعی که دوستی وارد می‌شود.

اشلی به خواندن ادامه داد و با این کار تخیلش نسبت به وقایع تاریخی طوری بیدار شد که هرگز نشده بود. او هم مانند اغلب مذهبیون مدرن واقعیت این داستان‌ها را ندیده می‌گرفت و حداکثر، آنها را در مفاهیم سمبولیک یا عرفانی قبول داشت. اینها خارج از نظم طبیعی بوده و با مفاهیم علمی قوانین طبیعی جور درنمی‌آمدند، بنابراین نمی‌توانستند واقعیت داشته باشند،

یا اگر داشتند فقط به یک مفهوم مافوق طبیعی می‌توانند داشته باشند و قوانین طبیعی البته، هرچند در بهترین وضع، چیزی بیش از یک کلیت‌بخشی مفهومی از طرز فکر انسان نبود، حداقل در دنیای مدرن از خود دین مطلق‌تر بود و مفاهیم الهی می‌بایستی خودش را با قوانین طبیعی وفق دهد نه اینکه قوانین طبیعی خودشان را با الوهیت هماهنگ سازند.

البته دانشمندان تیزهوش‌تر محدودیت‌های به‌اصطلاح «قوانین» و مفاهیم خود را تشخیص داده بودند، مخصوصاً بعد از اکتشافات حاکی از طبیعت نابهنجار الکترون‌ها، داشتند متوجه امکان فردیت، حق انتخاب آزاد و حتی الهیات می‌شدند؛ لکن اینها اقلیتی بیش نبودند و دانشمندان معمولی، و دانشجویان معمولی که از سنت تبعیت می‌کردند هنوز در کمال خودبینی به مطلق بودن سیستم خود اعتقاد دارند و اشلی ویشارد که دست‌پرورده چنین محیطی است از سرایت این‌گونه گرایش‌ها در امان نبوده است.

اما حالا به نظر می‌رسید که درها بر او گشوده می‌شوند و پرتوهایی از عمیقاً طبیعی بودن دین و از نزدیکی و واقعیت روح و کمال اصالت معجزات انجیلی را درک می‌کند.

اشلی رسید به اینجا:

هنگامی‌که عیسی آمد دید که چهار روز است که او در قبر بوده.

جذامی‌ها با اشتیاق گوش داده بودند ولی در این مقطع، ورود منجی به صحنه مرگ، آماده گلاویز شدن با آن راز ابدی، صدای آهشان بلند شده بود. برای اشلی دشوار بود که به خواندن ادامه دهد. پیش خود گفت آنها فکر می‌کنند چقدر طول خواهد کشید تا «مولایشان» مرگ را که اکنون گریبانشان را گرفته را به مبارزه طلبد؟ بر گروه نفرین‌شدگان که در اطرافش نشسته بودند نظر انداخت. در چهره آنها نور امید و ایمانی دید فارغ از شکوتردید، و برایش دردناک بود که دریافت خودش هرگز چنین ایمانی نداشته است.

به خواندن ادامه داد:

عیسی... به سمت گور می‌رود. گودالی بود و سنگی بر آن نهاده بودند.

عیسی دستور داد که سنگ را بردارند. مارتا... به او گفت خداوندا در این زمان بوی بد به مشام می‌رسد. زیرا او چهار روز است که مرده بوده

است...

سپس سنگ را از روی مرده بر می‌دارند و عیسی به بالا نگاه می‌کند و می‌گوید پدر تو را شکر می‌گزارم که تقاضای مرا شنیدی. آنگاه که چنین گفت با صدای بلند فریاد برآورد ایلعازر برخیز.

و او که مرده بود برخاست، دست‌وپایش با کفن بسته بود و صورتش را با دستمال‌بسته بودند.

وقتی‌که اشلی خواندن را تمام کرد فریادهای الحمدلله و الله و اکبر بلند شد.

اشلی می‌خواست فرار کند. می‌خواست از آنجا دور بشود و برود به حال روح پریشان خود فکر و دعا کند. چون این جذامی‌ها به هر دلیل، شاید درست به دلیل همین فلاکتشان آماده‌ترند حقیقت انجیل را بپذیرند تا خودش که پیشوا و مبشر حرفه‌ای آن بود. اما او نمی‌توانست فرار کند. باید با آنها صحبت کند. اینجا رازی نهفته بود که او بدان وارد نشده بود، نخواسته بود که وارد بشود، ولی وظیفه‌اش حکم می‌کرد که روشنگری کند. تنها کاری که می‌توانست این بود که فقط از همان دیدگاهی که خودش می‌دید با آنها حرف بزند و امید و اعتماد داشته باشد که سخنش آن‌گونه نباشد که با کلمات توخالی، مقصود را مخدوش کند.

چنین آغاز کرد:

من همچون عیسی به‌سوی شما نمی‌آیم که زخم‌های شما را شفا بخشم، جذام را از شما به‌دور افکنم یا شما را پس از مرگ دوباره زنده کنم. اما بشارت می‌دهم که یک روزی، شاید برای شما، این چیزها صورت پذیرد، زیرا عیسی به ما فرمان داده است که در این دنیا پلیدی‌ها را به‌دور افکنیم، بینائی را به نابینایان بازگردانیم، جذامیان را شفا بخشیم و مردگان را زنده کنیم.

و اگر پسر خدا چنین به ما فرمان داده، خدا توانائی انجام این چیزها را از ما دریغ خواهد کرد؟ آیا ما خشت بدون کاه می‌سازیم؟

اما ما می‌دانیم که این چیزها صورت خواهد گرفت، زیرا مولای ما به ما یاد داده است که ما فرزندان خدا هستیم که از قدرت و ذات خدا بهره برده‌ایم و علم به این به ما الهام می‌بخشد که در جستجوی اسراری باشیم که انسان با آنها ممکن است به قدرت خدا برسد که دیگر کودک نباشیم بلکه به مردی و میراث برسیم و با چنین دستیابی، اراده خداوند را به انجام برسانیم.

با این علم، با این اعتمادبه‌نفس است که انسان اسرار نور و تاریکی را آموخته، و یاد گرفته بینایی را چگونه باز گرداند و بیماری‌های بسیاری را شفا داده است. ما اطمینان داریم مرضی که شما از آن رنج می‌برید به لطف خدا مقهور خواهد شد. هم اکنون یک روغن، یک مداوا، وجود دارد که می‌تواند پیشرفت بیماری را متوقف کند. انسان‌ها، با الهام از ایمانی که تعلیمات عیسی مسیح به ما می‌دهد، دنبال آن هستند که تا آخرین رموز این بیماری را به دست آورند. ان‌شاءالله، این دانش، و نتایج حاصله از این دانش به شما خواهد رسید و به آن امید، خدمت مرا نه به‌عنوان میوه بلکه نویددهنده میوه، نه به‌عنوان شفا بلکه امید به شفا بپذیرید و صبورانه منتظر باشید و بدانید که مردم با مهربانی به شما نگاه می‌کنند، همچون فرزندان خدا و برادران خودشان و برایتان آرزوی خوشی و بهبودی می‌کنند.

اشلی ویشارد ناگهان سخنش را به پایان آورد، دستش را برای دعای خیر بلند کرد، سوار شد و به راه افتاد، فتحی و بقیه همراهان به دنبالش.

فاصله‌ای دور از دهکده روی زین برگشت که به عقب نگاه کند. جذامی‌ها بر سر کیسه‌های گندم کشمکش می‌کردند ولی دو سه نفرشان کنار دیوار ایستاده به جمع آنها که سوار بر اسب دور می‌شدند نگاه می‌کردند. با خوداندیشید آیا از خود می‌پرسند یک روزی هم آنها سوار بر است از آنجا خواهند رفت؟

فصل هشتم

صبح روز بعد هنگامی‌که آماده حرکت بودند، کاظم خیلی مطمئن به خود پرید بالا روی جعبه، بغل‌دست چاروادار.

چاروادار با تحکم پرسید چی، تو هم همراه مائی؟

من به «صاحب» علاقه‌مند شده‌ام، همراه او سفر می‌کنم و به او خدمت می‌کنم. ضمناً دوست دارم دنیا را ببینم.

چاروادار با غرولند گفت رو جعبه جای دو نفر نمی شه و یک نفر اضافی بار اسب‌ها را سنگین میکنه.

کاظم با پررویی و تحکم پرسید اینها برادران تو هستند که این‌قدر مواظبشان هستی؟ اگر راست میگی، پس چرا دیروز این‌طور شلاقشان می‌زدی؟ وزن من سبک است و تو با حرف‌زدنت، درشکه را بیشتر به لق‌لق می‌اندازی تا من پیاده بروم.

چاروادار از درشکه پرید پائین و کولاک راه انداخت.

از ویشارد پرسید، صاحب، در قرارداد نیامده که من باید این پسر را با خودم ببرم، و سند قرارداد را آورد بیرون و جلو او تکان داد. او را مجبور کن بیاید پائین.

پسر به جلو خم شد و سند را از دستش قاپید.

بی‌شعور، کدام مدرسه درس خواندی؟ اسمش چیه؟ می‌خواهم به شاه شکایت کنم آن را خراب کند چون مثل جایی‌ست که کوری عصاکش کور دگر شود. اینجا واضح نوشته، و هر تعداد نوکر که صاحب بخواهد همراه خود ببرد. خودت اگر می‌توانی بخوان.

البته چنین شرطی در قرارداد پیش‌بینی‌نشده بود و کاظم هم خواندن بلد نبود ولی جسارت او کار را فیصله داد و چاروادار با اوقات‌تلخی برگشت سوار درشکه شد.

روزهایی که به دنبال آمد برای اشلی ویشارد روزهای زندگی شیرین بود. فتحی مستخدم وفاداری بود ولی کاظم برده او بود. فتحی آشپز خوبی بود

ولی کاظم تدارک‌چی شاهانه‌ای بود. اشلی تا به امروز هیچ ایده‌ای نداشت که در بیابان چه میوه‌هایی به دست می‌آید. بجای پنیر سفید ایرانی، کشمش، چای و نان به نازکی کاغذ و قهوه‌ای‌رنگ که خوراک بین راهشان بود، حالا پلو – ظرف‌های برنج به سفیدی برف که بخار از آن بر می‌خاست، با «رب به» و خورشت مرغ که رو آن بریزی – و شیرینی‌های ایرانی و مربای گل، خربزه و خیار ایرانی را دریافته بود. کره شیر بز و کره شیر گاومیش، عسل و نان نرم برشته موجود بود. اینکه گاومیش در این مرغزارهای ایران یافت می‌شوند برای اشلی ویشارد از عجایب بود ولی آن را به‌حساب یکی از «پارادوکس» هانی که یافت می‌شوند گذاشت.

"... این چرخ که با کسی نمی‌گوید راز

کشته به ستم هزار محمود و ایاز

می خور که به کس عمر دوباره ندهند

هرکس که شد از جهان نمی‌آید باز"[۲۷]

کاظم تنها مسافری نبود که تقدیر او را سر راه اشلی قرارداد. در یکی از چاه‌های کنار راه، چند روزی قبل از آنکه به میان‌آباد برسند بود که به درویش برخورد کردند. روی سنگی نشسته بود و منتشایش را با بی‌اعتنایی روی زانو نهاده بود. چاروادار که توقف کرده بود که اسب‌ها را آب بدهد پرسید:

به کجا می‌روی، پیرمرد؟

کاظم با ناراحتی فریاد زد کمی ادب داشته باش، خوک بی‌معرفت. نمی‌توانی ببینی که تو با یک مرد مقدس روبرو هستی؟

چاروادار با خنده گفت دهات به‌اندازه پشه‌های پشت شتر پر از این‌هایند. ضمناً تا آنجائی که اشلی ویشارد متوجه شده بود چاروادار از ابتدای سفر

---

۲۷ نویسنده دو مصرع اول ترجمه ادوارد فیتزجرالد از رباعی خیام را نقل کرده است:

With me along the strip of Herbage strown
That just divides the desert from the sown,
Where name of Slave and Sultan is forgot --
And pity Sultan Mahmud on his Throne!

۷۴

حتی یکبار هم روبه‌قبله نایستاده بود.

درویش با عتاب به کاظم گفت هیچ انسانی را به اسم جانور خطاب نکن، علی‌الخصوص خوک.

چاروادار تا حدی آرام شد.

پسر به‌سادگی گفت ببخشید، سپس با خوشحالی پرسید داری زیارت می‌روی؟

نه، سفر حج، مکه بوده‌ام و نجف و کربلا که مرقد حضرت علی و امام حسین را هم زیارت کردم. من متولد مشهد هستم، چهارمین شهر مقدس شیعیان، بنابراین حالا تمام‌عیار هستم.

پسر ادامه داد، به کجا سفر می‌کنی، در این اثنا چاروادار دهنه اسب‌ها را بازکرده از چاه برایشان آب می‌کشید.

من حامل اخگر سوزانم، اینجاوآنجا می‌روم تا منقل‌های حق را روشن کنم.

کاظم گفت: من همیشه در رؤیای سفر حج بوده‌ام. آتش و روشنائی در آنجا یافت نمی‌شود؟

آدم با رفتن به مکه دستور پیامبر را عمل می‌کند و اجر آن در بهشت است. آنجا آتش یافت می‌شود، آتش شوق، زهد، ولی آتش رسالت و بصیرت با آن فرق می‌کند؛ آن آتش در عزلت یافت می‌شود نه در شهرها.

ارباب من، صاحب، آدم دانا و مهربانی است. اگر تو هم از همین راه می‌روی شاید بشود با ما هم سفر بشوی. از او می‌پرسم.

چاروادار از شنیدن این پیشنهاد که پیرمرد سوار بشود نعره وحشتناکی سردار و تهدید کرد همان جا و همان لحظه اسب‌هایش را از درشکه باز می‌کند. اما همان‌طوری که فتحی بعدها تعریف کرد کاظم سخنان چاخان آمیز بگوش چاروادار خواند و اشلی هم قول یکی دو تومان بیشتر به او داد تا جایی که چاروادار شرایط سخت‌گیرانه قرارداد را برای یک فصل به فراموشی سپرد.

درویش خرقه مندرسش را در دست‌هایش تا کرد و رفت روی صندلی عقب. منتشا و کشکولش را بااحتیاط بین پاهایش گذاشت و خیلی موقر همان‌طور که مرسوم آن کشور است دست‌ها در آستین و روی سینه نشست.

کشکولش خیلی زیبا حکاکی شده بود ولی سطح آن از فرط کهنگی تقریباً صاف شده بود. منتشایش از جنس نقره بود که آیات قرآن روی آن طلاکاری کرده بودند.

درویش گرچه رفتاری متواضعانه داشت و لاغر و ظاهری تقریباً مثل گدایان داشت اما یک چیزی در او بود که او را متمایز می‌ساخت. دماغش بزرگ و نوک‌عقابی بود، چشم‌های سیاه پر عطوفت، ریش‌بلند مجعد و موی سفیدی که روی شانه‌هایش افتاده بود. عبای قهوه‌ای‌رنگی از پشم زبر بز بر تن داشت با شال آبی رنگ‌پریده - نشان ملاها - و کلاه مخروطی شکلی که تماماً با جملاتی از قرآن و دعا گل‌دوزی شده بود. همچنان که روی صندلی عقب نشسته، پاهایش را به‌رسم ادب زیر عبا تاکرده دست‌هایش را به حال احترام در آستین فروبرده بود، مظهر صبر و متانت بود.

وقتی‌که پیرمرد به‌قدر کافی با تکان‌های درشکه و حضور فرنگی عادت کرده بود، اشلی از او پرسید:

این آتشی که حمل می‌کنی از کجا به دست آورده‌ای؟

جواب داد: صاحب، این آتش‌ها از آن من نیستند بلکه به من داده شده‌اند. می‌توان آن را در برف کوهستان یافت آنگه که آفتاب بر آن می‌تابد، در بین مادران وقتی‌که کودکانشان می‌خندند، بله، حتی در میخانه.

اشلی گفت زغال در این مُلک بی‌درخت کمیاب است که حالت استعاره‌ای کلمه کشور را بکار برده بود. این آتش با چه سوختی می‌سوزد؟

ما آتشیم، الله شعله. نشنیده‌ای که خالق در کل مخلوقات منتشر است؟ که اکسیر او به‌مثابه نور خورشید دائماً از او ساطع می‌شود. تمام طبیعت را زندگی می‌بخشد، از موجودی به موجودی دیگر می‌رود و انسان‌ها اخگرهای آن‌اند. ولی، صاحب، این آتش به بعضی‌ها داده نشده و بعضی چنان شعله‌های این آتش شده‌اند که تجلی خود الله‌اند. الله در هر زمانه‌ای به‌وسیله پیامبر خود، یا مهدی، تجلی می‌کند.

همچنان که پیرمرد سخن می‌گفت، اشلی ویشارد این احساس را داشت که در باغی مه‌گرفته است که ماه رنگ‌پریده سعی می‌کند به آن نفوذ کند. اما کاظم که به حالت جذبه گوش می‌داد او را به واقعیت برگرداند.

گفت تو از عوالمی صحبت می‌کنی که آدم نمی‌تواند با نعلین چرمی در آن راه برود. چیزی هم از کارهای این دنیا برای ما بگو.

درویش بامتانت توضیح داد این دنیا با کارهایش فقط موقعی به‌روشنی دیده می‌شود که ما بر قله رفیع تعالی روحانی ایستاده باشیم.

پسر حکیمانه جواب داد ولی هرآن‌کس که می‌خواهد مروارید ملکوت را به دست آورد باید ابتدا سوار کشتی تجربه شود.

کشتی تجربه زحمت است. ما در زحمت زاده می‌شویم و با عرق زحمت سرنوشتی را که بر پیشانی نوشته شده می‌شوییم. ولی همه زحمت‌ها پوچ است مگر همراه معرفت باشد و تمام معرفت‌ها پوچ است مگر آن معرفتی که در عالم رؤیا به ما الهام می‌شود. زحمت نمی‌تواند معرفت بزاید. اگر چشم نداشته باشی با صعود از کوه، نمی‌توانی دشت را ببینی.

و ما چطور باید معرفت به دست آوریم؟

درویش جواب داد با پیروی از راه اهل باطن. هیچگاه صیادان مروارید هرمز را دیده‌ای؟ روح ما به اقیانوسی می‌ماند که نهرهایی از قدیم در آن روان‌اند که خداوند از رحمت بی‌حسابش گوهر حقیقت در آنها به امانت نهاده. فقط کسی به شناخت حقیقی دست می‌یابد که به چنان اعماقی فرومی‌رود که خورشید بالای سرش غبار سبزرنگی بیش نباشد و در کف اقیانوس به جستجوی مروارید می‌پردازد. هر کس که به معرفت می‌رسد باید اهل رؤیا باشد چون ازآن‌پس محو معرفت غریزی قوم می‌شود.

اشلی بامتانت پرسید "و حالا قدم‌های تو با اطمینان بر راه است؟ " و " تو به معرفت دست‌یافته‌ای؟"

نه، صاحب، من هنوز فقط یک سرگردان هستم در راه، یک جوینده و همچنین یک حامل چراغ.

چاروادار جلو یک قهوه‌خانه توقف کرد و اشلی از پیرمرد دعوت کرد که با یک لیوان چای و یک‌کاسه ماست رفع خستگی کند. درویش امتناع کرد.

کسی که به دنبال رموز ربانی است باید همچون شناگری باشد که بی مزاحمت جامه، آب را راحت‌تر می‌شکافد.

چطور است حکایتی از گلستان – درویش توضیح داد گلستان سعدی -

برایتان نقل کنم؟ دو درویش خراسانی ملازم صحبت یکدیگر سیاحت کردندی. یکی ضعیف بود که هر به دو شب به اندک طعام افطار کردی و آن دیگر قوی که هر روز سه بار خوردی. قضا را بر درِ شهری به تهمت جاسوسی گرفتار آمدند. هر دو را به خانه‌ای کردند و در بِگِل برآوردند. بعد از دو هفته که معلوم شد بی‌گناه‌اند در باز گشادند. قوی را دیدند مرده و ضعیف جان به‌سلامت برده. در این تعجب کردند. حکیمی گفت: به خلاف این عجب بودی. این یکی بسیار خوار بوده است و طاقت بینوائی نیاورد و به‌سختی هلاک شد و آن دگر خویشتن‌دار بود لاجرم بر عادت خویش صبر کرد و به‌سلامت بماند.

اشلی گفت: تو خوب به «راه» خود پایبندی. نیل به مقصد نزدیک است؟

«طریق» مثل راه‌هایی است که از کوهستان می‌گذرد. پیرمرد از روی خستگی آه کشید. دائماً می‌پیچد و بالا می‌رود و فقط زمانی که آخرین قله را صعود کردیم است که دشت فرح‌بخش در آن‌سو چشمان ما را با فروغش خیره می‌کند. «طریق» صبر است و رضا. ولی با همراهی مداوم با مقصد ملکوتی اشتیاقمان ناگهان نوری درخشان، مثل‌اینکه از آتش برخاسته باشد روح ما را روشنائی می‌بخشد و شکوه آن را حفظ می‌کند و پرورش می‌دهد.

پیرمرد در سکوت فرورفت و اشلی دیگر از او چیزی نپرسید. وقتی‌که برای شب در کاروان‌سرای خشتی توقف کردند درویش در گوشه حیاط عزلت گزید و دستمالش را پهن کرد و شام شبش را از مشتی تخم کدو که در آن بود خورد.

مع‌هذا کاظم خیلی مواظب او بود. وقتی‌که کارهای اشلی ویشارد را تمام کرد یعنی آتش در سماور ریخت و رختخواب‌ها را پهن کرد و پشه‌گیر را بست، کوزه‌ای آب آورد و به دهان پیرمرد گرفت. بعد مقداری کاه در یک‌گوشه خشک کاروان‌سرا پهن کرد و از او خواست آنجا استراحت کند.

فردا به میان‌آباد، محلی که می‌خواستند به مناسبت مراسم محرم در آنجا توقف کنند، می‌رسیدند و چون چاروادار مایل بود قبل از اواسط بعدازظهر وارد شهر بشوند زود به راه افتادند. در روزهای اخیر به‌تدریج کوه‌ها را پشت سر گذاشته به دشت رسیده بودند. پس از کوه‌ها از میان تپه‌های کم‌ارتفاع‌تری شبیه کوتوله‌های چروکیده مقابل غول‌ها عبور کردند و هنگامی‌که روی یک برآمدگی مکث کردند، صبح زود اشلی توانست خود دشت را نظاره کند - تشت وسیعی از نور که در حصار کوه‌های اطراف

احاطه شده بود.

کوه‌ها و تپه‌ها زیر آفتاب صبحگاهی به رنگ برنز و تشت زیرین مثل مس صیقلی شده بود. وقتی‌که مه صبحگاهی کنار رفت دیدشان بهتر شد و اشلی توانست سبزه‌زارهای پراکنده‌ای ببیند – چراگاه‌های سبز که با به‌پایان‌رسیدن فصل، به‌زودی پژمرده و قهوه‌ای‌رنگ می‌شدند. آبادی‌های دهات در کنار جویبارها و در دوردست در پایان رشته تپه‌هایی که همچون ریشه‌های چروکیده درخت بلوط از کوه‌ها جدا می‌شدند، توده سبز و گلی رنگی دیده می‌شد که شهر میان‌آباد بود.

در اثنای صبح رشته تپه‌ها را ادامه دادند تا رسیدند به آخرین بلندی مشرف به شهر که چاروادار توقف کرد تا قبل از فرود به دشت اسب‌هایش را استراحت دهد. در زیر دست، در میان جلگه سبز حاصلخیزی که بیابان اطراف آن را احاطه کرده و در آن پیشروی می‌کرد، شهر قرار داشت که تنها هائل آن فقط دیوارهای بلند حومه بود. نیمی پنهان در باغ‌های سرو و صنوبر، در جامه سبز بهاران سرخوش و زیبا بود. قبه‌های مواج بازارها که تا دوردست ادامه داشت که به نظر می‌رسید انتهائی ندارد و پهنه وسیع بام‌های صاف و دیوارهای گِلی که زیر آفتاب، به رنگ سرخ مایل به زرد می‌نمود، گروه‌گروه در میان شاخ‌وبرگ مثل دسته‌های گل سرخ در میان سبزه به‌هم‌چسبیده بودند.

در حضور این شهر، حتی پدیده‌های دشوارتر طبیعت که مسافران را به هراس می‌اندازد – بیابان سوزان با نمکزارهای تابان، کوه‌های صعب‌العبور سر به فلک کشیده و سرپوش عظیم آسمان - یک زیبائی ملکوتی به خود می‌گرفت.

فتحی از درشکه پیاده شده بود که این منظره را تماشا کند و درویش، کاظم در رکابش، روی خاک کنار جاده روبه‌قبله به نماز ایستاده بود. چاروادار سر جای خود نشسته چپق می‌کشید و با شلاق، ملایم به پشت اسب‌ها می‌زد تا پشه‌ها را از روی زخم‌هایشان بلند کند.

منظره بارز شهر گنبد فیروزه‌ای یک مسجد بود، با مناره‌های زیبایش همچون دیده‌بانان که در گستره سبز به طرز دل‌فروزی سر برافراشته بود و تابش خورشید آن را شفاف و یشمی رنگ می‌کرد، بیشتر شبیه جواهری بود بر روی مخمل تا سازه‌ای از کاشی و آجر.

اشلی آن را به حادثه‌ای که صبح روی داده بود ارتباط می‌داد. وقتی‌که در یکی از سراشیبی‌ها تند پیچیدند درشکه به‌شدت یله شد طوری که داشت وارونه می‌شد. اشلی و فتحی با گرفتن تسمه‌های بغل‌دست از بیرون افتادن نجات یافتند ولی درویش از جای نامطمئن و خطرناکی که نشسته بود پائین افتاد. دیواره محافظ جلو سقوط او به پرتگاه را گرفت، به زمین افتاد ولی آسیبی ندید گرچه کمی وحشت کرده بود.

قبل از آنکه اشلی بتواند پیاده شود، کاظم پریده بود پائین، پیرمرد را در بغل گرفته، در همان حال هر ناسزایی بار چاروادار کرده بود.

توی پدرسوخته، توی ناپاک، توی حرامزاده، توی سگ نمی‌توانی بااحتیاط بیشتر برانی؟ تو استخوان‌های مرد خدا را شکسته‌ای.

اشلی پیرمرد را بلند کرد و دید که هیچ استخوانی نشکسته، ولی سرش کبود شده بود و برای یک‌لحظه گیج شده بود. اشلی از قمقمه خود به او آب داد که پیرمرد با سپاس پذیرفت.

درویش زمزمه کرد: شکر خدائی که فریادرس بیچارگان است، حال من خوب است و سپاسگزار صاحب هستم. رو به کاظم کرد و گفت ولی ترجیح می‌دادم که بمیرم تا به‌خاطر من این‌گونه سخنی از لب‌های تو جاری شود. فرزندم تو را برحذر نکرده بودم که مخلوق خدا و موجودی که روح خدا در او دمیده است را هتک حرمت نکنی؟

پسر فریاد برآورد مرا ببخش ای مرد مقدس ولی من ترسیدم تو مرده‌ای. فقط به من وقت بده و من یاد می‌گیرم.

تو درست گفتی، چون از وقت است که همه چیز زاده می‌شود و تو در وقت خود، درست طی طریق می‌کنی.

پسر درضمن اینکه پاهای پیرمرد را که کبود شده بود می‌مالید پرسید پس من شایسته شاگردی تو هستم؟

درویش جوابی به سؤال پسر نداد و اشلی همچنان که مسجد را بر فراز شهر می‌نگریست به درویش فکر می‌کرد و روشی که بدون اینکه سعی کند، یا مستقیماً از او بخواهد و بدون هیچکدام از نیروهای محرکه‌ای که اشلی با اشتیاق روحانی مرتبط می‌دانست، پسر را مشتاق و سرسپرده خودکرده بود. برای پاسخ به معمائی که درویش برانگیخته بود ناخودآگاه

۸۰

رو به مسجد کرد.

مسجد در مقایسه با معماری اخمو و پیچیده کلیسا گرای غربی، چقدر متین، چقدر ساده، چقدر بی‌ریا به نظر می‌آمد! اشلی نمی‌خواست بپذیرد که معرف وحدت فکر و تسلط روح بود. اینجا روح این مردم بود که به مقابله برخاسته بود تا ندای طبیعت را که فریاد برآورده بود پاسخ داده باشد، یعنی پاسخ روح به معمای سرنوشت. به ذهن اشلی خطور کرد که مسجد بایستی بازتاب افکار، آرمان‌ها و آرزوهای این مردم باشد - گوهر مادی، بیان فیزیکی الهامات روحی از نوع درویش. گرچه آتش محراب او ممکن است به درجات وجد و وحی آن‌گونه که پیامبران بخواهند نرسد یا در حد اشتیاق مسیحیان نباشد؛ هرچند بسیاری از پرسش‌های انسان در باره زندگی، تقدیر، مقصود از زندگی را پاسخ نمی‌دهد، علی‌الخصوص که هرگز انسان را به درجه «الوهیت روح مسیحیت» ارتقا نمی‌دهد، اشلی آگاه بود که این آتش مداوم و باثبات می‌سوزد، و شعله‌هایش خیلی گرم‌تر از فسفرسانس سردی است که بسیاری از محراب‌های غرب را درگرفته است.

سفر را از سر گرفتند. جاده با یک سری سراشیبی‌های تند و پرنشیب به پائین می‌رفت طور یکه مجبور شدند بین چرخ‌ها تیر بگذارند که درشکه روی اسب‌ها پرت نشود. بالاخره به دشت رسیدند. جاده‌ای پهن و صاف. سبزی‌ها و روئیدنی‌ها در کنار جاده پدیدار و بیشتر شدند تا رسیدند به جایی که از سبزه پوشیده بود. رفت‌وآمد در جاده زیاد شد – روستاییان که صفوف کوچک خرهایی را که لکه می‌رفتند سُک می‌زدند، واگن‌های سنگین پست، آقایان و خوانین سوار بر مرکب‌های سرکش که هرچه به شهر نزدیک‌تر می‌شدند گدایان و افلیج‌ها و شل و لنگ‌ها که کنار جاده قوز کرده برای صدقه التماس می‌کردند.

پس از گذشتن از باغ‌های وسیع حومه با درختان سبز و خرم صنوبر روی دیوارها و فراتر، رایحهٔ عطرآگین گل‌ها که به مشام می‌رسید، عبور از پلی بلند بر جوی باریک و سپس سردرگم در معابر شلوغ و پر جوش‌وخروش بازارها.

آن شب هنگامی‌که اشلی در کاروان‌سرای استراحت می‌کرد، کاظم آمد اطلاع بدهد که او پیش درویش می‌ماند که با چند نفر از اخوان در مسجد عبدالعزیز خواهند بود.

اشلی ویشارد هاج‌وواج ماند. فتحی که دید اربابش قادر نیست حرف بزند

به پسر گفت:

ارباب من علاقه‌مند است که تو پیش ایشان بمانی. در اقامتگاه ایشان جا هست که تو خدمتکار ایشان بشوی.

صاحب خیلی به من محبت کرده. رحمت از دست‌هایش ریخته مثل خورده نان که در چال جوجه‌ها بریزند. او خوب است و پزشک بزرگی است. ولی من پیش درویش می‌مانم. او پیر است و احتیاج به دست‌های جوان دارد که از او نگهداری کند.

فتحی به طور کنایه پرسید و تو هم می‌خواهی درویش بشوی و از کشکول گدائی نان بخوری؟

کاظم به طور معنی‌داری جواب داد نان از کشکول به همان خوبی نان از دست دیگران است. اما این خدا نبود که شما را به راهی فرستاد که من چوپانی گوسفندان می‌کردم که مرا به این شهر بیاورید؟ و جایی که گوسفندان می‌چرند خدا علف فراهم نکرده؟ به من مگوئید که این مرد خدا که مرا همچون بادبادکی که به ریسمان ناپیدائی وصل است می‌کشد را هم خدا نفرستاده. او با به‌کاربردن تصاویر آشنای عرفان ایرانی اضافه کرد: تقدیر من بر کف میخانه ریخته و آتش در زغال افتاده.

پس از رفتن پسر، اشلی مدت درازی به فکر فرورفت. روحش عمیقاً آشفته شده بود و از یک احساس کمبود در رنج بود. دوباره دچار این احساس شده بود که علی‌رغم سال‌ها تحصیل دین، فهم علمی، ایمان و اعتقاد از اوان کودکی، هرگز به رمز واقعی یعنی کنه حقیقت ایمان مسیحی‌اش پی نبرده. یک چیزی از دید او مخفی مانده یا او ندیده از آن رد شده. این چه بوده؟ چیست آن چاشنی کلام که او فاقد آن است که او لازم دارد تا به آنچه از شور و شوق معنوی و آموزه‌های مسیحی می‌داند گیرائی بدهد؟

اکنون می‌دانست که یک مرحله از سفرش به پایان رسیده و مرحله دیگری آغاز گشته است.

بخش دوم

فصل نهم

گرچه کشیش اشلی ویشارد سعی می‌کرد از سرمشق اکبر، امپراتور مغول و به‌طورکلی مشرق‌زمین در سحرخیزی پیروی کند خستگی‌های روی‌هم انباشته شده سفر به‌قدری بود که برایش مشکل بود صبح‌ها زود از خواب ب. معمولاً با آوای بلند مؤذن از مناره مسجد مجاور بیدار می‌شد، حی علی الصلوة، حی علی الفلاح؛ حی علی خیرالعمل.

وقتی هم که سایر مؤمنان از پشت‌بام‌ها این ندا را پاسخ می‌دادند، به‌سرعت از بازارها می‌گذشت، در حاشیه شهر طنین می‌افکند و در دریای بیکران بیابان اطراف محو می‌شد.

صدای اذان هر روز پنج مرتبه بگوش می‌رسید - صبح سحر، سه مرتبه در روز و یک‌بار در شب هنگامی‌که شهر در سکوت فرورفته بود. مثل زنگ کلیسا که روزگاری در هر دهکده‌ای در مملکت خودش مرسوم بود، اشلی یک جاذبه روحی در آن می‌دید؛ و شاید هم مطبوع‌تر، چون هیچ‌چیز ساخته از برنج نمی‌تواند با صدای انسان بوقت دعا در پیشگاه خالق رقابت کند.

از صدای مؤذن، از مناره که از فراز بام‌ها مثل انگشتی بود که به عرش اشاره می‌کند، از شکوه گنبد مینائی در پرتو خورشید، افکار اشلی ویشارد به مسجد و تأمل در پیامی که برای مردم این سرزمین در خود داشت کشیده شد.

اشلی که احساس می‌کرد در سرزمین گنبدها و گلدسته‌های افسونگر رهرو بیچاره‌ای بیش نیست پیش خود اعتراف می‌کرد که علی‌رغم تحصیل در رشته دین‌شناسی تطبیقی و مطالعات وسیع در فرهنگ اسلامی، مسجد را نمی‌فهمد. او چگونه می‌تواند دین خود را بفهمد، و چگونه می‌تواند معنی آن را برای این مردم بداند، پیش از آنکه مسجد را بفهمد؟ مسجد معبد نیست همچون خیمه خرگاه «خداوند» که فرشتگان در اطراف آن در پروازند. زیارتگاه عارفانه الههٔ خفته‌ای نیست که در رواق آن عود

بسوزانند. پیروان محمد به معنای واقعی کلمه کافر نیستند. بت‌پرست نیستند. برعکس، از کلیسای ارتودوکس متنفرند، چون‌که آنها ظاهراً صورت‌پرستی می‌کنند. الله برای مسلمانان خدائی تراشیده از سنگ ساکن مسکنی از سنگ نیست، بلکه خدای غیرقابل‌رؤیت حاضر ناظر بر کل هستی است. مسجد معبد هم نیست گرچه در آنجا نماز خوانده می‌شود، چون مؤمن راستین هر جا که موقع نمازش رسید همان جا به اقامه می‌ایستد. مساجد توسط کشیشان مقدس اداره نمی‌شوند آن طوری که معابد در آن‌طرف‌تر شرق، یا در میزان کمتری در کلیساهای «غرب» می‌شوند. علی‌رغم این فقدان بساط دینی، در قلب پیروان محمد رسول‌الله، محل و نفوذی عمیقاً حائز اهمیت اشغال می‌کند. ولی آن محل و آن نفوذ چه باشد، اشلی هنوز نمی‌دانست.

اشلی ویشارد هنوز به مرحله‌ای نرسیده بود که در ایمان خود شک‌و‌تردید کند، اما در چند روز گذشته نسبت به اعتقادات خود به‌نوعی فروتنی ژرف رسیده بود که تابه‌حال سابقه نداشت، و مشتاقانه در جستجوی نوری بود که فهم او را روشن کند.

چون مسلمان نبود البته اجازه نداشت داخل محدوده مقدس مسجد بشود. یکی دو بار از میدان بزرگ جلو مسجد رد شده بود و فروشندگان را که زیر سایبان‌های کوچک در میان اجناس خود چمباتمه‌زده بودند، گداها که برای صدقه گریه‌وزاری می‌کردند و ردیف شترهای در حال عبور را دیده بود. سردر ورودی با مناره باریک و بلندش خیلی قدیمی بود – چقدر قدیمی اشلی نمی‌توانست حدس بزند – و قوس چهار خم آن با کاشی‌کاری آبی‌رنگ شگفت‌انگیزی با نقش‌ونگار گل‌وبوته و آیاتی از قرآن مرصع شده بود.

گنبد که از آن طرف حیاط اندرونی مسجد برافراشته بود به همان رنگ آبی وصف‌ناپذیر بود – رنگ آبی که هنر ساختن آن سال‌ها بود که از بین رفته بود. در قاعده گنبد نوشته‌هایی بود با کاشی سیاه و یاسمن‌های میناکاری شده چنین می‌نمود که می‌رویند و از انحنای گنبد بالا می‌روند. کاشی‌ها خیلی جاها ریخته بود و علف در بین درزها سبز شده بود. مسجد از لحاظ اندازه چیز خارق‌العاده‌ای نبود. در واقع خیلی مسجدهای بهتر در نقاط مختلف دنیا وجود داشتند. مثلاً گنجینه گران‌بهای مرمری در قصر متروک «آگره» که شاه جهان و ممتاز در آن نماز می‌خواندند که قبه‌های ظریف آن شبیه مرواریدهای آویزان‌اند. یا مسجدی که اکبر، امپراتور مغول در شهر فاتح پور به تقلید مکه از سنگ سیاه ساخته بود. «آیا صوفیه» هم بود، یک‌وقتی اولین کلیسای عالم مسیحیت، بعدها بیش از چهارصد سال مسجد عمده اسلام

۸۴

و حالا یک موزه. ولی این‌ها همه اماکن تماشایی هستند که هر غیر مسلمانی می‌تواند وارد بشود. درصورتی‌که این مسجد مخصوص مردم یک شهر دورافتاده ایران ساخته شده و نفوذش را فقط بر آنها ساطع می‌کند.

اشلی اظهار علاقه کرد که به او اجازه بدهند وارد مسجد بشود. فتحی کمی بعد برگشت و گفت:

ارباب، ترتیبش داده شد.

ترتیب چی داده شد، فتحی؟

که شما به مسجد بروید.

و تو چگونه ترتیب دادی؟

فتحی لبخند زد. با کلک شتری. کاظم را دیدم، او با درویش حرف زد و او هم با مجتهد اعلم صحبت کرد.

داخل مسجد یک حیاط چهارگوش بزرگ بود که یک طرف آن ورودی طاق‌دار قرار داشت و ساختمان مسجد در طرف مقابل بود که به حیاط باز می‌شد و گنبد پوشیده با کاشی‌های فیروزه‌ای و در دو طرف دیگر حیاط غرفه‌هایی بود که ملاها و وکلا، و مدرسین، منشی‌ها و حکیم‌ها می‌نشستند. یک حوض دراز وسط حیاط بود که درخت‌های چنار کنار آن و نمای مواج گنبد بر سطح آرام آن منعکس شده بود.

یک شیرِ آب کوچکی بود که نمازگزاران واجب است قبل از نماز دست و پایشان را بشویند. چندنفری روبه‌قبله نماز می‌خواندند ولی چند تا پسر زیر سایه چنار بازی می‌کردند و در یکی از غرفه‌ها تعدادی طلبه به مجتهدی که مشغول تفسیر قرآن بود گوش می‌دادند. بعضی از طلبه‌ها که دیدند یک مسیحی داخل مسجد شده کج‌کج به او نگاه کردند ولی وقتی‌که مجتهد آنها را به‌آرامی نکوهش کرد دوباره سر درسشان برگشتند و در این لحظه کاظم پیش آمد سلام کرد و با صدای بلند گفت:

خوش آمدید صاحب، قدم شما مبارک است، ارباب بفرمائید اینجا. درویش محاسن سفید در یکی از رواق‌ها دوزانو نشسته کتابی در دامن داشت. مشغول خواندن بود همان‌طور که ابیات را با صدای آرام و یکنواخت زمزمه می‌کرد بدنش را هم با ریتم آرام این‌سووآن‌سو حرکت می‌داد. اشلی را که دید نزدیک می‌شود برای یک‌لحظه به بالا نگاه کرد ولی هیچ نشانه

آشنائی بروز نداد و به خواندن ادامه داد. اما فوراً کتاب را بامتانت بست و کناردست خود گذاشت، دست‌هایش را به نشان احترام و درود روی لب‌ها و چشمانش گذاشت.

بعد از آنکه درویش از میسیونر احوالپرسی کرد و اشلی هم به طور مطلوب جویای حال پیرمرد شد، اشلی پرسید چه می‌خوانی؟

صاحب، داستان خان ثروتمند، نوکر خان و زن بیمارش و حکیم مدعی. می‌خواهید برایتان تعریف کنم؟ چون درس عبرت است.

دوست دارم آن را بشنوم.

درویش با لحن آهنگین راویان مشرق‌زمین شروع کرد: فلان خان که به صواب و شفقت مشهور بود دید که نوکرش کنار دیواری ایستاده و با صدای بلند گریه می‌کند. از او پرسید چرا گریه می‌کند و نوکر گفت:

ای ارباب برای زنم گریه می‌کنم که بیمار است. حکیم گفته برای شفای او جگر اسب سفید لازم است و من که فقیر و بیچاره‌ام که به‌سختی بضاعت خری بتوانم داشتن چطور می‌توانم اسب سفیدی فراهم آورم و زنم خیلی بیمار است.

خان بر نوکرش رحمت آورد و گفت من در طویله اسب سفیدی دارم – «دریای نور» من. آن را ببر و بده به حکیم و گریه را متوقف کن و امیدوارم که زنت بهبودی‌اش را باز یابد.

نوکر بی‌اندازه خوشحال شد پاهای اربابش را بوسه زد، اسب را گرفت و جگرش را در آورد و نزد طبیب برد که او با بسی تعجب آن را معاینه کرد و گفت:

این بدرد نمی‌خورد. من باید جگر یک نره اسب سیاه، به سیاهی زغال داشته باشم.

مرد بیچاره پریشان‌خاطر کنار دیوار گریه سر داد و خان که دوباره از آن راه می‌گذشت او را در این حال دید.

خان پرسید و تو چرا گریه می‌کنی، مگر اسب به تو نداده‌ام برای حکیم و زن تو خوب نشده است؟

مرد بیچاره آنچه حکیم گفته بود تکرار کرد.

خان امر کرد نگران نباش یک نره اسب سیاه به سیاهی زغال هم در طویله من هست - «شب قدرت». او را بگیر و ببر برای حکیم و انشاءالله خدا زن تو را شفا دهد.

نوکر دوباره با خوشحالی بسیار همین کار را کرد و حکیم از دفعه قبل هم بیشتر متعجب شد ولی با معاینه جگر اعلان کرد که بدرد نمی‌خورد و گفت او بایستی جگر نره اسب ابلق داشته باشد تا بتواند بیمار را شفا بدهد. نوکر باز هم گریه کرد، بازهم خان او را دید، بازهم اربابش علت گریه‌وزاری او را جویا شد و بازهم نوکر حرف حکیم را بازگو کرد.

خان گفت یک اسب ابلق هم در طویله من هست - «فرّ تپه‌ها». آن را نزد حکیم ببر و انشاءالله جان خودت سالم باشد.

حالا «فرّ تپه‌ها» مایه غرور خان بود و نوکر این را می‌دانست بنابراین راضی نمی‌شد و گفت زن او ارزش این‌همه ازخودگذشتگی ندارد.

خان گفت همان‌طور که دستور داده‌ام «فرّ تپه‌ها» را ببر نزد حکیم و انشاءالله خدا زن تو را به آغوش تو باز گرداند.

وقتی‌که جگر اسب ابلق به نزد حکیم آورده شد و او آن را معاینه کرد به فکر فرورفت:

این خیلی عجیب‌وغریب است. قبل از آنکه من بتوانم کاری انجام بدهم تو باید به من بگوئی این اسب‌ها را که به این راحتی به‌خاطر یک زن سربریده‌ای از چه کسی به دست آورده‌ای.

مرد بیچاره برای حکیم گفت که اسب‌ها را از چه کسی دریافت کرده که در این هنگام حکیم از او خواست که او را به حضور خان ببرد.

پرسید: تو آن مردی هستی که سه تا از اصیل‌ترین اسب‌هایش را برای جان یک زن فدا کرده است؟ آن هم زن یک نوکر؟

خان پاسخ داد که من همان مرد هستم.

حکیم گفت به من بگو تو اهل کدام دیار هستی چون چنین چیزی هرگز اینجا شنیده نشده.

خان گفت من اهل همین کشور هستم.

پس به من بگو کجا این شیوه را آموختی؟

پاسخ خان را، صاحب، به تو می‌سپارم.

او پاسخ داد آه ای بندهٔ دنیا، این را باید از نگاه به روی خدا آموخت.

چشم‌های درویش وقتی‌که حکایت را می‌گفت همچون دو جام نور شده بود.

پرسید مایلی با من تا بالای مناره بیایی. وقت اذان است و من مؤمنین را به نماز دعوت می‌کنم. بیا.

اشلی پرسید این مخصوص کاهن‌های متعارف نیست؟

درویش پاسخ داد در اسلام کهانت وجود ندارد و اذان را هر کس که خدا با او صحبت می‌کند می‌تواند بخواند.

پیرمرد و اشلی به دنبال او راه آن طرف حیاط را پیش گرفتند و از پلگان باریک و پیچ‌واپیچ مناره بالا رفتند، فتحی اشرف با کاظم بجای ماندند. داخل برج تاریک بود چون روشنائی فقط از طریق سوراخ‌های هواکشی بود که اینجاوآنجا در دیواره کار گذاشته بودند. پله‌ها بلند و باریک و خیلی جاها خراب شده بود، و بالاخره افتان‌وخیزان به قبه پشت‌بام رسیدند. اشلی به شهر که زیر پایش گسترده بود خیره شد، ردیف بام‌ها که درختان صنوبر سایه‌های خال‌خالی بر آنها می‌انداختند در دشت دوردست محو می‌شدند که خود دریای مواج کم‌رنگی بود با ساحلی از دامنه‌های رنگارنگ کوه‌ها. مناره مرتفع‌ترین نقطه شهر بود و از بالای آن به نظر می‌رسید که انسان مسلط بر دنیایی است که زیر پایش در نور خورشید موج می‌زند و می‌درخشید.

درویش گفت همان‌گونه که این مناره بدون هیچ پشتیبان بر فراز شهر بالا رفته، روح انسان هم در طلب خدا بایستی فقط به‌سوی عرش جستجو کند. اگر به پشتوانه تکیه داشته باشد یا به سازه دیگری متصل باشد دیگر برج نخواهد بود و در مورد انسان هم همین‌گونه است. هیچ کشیشی نمی‌تواند راهنما باشد، هیچ زبانی به جز زبان خودش فریاد روحش را گفتن نتواند.

او چرخید ریش‌سفیدش را صاف کرد دست‌هایش را روی گوش نهاد و اذان آغاز کرد. همچنان که فریاد بلند خوش آوایش زیر سایبان می‌پیچید و بر پشت‌بام‌ها موج می‌زد، سینه‌اش زیر ردای رنگ‌باخته‌اش بالا و پائین می‌شد. وقتی تمام شد دوباره چرخید، قالیچه نمازی کوچکی – که اشلی متوجه شد

بسیار نفیس بافته شده بود - روبه‌قبله پهن کرد و مشغول به نمازخواندن شد. نمازش که تمام شد صحبت با میسیونر را از سر گرفت.

همچنان که او حرف می‌زد اشلی ویشارد شروع به فهمیدن چیزهایی کرد خیلی فراتر از آنچه که در باره مشرق‌زمین و نفوذ اسلام روی مردمش او را به تحیر انداخته بود. مثلاً شروع کرد به فهمیدن دموکراسی شرق. درویش توضیح داد که گرچه ملاها نفوذ فوق‌العاده‌ای دارند، طبقه‌ای از ملاهای صاحب‌امتیاز و ملبس به لباس روحانی وجود ندارد، هیچ فردی اجازه مخصوص به حضور الهی ندارد، هیچ فردی نمی‌تواند بجای دیگری نماز بخواند، جانشینی شبیه آنچه در مورد پاپ مرسوم است وجود ندارد و هیچ‌کسی حتی به‌منظور ادای دعای آمرزش منصوب نمی‌شود. در بین پیروان پیامبر نوعی اخوت وجود دارد – هرچند از این پیش‌تر نمی‌رود – که قادر است ایرانی آریائی، عرب سامی و آفریقائی حامی را با هم یکی کند که بی‌هیچ رادع و مانعی در کنار هم در یک مسجد زانو بزنند یا دختران خود را به ازدواج پسران یکدیگر در بیاورند. اشلی شروع کرد به فهمیدن آن نوع اخوتی که در سرتاسر کشورهای اسلامی که از آنها دیدن کرده بود مشاهده کرده بود که در چیزهایی خود را نشان داده بود مثل یک خان و نوکرش که با هم در یک چای‌خانه می‌نشینند با هم چای می‌خورند یا از یک قلیان دود می‌کشند.

اشلی نمی‌توانست از ملاحظه این کشفیات در متن تجربیات – و ناکامی‌های – خودش به‌عنوان یک میسیونری خودداری کند. در این حیاط باصفا به نظر می‌رسید که در یک آن به تسلیم و رضا تن داده است. چه چیزی بود که همچون آفتاب گرمابخش از این دین بیگانه می‌تابید، حالتی از همدلی و صلحی حیرت‌انگیز که به‌هرحال هرگز در دین خود احساس نکرده بود؟ دین خودش یک نهضت بود، رژه با ندای جنگ سرود پنطیکاستی[۲۸] «به‌پیش سربازان مسیحی»، نهضتی پر تکاپو، برای رسیدن به هدف غائی مسیحی کردن دنیا در همین نسل حاضر.

او حاضر نبود که در اصل و اساس این تکاپوها، یا در اشتیاقی که تبلیغ و انتشار مسیحیت را به طور فعال، پویا و پر حرارت، برای مسیحیان راستین امری واجب می‌ساخت شک‌وتردید کند. اما به این درک رسیده بود که نیروی دیگری هم در کار است به همان اندازه رایج، به همان اندازه

---

[۲۸] عید نزول روح القدس بر رسولان مسیحی

چیره، یعنی نیروی سکون، نیروی ساکن و منفعل.

اگر برتر از همه، برتر از مسیحی و مسلمان، یک «وجود» واحد ابدی وجود داشته باشد، می‌شود بیش از یک راه واحد به‌سوی آن «وجود» وجود داشته باشد، بیش از یک روش رسیدن و اگر فقط یک راه وجود داشته باشد، آن راه چه باشد؟

اشلی چنین احساس می‌کرد که هنوز قدم به آن «طریق» ننهاده که شاید دینی را پذیرفته که محیط او به او ارائه کرده بود که بدون شک دین راستین بود، ولی دینی که قبل از آنکه به او برسد دست‌کاری و از آن سوءاستفاده شده بود؛ تا آن حدی که به او مربوط می‌شد، خودش اجازه داده بود که «مسیحایش» توسط دانشکده الهیات و کلیسا و بالاتر از همه توسط محیط پرخاشگر و پویای ینگه‌دنیا برایش تفسیر بشود، محیطی که معلوم نبود نیروهای محرکه‌اش از دین مسیحی سرچشمه گرفته یا نگرفته باشد.

اشلی به این فکر افتاد که آیا ناچار است تمام پایه‌های ایمانش را به دور اندازد، تمام سنن و مفاهیمی که تعلیم‌وتربیت مسیحی‌اش را دربرگرفته بود و دوباره از اول «راه» آغاز کند، یکه و تنها به‌سوی عرش طلب کند، بی همرهیِ همدلی، بی همدمی و بی یاری و یاوری....

فصل دهم

رفتن کاظم همراه درویش تغییری در فتحی اشرف به وجود آورده بود. فتحی مدرسه رفته بود، با اروپایی‌ها سروکله زده بود و موقعی که به استخدام اشلی ویشارد در آمد کارمند تلگراف‌خانه بود. این بدان معنا بود که هم با معجزات علم آشنا بود و هم با شایعات دنیای آزاد؛ بنابراین نسبت به آداب‌ورسوم کشور خود نوعی برتری فکری پیدا کرده بود، ولی طبع لطیف و سادگی‌اش را ضایع نکرده بود. درعین‌حال خیلی از چیزهایی که مورد تمجید و تکریم مردم عادی بودند برای او هیچ اهمیتی نداشتند؛ مطالبی از قبیل ظهور تمدن اروپایی که مورد طعن و لعن بسیاری ملاهای محافظه‌کار قرار گرفته بود که «اروپایی‌مآبی» را به معنی واگذاری تمام ارزش‌های سنتی کشورشان می‌پنداشتند. فتحی نه‌تنها حاضر شده بود به استخدام یک فرنگی در بیاید، از آن مهم‌تر، یک فرنگی که مبشر تمدن و کیش و آئین خودش بود. به همین منوال، فتحی سمبول‌ها و محصولات تمدن غرب را با شک و تردیدی باطنی می‌نگریست و کمتر تحت‌تأثیر مثلاً هواپیما، اتومبیل، کفش ماشینی و چیزهایی ازاین‌قبیل قرار می‌گرفت. در مورد سنت‌های مملکت، بسیاری خرافات و رسوم مذهبی، فتحی اشرف به‌سادگی آنها را ندیده می‌گرفت.

تمام اینها، همان‌گونه که اشلی ویشارد به‌خوبی می‌دانست، بدین معنی نبود که فتحی طبیعت بی‌مایه‌ای داشت. او خوب می‌دانست که طبیعت مستخدمش تا چه اندازه اساساً بومی و ایرانی است.   این جاودانه شرقی بودنش خودش را به صور مختلف نشان می‌داد. مثلاً لذتی که از گل‌ها می‌برد، علاقه و اشتیاق شدید به شعر فارسی، دلبستگی به سنن تاریخی نژاد خود، افتخار شایق از شناساندن ارمغان هنری کشورش به فرهنگ جهانی.

مع‌هذا اشلی شوکه شد که با رسیدن ماه محرم، فتحی از اربابش اجازه خواست که به دسته‌های سینه‌زنی بپیوندد. محرم مراسم عزاداری برای امام علی (ع) و فرزندانش امام حسن (ع) و امام حسین (ع) است که در کشمکش بر سر خلافت کشته شدند. مراسمی است شامل عزاداری‌های بدوی و

افراطی که طی آن تمام غرایز سادیستی طبیعت انسان شعله‌ور می‌شوند.[۲۹]

اشلی با نگرانی پرسید چرا می‌خواهی داخل دسته‌جات سینه‌زنی بروی؟ از این اشتیاق ناگهانی مستخدمش خیلی نگران شده بود.

نمی‌دانم ارباب. طبع من مرا می‌خواند که بروم. اشلی تا حدودی می‌توانست این را بفهمد. چند روز بود که خیابان‌ها از جوش‌وخروش عجیبی پر شده بود مانند اضطراب سخت و دردناک یک اعدام قریب‌الوقوع. مردم دور منبرهایی که در میدان‌ها و فضای باز شهر برپا کرده بودند جمع می‌شدند. ملاها از بالای منبر برایشان نطق‌های آتشین می‌کردند که احساسات مردم را با شرح کشته‌شدن شهدا بر می‌انگیختند و لابه می‌کردند که اشک بریزند. جو تنش روزبه‌روز و ساعت‌به‌ساعت بیشتر می‌شد و فضا از آه‌وناله نامفهوم عزاداران متعصب پر شده بود. امروز روز نهم محرم بود، فردا روز دهم که شور عزاداران به اوج می‌رسد.

می‌دانی که حکومت با این مراسم موافق نیست و شاه هم فرمان صادر کرده اینها را به‌عنوان چیزی که در خور شأن ایران نیست ممنوع کرده.

ارباب این را می‌دانم، ولی چه فایده، آدم باید عزاداری بکند.

برای که؟ برای علی و حسن و حسین؟

من نمی‌دانم. فقط عزاداری. عزاداری برای غم دنیا.

ولی فتحی، دنیا غمگین نیست.

بله ارباب، دنیا غمگین است. غم از تمام سطح زمین زده بیرون، مثل کتیرا روی شاخه گون، مثل شیر از پستان زن حامله، پیش‌درآمد آنچه قرار است زاده شود.

من نمی‌فهمم، فتحی. در جهان امید و شادی وجود ندارد؟

من نمی‌دانم، ارباب. در اسلام شادی وجود ندارد. پیامبر شادی نمی‌آورد ولی احکام می‌آورد. او بشارت از شادی در بهشت می‌دهد، ولی من در اینجا نمی‌بینم. ما مسلمانان باید گریه کنیم.

---

[۲۹] نویسنده مرتکب اشتباهات اساسی از واقعه کربلا و به شهادت رسیدن امام علی (ع) امام حسن (ع) و امام حسین (ع) شده.

اشلی در صحبت با مستخدمش جسور شد.

گفت ولی فتحی اشرف، بشارت شادی در این جهان هست. مسیح گفته " من برای شما شادی می‌آورم". مسیح هم متحمل مرگ دردناکی شد، مرگی شبیه مرگ علی، ولی مرگش روز پیروزی است، شادی جهانی از نوزاده شده. غم بدون شک از سینه جهان به بیرون می‌تراود، ولی آن غم برای آنان که مسیح را در دل دارند، شهد عشق و شادی می‌شود.

کاش می‌توانستم باور کنم ارباب. من خیلی به مسیح فکر کرده‌ام، خیلی چیزها به من داده‌ای که در باره «او» فکر کنم. شاید، یک روزی، در قلب من متولد شود، ولی امروز غمگین است. امروز باید عزاداری کنم.

اشلی دیگر چیزی نگفت ولی مستخدمش را معذور داشت که برود. مدتی بعد که بیشتر به این قضیه فکر کرد، تصمیم گرفت خودش هم برود و این مراسم حیرت‌انگیز را تماشا کند و سعی کند در صورت امکان افسون مرموز و جذبه‌ای را که روی مسلمانان معتقد بجای می‌گذارد کشف کند. وارد بازار شد، از میان جمعیت گذشت و بالاخره رسید به یک سکو وسط تقاطع دو خیابان عمده که دسته‌های سینه‌زنی در طول این خیابان‌ها در حرکت بودند و صف پلیس بیهوده سعی می‌کرد که عبورومرور را منظم کند و از برخورد بین دسته‌های سینه‌زنی جلوگیری کند و تماشاچیان فشار می‌آوردند که جایی با دید بهتر گیر بیاورند.

یک دسته نزدیک شد. یک نفر جلو آنها «استاندارد» حمل می‌کرد که بر روی آن انواع نمادهای مقدس نصب‌کرده بودند – شمع‌های روشن، یک دست برنجی، یک بیرق. ملائی بغل‌دست او بود که اسامی امام‌ها را به آواز می‌خواند. در عقب آنها دو صف افرادی که روبروی هم به پهلو قدم بر می‌داشتند، سینه‌هایشان لخت، هماهنگ با آواز ملا سینه می‌زدند. یک ردیف دست‌های سفید بالا می‌رفت، لحظه‌ای ساکن می‌ماند و بر سینه برهنه عزاداران فرود می‌آمد، مانند امواج که بر ساحل می‌کوبند، همچون صدای خروش دریای طوفانی بر ساحل. سینه بعضی، از ضربه‌های مکرر مشت‌های برهنه زخم و خونین می‌شد.

ورای این گیرودار یک قژقژ موزون بگوش می‌رسید که هرچه صف عزاداران آهسته‌به‌جلو آمد این صدا نزدیک‌تر و بلندتر شد و حتی از غلغله و آه‌وناله جمعیت و تاپ‌تاپ ضربات پوست و گوشت بر پوست و گوشت هم بیشتر شد. در کف بازار طاق‌دار که از نور آفتاب که به شکل نوار از

روزنه‌های سقف به درون می‌تابید روشن می‌شد، صف طولانی مردهایی پدیدار گشت که جبه‌های سیاه برتن داشتند که پشت آنها را بریده بودند که بدن آنها را نمایان می‌کرد شبیه راهروی سفید در تاریکی. هر کدام زنجیر بلندی در دست داشتند که از تعداد زیاد رشته زنجیرهای ظریف آهنی تشکیل می‌شدند. تاب‌دادن این زنجیرها بود که آن صدای ترسناک را ایجاد می‌کرد. زنجیرها آهنگین و هماهنگ بالا می‌رفت و با فریاد یا علی و یا حسین و یا حسن، پیچ می‌خورد و روی پشت‌های برهنه کوبیده می‌شد. زنجیر، اول روی شانه راست سپس شانه چپ می‌خورد، پوست و گوشت مرتعش می‌شد، بعد بالا می‌آمد لرزان مکث می‌کرد و آماده که با تکرار نام شهیدان دوباره فرود آید.

زنجیرزن‌ها بکندی گذشتند و صدای بلند برای لحظه‌ای فرو کشید ولی فقط لحظه‌ای چون صدای گوش‌خراش شیپور طنین افکند و یک دسته با سنج و سازونقاره با آهنگی شورانگیز از راه رسیدند که گریه‌وزاری انبوه مردم و شور و شدتی که زنجیرزن‌ها خود را فدا می‌کردند را دوبرابر کرد.

حرکت دسته‌های سینه‌زنی، زنجیرزنی و عزاداران پشت‌سرهم همین‌طور ادامه یافت به حدی که به نظر می‌رسید تمام شهر در این طغیان اندوه، ناله و زاری کرده‌اند. ولی این تازه نهم محرم بود که فقط پیش درآمدی بود برای اوج شوریدگی عظیم دهم محرم – روزی که در تقویم شیعه در خون نوشته‌اند.

روز دهم محرم تمام مردهای شهر به خیابان می‌آیند لکن زن‌ها همه‌جا پشت‌بام‌ها جمع می‌شوند برای تماشا. تمام دکان‌ها را بسته‌اند. هیچ کاری در جریان نیست. همه چیز در خدمت آن نمایش سادیستی است. روز دهم سینه‌ها و پشت‌ها برهنه نیستند و پیراهن‌های سیاه و زنجیرها را کنار گذاشته‌اند. در عوض دسته‌ها جامه سفید پوشیده و عزاداران – مردهای تمام سنین تا کودکان کم‌سال – سرشان را تراشیده و شمشیرهای از غلاف بیرون کشیده در دست دارند. اینها دستجات «شاخسی واخسی» [۳۰] هستند.

دستجات شاه حسین واحسین گویان هر بار همراه با نام سرور شهیدان با شمشیر به سر می‌زنند. ریتم فریادها سریع‌تر می‌شود، مثل رقص بدوی، صدای نوحه شبیه «شا سِین وا سِین» بگوش می‌رسد تا خون روی پیشانی

---

۳۰ شاه حسین گویان (شاخسی) واحسین گویان (واخسی)

و صورت جاری می‌شود. سرعت باز هم بیشتر می‌شود تا جایی که نوحه مثل «شاحسی واحسی» شنیده می‌شود و خون جامه‌هایشان را رنگین می‌کند.

صدای دلخراش و لحن نامفهوم نوحه درحالی‌که شمشیرهای بی‌شمار روی انبوه سرهای تراشیده بالا می‌رود و با صدای فش..ش پائین می‌آید فتنه عظیمی است. این صحنه بسان دودی غلیظ انسان را از پا در می‌آورد. منظره آغشته‌به‌خون و گل‌آلود همچون لکه‌ای تار و تهوع‌آور جلو چشم موج می‌زند. چشم‌ها را از دیدن ببند، مگذار صدایی به گوش‌ها برسد، بینی را بر بوی مشمئز کنند بدن، عرق، خون و خاک ببند؛ و حتی فضا از تراژدی، متراکم و سنگین به نظر می‌رسد. این دستجات تا آنجا که چشم کار می‌کند در خیابان‌ها می‌چرخند. همه‌جا انبوه پارسایان سفید جامه که جماعت خروشان اطرافشان را گرفته بودند بر سر این مصیبت حسرت‌بار دیوانه‌وار زاری سر داده و برای کشته‌شدن شهدا گریه می‌کردند و اسم آنها را فریاد می‌زدند.

خیلی از افراد این دستجات از فرط خودزنی و ازدست‌دادن خون به‌قدری ضعیف می‌شوند که حرکت صفوف مختل می‌شود. پسرها قدرتمندترند گاهی با چنان شدتی به سرخود می‌زنند که پلیس شمشیر را از دستشان می‌گیرد. اقوام بعضی، تخته در دست پشت سرشان راه می‌روند که جلو ضربه‌های جنون‌آمیز را بگیرند اما بعضی تحت‌تأثیر افراطی‌گری‌های همگانی ناگهان شیرجه می‌روند و با شدت بیشتر به سر می‌زنند تا جبران ضربه‌های ازدست‌داده را بکنند. اینجاوآنجا عزاداران متعصبی دیده می‌شوند که از فرط ضعف از حال می‌روند که دوستانشان آنها را روی دوش می‌برند.

متعصب‌ترین آنها که بارها در دسته‌های خشی وشی بوده‌اند، دیگر تیغ بر سرزدن به تنهائی آنها را راضی نمی‌کند، لخت می‌شوند و درحالی‌که قلاب‌های در گوشت و پوست فرورفته از همه جایشان آویزان است راه می‌روند.

این شوریدگی بی‌وقفه ادامه دارد تا ظهر عاشورا، ولی وقتی که خورشید از نیمروز گذشت عزاداری متوقف می‌شود و صفوف جامه سفیدان در خیابان‌ها دیده نمی‌شوند. در امن و آسایش کاروان‌سرا فریادها تبدیل به زمزمه خفیف گریه شدند، و بالاخره خاموشی شهر را فراگرفت که با سروصداهای صبح تضاد عجیبی داشت. فتحی اشرف برگشت، چشم‌های

سرخ و ورم کرده‌اش با حالتی گرفته اشلی ویشارد را تعقیب می‌کردند.

اشلی در سکوت خدا را شکر کرد که دید مستخدمش تیغ به سر نزده.

صبح روز بعد شهر دوباره آرام بود ولی مثل این بود که طوفان پشت سر گذاشته. فضا هنوز متشنج بود. یک روز طول کشید که شهر به‌ظاهر زندگی معمولی برگردد. اشلی دوباره درست در وقت معین مانند ساعت‌دیواری دقیق، صدای فلوت مانند مؤذن را شنید که مؤمنین را به نماز می‌خواند.

اشلی به هر طرف که نگاه می‌کرد به نظر می‌رسید که مسجد می‌بیند. گنبد مسجد از بالای دیوار کاروان‌سرا آفتاب را مانند چیزی از جنس چخماق و برنج منعکس می‌کرد. سطح آبی‌رنگ آن در هوای رو به گرمی مثل یخ بود، مناره‌اش همچون برج مراقبت حائل.

اشلی متحیر که کجا است آن صلح و صفایی که فکر کرده بود در محدوده آن یافته بود. آیا این هم فقط یکی از آن سراب‌های روح بود که انسان به هر طرف که در این سرزمین دوست‌داشتنی می‌نگرد جلو او رقص می‌زند ولی وقتی‌که جوینده خوب می‌نگرد در غبار تلخ واقعیت محو می‌شود. اشلی انجیلش را درآورد و شروع به خواندن کرد و هرچه خواند چشم‌ها و افکارش بر سخنان مولایش متمرکز شد که طبق روایت یوحنا، هنگامی‌که آماده می‌شد که به‌سوی مصلوب شدن و مرگ برود. او می‌دانست که بالاخره با اطمینان پا در «راه» نهاده است.

" برای شما صلح بجا می‌گذارم، صلح خودم را به شما می‌دهم: نه آنچنان که دنیا می‌دهد، من به شما می‌دهم. مبادا قلبتان پریشان شود مبادا بترسد"

فصل یازدهم

اشلی ویشارد آماده بود که روز بعد شهر میان‌آباد را ترک کند. مسیر به سمت غرب از میان سلسله کوه‌های قره قروم می‌گذشت که چراگاه ییلاقی کردها ست. فتحی اشرف را نزد استاندار فرستاده بود که برای عبور از این منطقه اجازه بگیرد. فتحی برگشت گفت:

جناب استاندار امیدوار است که روی‌اش روشن و روحش شاد گردد.

اشلی ویشارد فهمید این بدان معنی است که احضار شده است، فوراً لباس فراک پوشید، گالش به پا و چتر به دست آماده شد که به حضور استاندار برود.

قصر وثوق‌الدوله استاندار ایالتی به بزرگی «نیوانگلند» از فاصله دور ابهتی داشت، همچون برج بر فراز بام‌های کوتاه شهر، با برجک‌های پر زرق‌وبرق و تزیین شده که پرچم شیر و خورشید بر فراز آنها در اهتزاز بود. اما درب ورود به این مسند قدرت در انتهای یک کوچه دراز بود که برای رسیدن به آن می‌بایستی از میدان وسیعی عبور کنی که وجه بارز آن لنگ‌های حمام‌عمومی بود که برای خشک‌شدن آویزان کرده بودند، و مثل مدخل کوتاه حمام و همان قدر محقر و هیچ وجه تمایزی نداشت. مع‌هذا دست‌کم از روی کنجکاوی اگر نگوئیم احساس ابهت بود که اشلی ویشارد منتظر ماند تا درب سنگین باز و به داخل قصر پذیرفته شود – دیوان عدالت، جایگاه حکمت و سریر قدرت – مقر جانشین ساتراپ داریوش و کورش و خشایارشاه.

فتحی اشرف به در کوبید و در باز شد به باغی بزرگ و مرتب که یک حوض مربع در وسط داشت که اطراف آن درختان صنوبر و بوته‌های گل سرخ کاشته بودند و ستون‌های گچی ایوان وسیع در سطح آن منعکس بود. خود قصر چیزی نبود به‌جز یک ساختمان بلند آجری، تمام دریچه‌هایش - از شیشه‌های رنگارنگ – به سمت باغ ولی انعکاس آنها در سطح آب قدر و منزلتی به ساختمان می‌داد که در ویژگی‌های معماری‌اش وجود نداشت. روی پله‌ها عده‌ای از ملتزمین استاندار لم‌داده بودند که با تردید به فرنگی نگاه کردند. یک خدمتکار با پالتو گل گشاد آبی‌رنگ و کلاه‌پوست با نشان نقره‌ای شیرخورشید به اشلی سلام کرد و او را از پله‌های سنگی به داخل

یک سرسرا راهنمائی کرد.

اینجا کلاه و گالش‌ها و چتر اشلی را گرفتند. گالش‌ها برای آن بود که مجبور نشود کفش‌هایش را در سالن پذیرائی در بیاورد و چتر به نشان مقام و مرتبت. خدمتکار آرام به در کوبید و با شنیدن فرمان از درون اتاق در را آرام باز کرد. اشلی ویشارد وارد تالار بزرگی شد که نبودن چیزی به‌عنوان مبلمان به‌غیر از یک ردیف صندلی اُپرائی کنار دیوار و یک میز کوچک چای‌خوری ابهت آن را بیشتر می‌کرد. اشلی می‌دانست که دیوان همین‌جا ست، جایی که استاندار دادگاه برگزار می‌کند.

وثوق‌الدوله، استاندار، تنها بود. روی یک تشک کلفت نشسته بود ولی از جا برخاست که با میسیونر ملاقات کند. مرد چاقی بود با چشم‌های خواب‌آلود که از جا بلندشدن برایش قدری سخت بود. با انگشتان گوشتالود پر از انگشتری عقیق که با یک تسبیح کهربا بازی می‌کرد به اشلی به سمت صندلی‌های اُپرائی اشاره کرد. میسیونر امتناع کرد.

گفت جناب استاندار من به‌قدر کافی با مملکت شما آشنا هستم که سپاسگزار آداب‌ورسوم پسندیده‌اش باشم. اگر خضر تعالی اجازه بفرمائید خدمت خودتان می‌نشینم.

وثوق‌الدوله خوشش آمد و با تکریم و تعظیم شایسته سر جایش رو تشک نشست.

با لحن حکیمانه‌ای گفت اروپا راحتی‌های بسیاری برای نوع بشر آورده ولی شرق هنوز می‌تواند به دنیا بیاموزد چگونه دنیا را آسان بگیرد.

اشلی جواب داد این درست است چنان‌که یکی از شعرای شما می‌گوید: شیری که در ویرانه قصر خفته فقط نعره می‌کشد و بیابان گوش می‌دهد.

چشم‌های نیم‌بسته استاندار از غرور برق زد. به هر سختی بود دست‌هایش را به هم زد و یک مستخدم حاضر شد.

چای بیار

وقتی‌که مستخدم از اتاق خارج شد گفت بد نیست بدانید که کردها اسم من را گذاشته‌اند شیر قصر. این راهزن‌ها شغال‌هایی هستند که به حاشیه قلمرو من می‌خزند ولی احتیاط می‌کنند درست از دسترسی چنگال من دور می‌مانند. کافی است که نعره‌ای بکشم یا بهتر بگویم غره ملایمی و آنها پا

۹۸

به فرار می‌گذارند.

اشلی ویشارد بدون اینکه اظهار عقیده‌ای بکند گفت مصلحت در همین است. این ترس و وحشتی که از حضرت‌عالی دارند نسبت به دستیارانتان هم نشان می‌دهند؟

سربازان من مردان رشیدی هستند. حالا مشغول حراست از گردنه‌های جنوبی‌اند که ایلات را که دارند بر می‌گردند خلع سلاح کنند.

کردها حالا از دشت بر می‌گردند؟

باران در عراق خیلی کم بوده و ایلیاتی‌ها هفته‌هاست که دارند بر می‌گردند و ناآرام و گرسنه غنائم فراوان دهات هستند. همین هفته گذشته یکی از افواج من از درگیری با اسماعیل‌خان، سرکرده ایل شاهسون برگشتند که جرئت کرده بود چند تا از دهات من را غارت کند.

اشلی با نگرانی گفت امیدوارم کشت‌وکشتار نشده.

الحمدلله هیچ‌کدام از افراد من از بین نرفتند، فقط یک نفر زخمی شد ـ در اثر منفجرشدن اسلحه خودش که باکمال تأسف معیوب بود، کور شد. ده‌هزار تیر به دشمن انداختند.

اشلی با وحشت پرسید کسی کشته نشد؟

این را من نمی‌دانم. کردها همیشه کشته و زخمی‌هایشان را با خود می‌برند و چون منطقه صعب‌العبوری است افراد شجاع من نتوانستند به تعقیب آنها بروند. ولی ما ترس به دلشان انداخته‌ایم، اگر فضولی کنند سرشان به سنگ می‌خورد.

اشلی حدس زد که علی‌رغم ده‌هزار تیر، تعداد کشته‌شدگان کردها از افراد دولتی بیشتر نبوده است.

ولی فعلاً سخن از جنگ و دعوا کافی است که برای مرد صلحی چون شما نباید جالب باشد. از مملکت خودتان چیزی تعریف کنید چون کنجکاوی من هم مثل اشتهایم سیرشدنی نیست. درباره خیابان پنجمتان برای من بگوئید که این‌همه راجع به آن شنیده‌ام.

اشلی یک چیزهایی برایش گفت، نه زیاد، همان قدر که علاقه استاندار را راه بیندازد.

با آمیزه‌ای از مزاح و نخوت گفت وقتی به آمریکا برگشتید می‌توانید برایشان در باره خیابان ولایت ما بگوئید که وقتی تمام شود مثل تیر تمام طول شهر را می‌گیرد و از خیابان پنجم هم خیلی پهن‌تر خواهد بود.

اضافه کرد ولی من دچار مسئله غامضی شده‌ام شاید شما بتوانید بگوئید در آمریکا چگونه با آن برخورد می‌کنند. خیابان تا حاشیه یک قبرستان قدیمی ادامه یافته و ملاها دادوفریاد راه انداخته‌اند که من می‌خواهم از مزار مردگان هتک حرمت بکنم.

با افتخار ادامه داد البته من آدم روشنفکری هستم و این استخوان‌های پوسیده برای من چه اهمیتی دارند. وزارتخانه در تهران اصرار به تکمیل این جاده دارد به نشان پیشرفت تازه تحت‌نظر شاهنشاه ولی صدای شاه در اینجا به‌اندازه تهران رعدآسا نیست. خنده‌آور نیست؟ گام‌های پیشرفت در قبرستان مردگان به گل مانده.

اشلی گفت قبرهای روبه‌زوال یک ایمان مرده همه‌جا پیشرفت انسان را متوقف می‌کنند.

آه، بله، و از مزارها ره فراری نیست.

این حالت بی‌تفاوتی باری به هر جهت استاندار، اشلی ویشارد را برانگیخت و دید که از سستی و انفعال او بیزار است.

درحالی‌که تب و تابش بالا می‌گرفت ندا برآورد ولی ایمان زنده چنین نیست چون قبرستان ندارد. ایمانی که خود را هر روزه بازسازی می‌کند، مانند گندم نورسی که کلوخ خاک مرده را می‌شکافد، گذشته را پیوسته به‌دور می‌افکند. وثوق‌الدوله، دین تو دینی است که محمد آورد ولی تو عرب مکه و مدینه نیستی که مخاطب او بودند. تو ایرانی هستی، از نژادی که وقتی محمد ظهور کرد، خرد نزدشان باستانی بود. محمد برای نسلی بی‌سواد و بی‌فرهنگ صحبت می‌کرد. چرا باید حکم به انزوای زنان بدهد مگر که بخواهد آنها را از نگاه‌های بی‌شرمانه مردهای قبیله محافظت کند. مع‌هذا، پرده و حرم تا به امروز سر جای خودش برقرار مانده که مانند غل و زنجیری است بر روح زن‌های شما، و در بین مردمی متمدن چون ایرانی‌ها کاملاً غیرضروری.

به همین ترتیب ماه روزه که محمد حکم کرد در ماه رمضان از طلوع تا غروب، غیر از مسافران زائر، نباید غذا بخورند. همچنان که خودتان

می‌دانید این هم اسباب مضحکه شده است. برای ثروتمندان که کار نمی‌کنند شب را تبدیل به‌روز کرده، ولی برای فقرا که مجبورند روزها زحمت بکشند تبدیل به دوره رنج و محنت شده است.

استاندار آه کشید.

آنچه شما می‌گوئید کاملاً صحیح است ولی متأسفم اذعان کنم کمترین کاری از دست من ساخته نیست. این دین ماست و وای به حال کسی که به خود اجازه بدهد آن را انکار کند. ملاحظه بفرمائید وقتی ما سعی می‌کنیم یک خیابان از وسط قبرستان بکشیم چه جاروجنجالی به راه می‌افتد و از دست دولت در برابر چیزی مثل ماه محرم چه کاری ساخته است که حکم بعد از حکم آن را ممنوع کرده است؟ نه، چیزهایی هست که دولت‌ها نمی‌توانند انجام بدهند، از جمله نمی‌توانند قلب ملتی را اصلاح کنند. چیزهایی هست که ثروت نمی‌تواند تسکین بدهد، از جمله عذاب وجدان.

مستخدمی وارد شد با یک سماور بلند و تعدادی استکان و بشقاب‌های شیرینی. سماور می‌جوشید و بوی زغال اتاق را پر کرد. بشقاب‌ها حاوی کلوچه برنجی و کلوچه بادامی بودند. ظرف‌های آب‌نبات با طعم وانیل، رازیانه، زعفران، دارچین، گل، در واقع هر طعمی که اشلی به یادداشت به‌جز شکلات. کاسه‌های بادام‌شور، پسته، گردو و فندق. خوشه‌های انگور خشک بی هسته لطیف طعم عسلی.

همچنان که در سکوت مشغول خوردن بودند، اشلی به جزئیات اتاق توجه کرد که در وهله اول مأیوس‌کننده بود چون بزرگ بود و تقریباً بدون مبلمان. اما خوب که دقت کرد گستره یک قالی دید که آن‌قدر دراز بود که حتی در اتاق به این بزرگی مجبور شده بودند یک طرف آن را تا بزنند. تشک‌های زیادی کنار دیوار بود که در گل‌دوزی‌های مخمل و دیبا پیچیده شده بودند. عکسی در اتاق نبود ولی در عوض چند قالی ابریشم کاشان با بافت و ترکیب خارق‌العاده روی دیوار بود. در دیوارهای قطور طاقچه‌های طاق‌دار با گچ‌کاری‌های ظریف طرح کندو عسلی ساخته و در آنها گلدان‌های برنجی قلمکاری شده و تزیینات مرمری و شیشه‌گری گذاشته بودند. بشقاب‌های چای‌خوری از نقره‌کاری اصفهان و کرمانشاه بود که روی آنها مناظری از آثار تاریخی با حکاکی یا برجسته‌کاری به تصویر کشیده شده بود — خسرو در شکارگاه، شاپور، و داریوش با اسرا. در مقابل این پدیده‌های هنری، آن تصور برهنگی که در اثر نبودن مبلمان اروپایی به وجود آمده بود به‌تدریج

جای خود را به احساس حد اعلای غنا و تجمل در عین سادگی محض داد.

استاندار در ادامه گفت برگردیم به سفر شما، تا آنجا که من می‌فهمم شما قصد دارید از طریق «قره قروم» به سمت غرب بروید.

بله حضرت اجل.

مسیر بدی است. جاده‌ها خوب نیستند.

از کارهای حضرت‌عالی در راه‌سازی شنیده بودم و خلاف این فرض کردم.

استاندار توجهی نکرد و پرسید چرا نباید در این‌طرف کوه‌ها بمانید. دهات زیبا هستند و خیلی چیزهای دیدنی دارند.

چون به‌ندرت کسی از کشور من به قره قروم رفته و من دلم می‌خواهد هرچه زودتر ببینم آن طرف‌ها چه خبر است.

پس کاروان را از راه شمال ببرید. خیلی مطبوع‌تر است. تعداد «منزل»ها هم نسبت به غرب کمتر است.

اشلی باسیاست مداری گفت: اگر دنبال آسایش دلپذیر بودم بهتر بود زیر سایه حضرت‌عالی می‌ماندم. نه حضرت اجل، من باید به میان قره قروم بروم و امیدوارم که حضرت‌عالی این اجازه را به من تفویض بفرمائید.

من هیچ اختیاری ندارم که جلو رفتن شما به هر کجای قلمرو شاه را بگیرم و اگر شما تصمیم گرفته‌اید که از این مسیر بروید شما را به خدا می‌سپارم. در این صورت باید یک ملازم سوار همراه شما بفرستم.

اشلی این را پیش‌بینی نکرده بود و اعتراض کرد.

ولی حضرت اجل من هیچ علاقه یا نیازی به سرباز ندارم.

استاندار بامتانت گفت البته که نیازی نیست، چون چه کسی در استان من بخواهد به شما آسیب برساند. این احترامی است که من به شما می‌گذارم.

اشلی ویشارد احساس کرد که باید بیش از این اعتراض نکند و بهتر است بعداً بهانه‌ای پیدا کند که در اولین فرصت ملازمین را باز گرداند.

اشلی و استاندار سه چهار استکان چای خوردند، اشلی بی‌سروصدا، ولی استاندار چنان که رسم ادب بود با سوت‌های محکمی که با لب‌هایش می‌زد.

وقتی‌که تمام شد مدتی به سکوت گذشت، استاندار با دست‌های در آستین فرورفته و چشم‌های نیمه‌باز. اشلی می‌دانست که موقعش رسیده و خودش را به‌طرف استاندار خم کرد و گفت:

اجازه مرخصی می‌فرمایید؟

استاندار به نوبه خود تعظیم کرد و گفت آستان ما را مشرف فرمودید و شرفیابی به پایان رسید.

فردا صبح که اشلی ویشارد و فتحی اشرف تحت مراقبت چاروادار قدم در راه گذاشتند یک فوج دوازده‌نفری سوار آنها را همراهی می‌کرد که اگر اشلی از قبل نمی‌دانست ممکن بود آنها را با جمع راهزنان اشتباه بگیرد. به‌غیراز تفنگ‌های کارابین بلند که بر دوش و قطارهای فشنگ که دور کمر و به‌صورت حمایل دور شانه داشتند حتی دو نفرشان هم لباس یا تجهیزات مشابه یکدیگر نداشتند. نشانی از نظامی‌گری در آنها دیده نمی‌شد مگر اندکی در اسب‌هایشان، هیچ قابل‌مقایسه با نره اسب‌هایی که اشلی سوار بر آن به دهکده جذامی‌ها رفته یا در جاده‌ها در جنوب آن منطقه دیده بود نبودند، اما اسب‌های پرقدرت، لاغر و عضلانی، چابک و تیزپای و ناآرام بودند.

وقتی‌که داشتند از حیاط خارج می‌شدند، با کاظم مواجه شدند که بقچه‌ای با خود داشت. چاروادار اسب‌هایش را متوقف کرد.

چی! میخوای دوباره با ما بیای؟

نه، شروع کرد بگوید پدر... ولی گفت پدرآمرزیده. من آمدم با صاحب حرف بزنم. صاحب، مرشد من برایتان دعای خیر و این را برسم یادگاری فرستاده است.

بقچه را کف درشکه انداخت. اشلی آن را باز کرد. قالیچه کوچکی بود که درویش زیر سایبان مناره، روی آن سجده کرده بود.

گفت، نه، درویش فقیر است و منهم نیازی به هدیه‌های گران‌قیمت ندارم. به مرشد خود بگو از دعای خیر او سپاسگزارم و درودهای پرمهر مرا به ایشان برسان.

کاظم به حالت اعتراض گفت من نمی‌توانم هدیه را به مرشدم برگردانم. او دلش می‌خواهد که شما آن را بپذیرید.

فتحی اشرف زمزمه کرد مطمئنم او غیر از این نمی‌خواهد.

اشلی گفت هدیه را می‌پذیرم. باشد که «پدر» ما مراقب ما باشد و «صورت» او بر تو بتابد و به تو صلح و صفا بدهد.

اشلی یکه خورد که شنید فتحی زمزمه کرد "آمین".

فصل دوازدهم

فتحی اشرف آمد کنار اربابش، دست‌ها موقر و مؤدب در آستین.

اشلی پرسید بله فتحی اشرف؟

چاروادار در عالم دیگری فرورفته.

اشلی گفت تریاک! این‌قدرها حدس زده بود. شب گذشته هنگامی‌که قبل از خواب در اطراف کاروان‌سرا قدم می‌زد، چاروادار را در اتاق چای‌خانه مخروبه دیده بود که وافور بین دندان‌ها روی یک نیمکت ول افتاده چرت می‌زند. اتاق از دود تنباکو و زغال انباشته بود و بوی خاص، شیرین و چسبناک تریاک همه‌جا را گرفته بود.

این خیلی نگران‌کننده بود چون اولین باری نبود که چاروادار علائم مصرف مواد مخدر از خود بروز می‌داد. بارها دیده بود که رفتارش مثل کسی است که حواسش سر جاش نیست، با کوچک‌ترین چیزی اسب‌ها را شلاق می‌زد، در جاهای خطرناک خیلی بی‌ملاحظه می‌راند. اگر حرفی به او می‌زدند به طرز زشتی بدخلقی می‌کرد. ولی حالا اوضاع مخصوصاً وخیم بود. در جاده پرشیبی بودند در یک طرف، کوه‌های سخت و مرتفع، طرف دیگر پرتگاه‌هایی که ته شان پیدا نبود.

چاروادار پیدایش شد. با چشم‌های در حدقه فرورفته که مثل مرمر سیاه برق می‌زدند و کج‌وکوله راه می‌رفت.

اشلی گفت ما امروز سفر نمی‌کنیم.

چاروادار به میسیونر خیره شد.

من امروز سفر می‌کنم، فرنگی. در قرارداد من است و تو نمی‌توانی من را به پرداخت جریمه مجبور بکنی.

من از تو جریمه نمی‌خواهم. ما امروز سفر نمی‌کنیم.

چاروادار غرغرکنان گفت فرنگی مثل یکی از هفت اشرف مخلوقات حرف می‌زند و تلوتلوخوران رفت به سمت طویله. کمی بعد با اسب‌هایش برگشت و با دست‌های لرزان و نامطمئن آن‌ها را به درشکه بست. سربازها که آماده

شده بودند با بی‌تفاوتی نگاه می‌کردند.

چاروادار یواش سلام کرد و پرسید: صاحب، سوار می‌شوید؟ روز زیبا، هوا خوب، اسب‌ها تازه‌نفس و خود من هم در بهشت هستم. را بیافتیم؟

اشلی نگاهش کرد و محکم تکرار کرد. ما امروز سفر نمی‌کنیم.

چاروادار با شنیدن این به‌زانو افتاد و خودش را به خاک انداخت و دست‌هایش را چرخاند و آورد بالا.

با ضجه و زاری می‌گفت والله، والله. به چه ظلمی گرفتار شده‌ام! یک قرارداد دارم. اگر چند فرسنگ سفر نکنم جریمه می‌شوم. من آماده‌ام بروم، ولی صاحب قبول نمی‌کند. نمی‌توانم او را مجبور کنم سوار شود. اگر بروم ولی او را نبرم وقتی به مقصد رسیدم از کی پول بگیرم؟ من آنجا خواهم بود و صاحب اینجا. والله، والله.

یکی از سرباز‌ها با خشونت دستور داد بلند شو پیرمرد. خاک می‌ریزی تو دماغ اسب من.

چاروادار محل نگذاشت و به ضجه و زاری والله، والله ادامه داد.

سرباز با خشونت فریاد زد اگر بیشتر خاک بکنی که تو دماغ من بره، با اسب میام روت.

چاروادار ضجه و زاری سر داد، پرسید آدمی انصاف ندارد؟ و خودش را روی زانو جلو یک‌به‌یک سربازان به خاک انداخت. هیچ‌کدام تکان نخوردند ولی عده‌ای از کاروان‌سرا جمع شدند و شروع کردند به یاوه‌سرایی، بعضی‌ها به چاروادار فحش می‌دادند بعضی از او دفاع می‌کردند و به سمت فرنگی سر تکان می‌دادند.

اشلی ویشارد اوضاع را پیش خود سنجید. اگر یک روز دیگر در اینجا بمانند، چاروادار بدون شک بازهم می‌رود سراغ همان جمع ناباب و فردا وضع بهتری نخواهد داشت شاید هم بدتر.

از فتحی پرسید می‌توانیم اسب برای سواره رفتن گیر بیاوریم.

می‌پرسم، ارباب.

اشلی از چاروادار خواست دست از ضجه و زاری بردارد.

من هیچ‌گونه بی‌انصافی نمی‌کنم چه تخیلی چه واقعی.

چاروادار از زمین بلند شد و عبوس رفت سر جاش نشست. کمی بعد فتحی با دو یابوی زین و افسار شده برگشت.

اشلی گفت ما امروز پشت سر تو می‌رانیم و فردا ان‌شاءالله دوباره سوار درشکه می‌شویم. حالا راضی هستی؟

صاحب بزرگوار است و فردا به امید خدا درشکه من را دوباره سرافراز می‌فرمایند.

به راه افتادند. چاروادار مدتی به‌طوری بی‌ثبات نشسته بود و هروقت کالسکه از روی دست‌اندازی رد می‌شد سر جایش این‌وروآن‌ور می‌شد و می‌لغزید. اشلی با نگرانی او را زیر نظر داشت. اما هوای پرطراوت کوهستان اثر کرد و به نظر می‌رسید که جان تازه‌ای گرفته و بر اعصاب خود مسلط شده است. اشلی توجهش را معطوف مناظر اطراف کرد و سواران محافظ در هوای طرب‌انگیز سرگرم اسب‌دوانی در دامنه کوه و تیراندازی با تفنگ‌هایشان شدند که دشمنان خیالی را نشانه می‌گرفتند، تا جایی که اسب‌ها دهانشان کف کرد و گردوخاک زیادی بلند شد.

نزدیکی‌های عصر رسیدند به جایی که راه باریک و پر از تخته‌سنگ بود و از دامنه کوه به سمت دره سرازیر می‌شد و چاروادار دوباره از این عالم به در شد. از جلو می‌رفت و آواز مستانهٔ بی‌سروتهی سر داده بود. اشلی و فتحی در فاصله نسبتاً زیادی از عقب می‌راندند و سربازان که شور و شوقشان آرام شده بود اسب‌هایشان را به حال خود گذاشته بودند که در عقب آهسته راه بروند.

ناگهان چاروادار شلاق را از جایش در آورد و افتاد به جان اسب‌ها و سروصدا درآوردن. اسب‌های پیر و خسته با ضربات شلاق از جا پریدند و در سرازیری به یورتمه افتادند. درشکه ترمز نداشت و شتاب آن باعث شد که اسب‌ها سریع‌تر بروند. درشکه به این‌طرف و آن طرف یله می‌شد، می‌خورد رو صخره‌ها و در هوا بلند می‌شد. تقریباً وارونه شد و راست شد و برق‌آسا در سراشیبی پائین رفت. چاروادار شلاق و دهنه را رها کرده و احمقانه به جایگاهش چسبیده بود و آه و فغان آواز مستانه‌اش در سروصدای درشکه بگوش می‌رسید.

اشلی یابو را مهمیز زد. به‌سرعت در سرازیری جاده رفت و فریاد زد

بایست. اگر اسب در آن لحظه می‌لغزید پاهایش خرد می‌شد و اشلی را از روی دیواره حفاظ جاده پرتاب می‌کرد. فتحی پشت سر او به‌سرعت می‌آمد.

نفس‌نفس‌زنان گفت ارباب صبر کنید. خودتان را به کشتن می‌دهید.

اشلی که اسبش را به‌سرعت می‌راند فریاد زد ما باید درشکه را متوقف کنیم وگرنه چاروادار خودش را به کشتن می‌دهد.

با خود فکر می‌کرد در صورت امکان از سرازیری کوه میان بر بزند و قبل از آنکه درشکه پیچ جاده را دور بزند به آن برسد. این کار از آن نقطه‌ای که ایستاده بود غیرممکن بود زیرا شیب کوه به تیزی دیوار بود. کمی پائین‌تر تا حدودی صاف می‌شد. اسبش را مهمیز زد و به لبه جاده نزدیک شد و سعی کرد از دیواره پائین ببرد ولی اسب عقب، عقب برگشت.

اشلی با خودش فکر کرد: می‌توانم پیاده برسم، و از اسب پرید پائین.

دهنه یابو را رها کرد و فریاد زد به فتحی که در جاده ادامه بدهد. من سعی می‌کنم پائین‌تر به او برسم.

اشلی با لغزیدن و سرخوردن به‌سرعت از دیواره پائین رفت. در این فکر بود که اگر او را متوقف نکنم خودش را به کشتن می‌دهد. صخره‌ای زیر پاهایش لغزید که رو زمین پخش‌وپلا شد، لباس‌هایش پاره شد و ساق پاش خراش برداشت. در این حالت که با سرپایین می‌رفت چشم‌هایش افتاد به سربازها بالای سرش که اسب‌هایشان را به دیواره جان‌پناه جاده بسته و با بی‌تفاوتی این پیکار را تماشا می‌کردند. وقتی سرپا شد دید که درشکه رسیده سرپیچ، دهان اسب‌ها کف کرده، به‌سختی نفس می‌کشند ولی به‌خاطر شتابی که دارند نمی‌توانند متوقف شوند. فتحی از عقب به تاخت می‌آمد ولی نمی‌توانست به آنها برسد. اشلی با خود فکر کرد من می‌رسم به آنها.

چاروادار چشمش به میسیونر افتاد که تقلا می‌کرد از کنار دیواره بیاید پائین. دست‌هایش را با هیجانی جنون‌آمیز تکان می‌داد و چیز نامفهومی فریاد می‌زد. بعد خودش را به عقب انداخت و بقچه‌ای را که کف درشکه افتاده بود برداشت آن را به‌طرف اسب‌ها پرت کرد. اسب‌ها سرعتشان را دوچندان کردند و با ترسی دیوانه‌وار به‌پیش راندند. بغچه افتاد کنار جاده و محتویات آن افتاد بیرون. اشلی دید که قالیچه درویش است. قبل از آنکه اشلی ویشارد به جاده برسد، اسب‌ها و درشکه به هوا پرتاب شدند و دید که تلاش او بیهوده بوده است و اکنون مات و مبهوت دید که اسب دست راستی

به دیواره جاده پرت شد و درشکه را هم با خود کشید. مال‌بند شکست. درشکه لمبر خورد و در یک‌چشم به‌هم‌زدن، اسب‌ها، درشکه و چاروادار در خاک‌ریز ساحلی ناپدید شدند.

اشلی با ترسی کشنده ناله و زوزه اسب‌ها، صدای رعدآسای شکستن درشکه همچنان که وارونه شد و به صخره‌ها خورد، ترکش چوب، فریادهای چاروادار و بالاخره صدای پاشیدن آب را شنید.

کار تمام بود. وقتی‌که به حاشیه آب رسیدند درشکه خرد و شکسته روی آب می‌رفت. یکی از اسب‌های مرده در خاک غلتیده مال‌بند شکمش را دریده بود. دیگری در آب ناپدید شده بود. سومی روی صخره‌ها افتاده با چشم‌های مات به طرزی جان‌گداز ناله می‌کرد. چاروادار سست و بی‌جان روی صخره‌ای افتاده بود، خون از دهان و از شکاف سرش آرام بیرون می‌زد.

اشلی خودش را به چاروادار رساند و سرش را بلند کرد. مرده بود، بدون شک مرده بود. اشلی وقتی که مطمئن شد او را روی زمین دراز کرد و آرام جبه‌اش را روی صورتش کشید.

اسب تلاش می‌کرد که برخیزد و ناله می‌کرد. اشلی دید که پاهایش شکسته.

سربازها رسیده بودند بالای سرش و بی‌خیال نگاه می‌کردند.

اشلی پرسید نمی‌خواهید اسب را با تیر بزنید؟

سربازها فقط به میسیونر خیره شدند.

اشلی دوباره ملتمسانه پرسید نمی‌خواهید حیوان بیچاره را از این زجر خلاص کنید؟

یکی از سربازها تفنگش را بالا آورد نشانه گرفت و شلیک کرد. گلوله درست به هدف خورد و اسب که بیهوده تلاش می‌کرد برخیزد توده‌ای بی‌جان به زمین افتاد.

سکوت همه‌جا را فراگرفت. سکوتی چون طبع آرام شرق، چون زمان که همه چیز را در خود جذب می‌کند و برای همیشه اسرارآمیز، ساکن، ثابت و ابدی باقی می‌ماند. طنین این سقوط و درهم شکستن در تپه‌ها خاموش شده بود و این حادثه مرگبار هم به سایر حوادث تاریخ پیوسته بود. عقابی

که بوی مردار شنیده بود بر فراز سرشان به پرواز آمد؛ صدای ریزموج آب روی صخره‌ها بگوش می‌رسید. سربازها پیاده شده و در سرازیری لمداده بودند و اسب‌هایشان به دنبال علف تازه جوانه‌زده زمین را بو می‌کشیدند. فتحی به حالت احترام ایستاده بود.

اشلی با چهره گرفته، لباس پاره‌پوره، دست و پاهای خراشیده و خون‌آلود، اتفاقات پیش‌آمده را به حالی آرام و جدی برشمرد. چاروادار مرده، اسب‌ها هم، و درشکه از بین رفته. تمام دار و ندارش، باروبنه و ابزار و لوازم ذی‌قیمت پزشکی را آب برده و دیگر امیدی به باز یافتنشان نیست. اکنون، تقریباً یکه و تنها، در دیار غربت و از هرگونه وسیله تمدن امروزی محروم مانده بود. اتومبیل سحرآمیزش که عادت کرده بود آن را به‌عنوان نماد قدرت مسیحیت بکار گیرد اولین چیزی بود که از دست رفت و حالا هم داروها و تجهیزات جراحی‌اش، یعنی ابزار حرفه شفابخش او. بیهودگی اینها از همان روزی که در دهکده جذامیان کارایی‌شان را از دست دادند آشکار شده بود. اکنون از بین رفته‌اند و از آن گریزی نیست. طبیب ممکن است بدون دارو یا جراحی بیمار را معالجه کند ولی کمتر مرضی است که بدون استفاده از این دستاوردهای علم جواب بدهد و حالا نه‌تنها اینها بلکه حتی لباس‌های تمدن هم از بین رفته بودند. او در یک کلمه لخت‌وعور شده بود، لخت‌وعور از هم چیز مگر از پیامش، از بشارتش.

آیا این نشانه‌ای بود از عرش برین که باید کار کشیشی را ترک کند؟ نه. هرگز. او پیامش را داشت و اگر اصلاً نشانه‌ای هم در کار بود، نشانه این بود که بر پیامش و فقط بر آن تکیه داشته باشد. به پولس مقدس اندیشید وقتی‌که کشتی‌شکسته بود در جزیره مالت، و سخنان مولایش که در آن شب ماه محرم بر چشمان او پدیدار گشت:

"مبادا که قلبت به رنج آید، و مبادا که بترسد."

صدای سم اسبی در صخره‌های بالا شنیده شد. سربازان به پا خاستند. اشلی برگشت و سواری را دید که گفت:

سلام‌علیکم.

فصل سیزدهم

اشلی ویشارد به بالا نگاه کرد. سربازها که رنگ از چهره‌شان پریده بود بین صخره‌ها خزیده و پنهان شدند. مردی با قبای بلند سوار بر اسب عربی ابلق روی تیغه کوه ایستاده بود که در زمینه آسمان عصر نیمرخش نمایان بود، دست‌هایش را به نشان درود بالا برد. تفنگی به طور مورب بر دوش داشت. گروهی ملتزمین که از تیغه کوه درست دیده نمی‌شدند پشت سر او بودند.

سوار افسار را باوقار بالا آورد و اسب جست‌وخیزکنان از سراشیبی پائین آمد.

دوباره گفت: سلام‌علیکم.

او مظهر باشکوهی از نژاد کرد بود. مردی رشید همچون برج بر فراز مرکبش. عبای کرک سیاه که تا رکاب می‌رسید قامت او را بلندتر می‌نمود. دستار سفیدی بر سر داشت و زیر عبا که نسیم که آن را پس زد پیراهن گل‌دوزی زیبائی بر تن داشت. ویژگی صورتش پیشانی‌بلند او بود، ابروهای پر پشت، چشم‌های سیاه بزرگ اما معصوم، یک دماغ بزرگ ترکی، ریش‌سیاه سرمه‌ای مرتب اصلاح شده. معلوم بود که ایلخان است.

اشلی ویشارد هم متقابلاً سلام کرد. سربازها هنوز میان صخره‌ها از ترس کزکرده بودند.

ایلخان گفت گرفتار مصیبت شده‌اید.

اشلی به طور خلاصه گفت که چه پیش‌آمده بود.

ایلخان گفت این لطف خدا بود که من را اینجا فرستاد.

از عبارتی که بکار برد معلوم نبود که لطف شامل چه کسی می‌شد ولی اضافه کرد " قالی‌های من جارو شده‌اند و چادر را زده‌اند. خواهش می‌کنم بر آستانه من سایه بیفکنید."

اشلی به جسد چاروادار اشاره کرد و گفت باید برای مردگان دعا خوانده شود.

ایلخان شانه بالا انداخت.

دعا در کوهستان بیش از دود نیست و بر روی چنین جسدی از گله زنبور بلندتر نمی‌شود. ملاها در دهات هستند. افراد من می‌روند یکی می‌آورند.

با یکی از افرادش حرف زد که از دره راند بالا و رفت. چند تا از کردها اسب‌های سربازان را گرفتند و با طناب به اسب‌های خودشان بستند. چند تا از سربازان شاه را با لگد بلند کردند و اسلحه‌هایشان را گرفتند.

درحالی‌که اشلی اوضاع را بررسی می‌کرد ایلخان منتظر ماند.

فتحی اشرف زمزمه کرد بهتر است همراه او برویم.

اشلی گفت خیلی خوب و نشان داد که آماده است.

ایلخان پیاده شد و اسبش را به یکی از افرادش سپرد و به سمت گودالی در فاصله کمی در دره پیش رفت. اینجا در پناه صخره افرادش قالی پهن کرده و سماور گذاشته بودند که غل‌غل می‌کرد. ایلخان به‌رسم ترک‌ها چهارزانو نشست رو قالی و به سمت اشلی سر خم کرد که او هم همان‌طور نشست. فتحی دور از آنها به حالت احترام ایستاد. افراد ایل به مواظبت از اسب‌ها مشغول شدند و سربازها را بردند دور از ایلخان ولی در محدوده قرارگاه و آنها را وادار کردند چمباتمه بزنند. افراد ایل ویژگی قابل ذکری نداشتند، بعضی‌شان اسب‌های عالی داشتند و مسلح به اقسام سلاح‌های باستانی و مدرن بودند از قبیل تفنگ، هفت‌تیر موزر خودکار و خنجرهای دسته عاج. بقیه فقط قبا ارخلق پوشیده و سوار یابو بودند. این‌ها همان افرادی بودند که اسلحه و اسب‌های سربازان را تصاحب کرده بودند.

ایلخان پرسید از راه خیلی دور آمده‌اید؟

اشلی جواب داد از امریکا.

از ینگه‌دنیا. این خوبه. فکر کردم ممکنه انگلیسی باشی.

یکی از افراد سیخ‌های کباب گوشت بره از رو آتش آورد که دود ازش بلند می‌شد.

ایلخان یکی از سیخ‌ها را برداشت و گفت نمک ندارم.

اشلی حرکت نکرد.

ایلخان پرسید شما نمی‌خورید؟

اشلی به چشم‌های ایلخان نگاه کرد و به‌آرامی گفت جایی که نمک نیست مهمان‌نوازی هم نیست.

ایلخان رو درهم کشید. سپس دهان فراخش به خنده باز شد و کف زد.

صدا زد نمک.

یکی از افراد یک ساک برزنتی آورد.

ایلخان گفت می‌بینم که شما آداب‌ورسوم ما را می‌دانید. بفرمائید، شما مهمان من هستید.

و مستخدم من هم؟

مستخدم شما هم.

و محافظان من؟

چشم‌های ایلخان تنگ شد.

به طور مختصر گفت آنها متعلق به شاه هستند. خودش هم خوراکشان بدهد.

اشلی ویشارد متوجه شد که فعلاً کار دیگری از دست او ساخته نیست و در خوردن کباب با ایلخان شریک شد.

مرد جوانی آمد و از حاشیه آن محوطه به ایلخان سلام داد و همان جا دست‌ها در آستین به احترام ایستاد. ایلخان او را فراخواند و هنگامی‌که بغل دستش ایستاد، به سمت ویشارد برگشت و گفت:

پسر من.

اشلی دانست که اسم او تقی‌خان است. تقی‌خان لباس رنگ‌وارنگ ایلات کرد نپوشیده بود، بلکه شلوار پارچه سیاه انگلیسی، کت فراک بلند از همان جنس که برش جلو آن شبیه لباس نظامی بود و یک کلاه بره سیاه کوچک — یعنی لباس شهری‌ها. روی لباس مثل پدرش یک عبای سیاه موهر پوشیده بود. اشلی حدس زد تقی‌خان حدوداً شانزده سال داشته باشد.

موقع معرفی به علامت درود، دست روی لب، چشم و پیشانی نهاد ولی اشلی دست جلو برد و نوجوان با خوشحالی و شرم پیش آمد و با او دست داد.

و خیلی جدی گفت مرحمت زیاد.

اشلی جواب داد آرزو می‌کنم چراغ چادر پدر و نور درخشان ایل خود باشید.

پسر دوباره به جرگه دورتر از ایلخان پیوست.

ایلخان وقتی‌که با اشتهای تمام کباب خورده بود و نوکری ظرف‌های ماست و شیرینی‌جات جلوشان گذاشته بود، پرسید شما میسیونر هستید، این‌طور نیست؟

اشلی اظهار کرد که شغلش این است.

من کنجکاوم بدانم چه چیزی باعث شده به این سرزمین بیایید. در کشور خودتان آدم‌های فقیر و بی‌سواد و مریض وجود ندارد؟

اشلی پاسخ داد خمیرمایه می‌تواند در ظرف خود باقی بماند؟ و اگر بماند نمی‌میرد؟

خان قلیان را که یکی از افرادش جلو او گذاشته بود گرفت و گفت آی، آی.

و زنبورعسل در همان نزدیکی کندو می‌ماند یا در جستجوی گل‌های دوردست تا انتهای دره می‌رود و بدین ترتیب عسلش خوش‌طعم‌تر نمی‌شود؟

ایلخان دوباره سر تکان داد و گفت صحیح است و پک محکمی زد که آب کوزه‌قلیان در تأیید قل‌قل کرد.

اشلی گفت اما مسیحی کشور و خانه‌اش را ترک می‌کند چون مسیح به اوامر کرده است که برود و در تمام جهان انجیل را موعظه کند.

کوزه‌قلیان ساکت ماند.

من با اطاعت از فرمان مولایم به ایران آمده‌ام، ولی به این کوه‌ها آمده‌ام

چونکه می‌خواهم مردم شما را بهتر بشناسم و به آنها کمک بکنم.

ایلخان گفت الحمدلله و نی‌قلیان را به اشلی داد که او هم گرفت و یک پک حسابی دود معطر بیرون داد.

ایلخان پس از مکثی مطلوب گفت و به من بگو چه چیزی است که برای ما آورده‌ای؟

اگر یک ماه پیش از او پرسیده بودند اشلی جواب می‌داد او آمده است تا همچون نور پیش پای مردم بتابد تا نیکوکاری‌های او را ببینند و پدر آسمانی‌شان را ستایش کنند. ولی حالا نسبت به نیکوکاری‌ها چندان مطمئن نبود؛ بنابراین گفت:

من آمده‌ام که شما خدا و فرزندش حضرت مسیح را بشناسید.

ولی آیا ما پروردگار را نمی‌شناسیم که شما خدایش می‌گوئید و ما الله، و ما معتقدیم که مسیح پیامبری است اولوالعزم، فقط بعد از برگزیده خدا، پیامبر جلیل‌القدر اسلام محمد مصطفی.

اشلی جواب داد همه ما الله را می‌شناسیم و او را رحمن و رحیم می‌نامیم ولی آیا همه ما زیر سایه او هستیم و آیا کارهایی از روی رحمت انجام می‌دهیم که در چشم او پسندیده آید؟

در صدای اشلی ویشارد در خواست ترحم بود چون افکارش روی وضع خطرناک سربازان متمرکز شده بود که از سرنوشتشان نامطمئن بود.

ایلخان به‌سرعت پرسید به نظر شما کشتن اسب با گلوله رحمت است؟

رنگ اشلی پرید. به فکرش نرسیده بود کاری که او از روی ترحم خواسته بود به طرز دیگری تفسیر شود.

با دودلی پرسید شما او را از وضع دردناکش رها نمی‌کردید؟

زندگی او در دست الله بود که به او زندگی داده بود. اگر الله اراده کند که بمیرد خواهد مرد. در غیر این صورت....

ایلخان شانه‌هایش را بالا انداخت بدین معنی که به نظر او احتمال آن وجود نداشت.

اشلی که حتی تصور آن هم برایش دردناک بود پرسید پس شما تا آشکارشدن اراده الهی او را به حال خود رها می‌کردید که رنج بکشد.

ایلخان با خونسردی گفت اراده الهی بی‌چون‌وچراست.

شما نمی‌خواهید اراده باری را بفهمید و اعمال خود را بر طبق آن تنظیم کنید؟

کی می‌تواند اراده الهی را بداند؟

اشلی ساکت ماند. شاید درست باشد. کیست که بتواند اراده خدا را بداند؟ این عقیده که اسب را به حال خود رها کنی تا بدون دخالت‌دادن اراده انسان، بمیرد حد غائی مفهومی است که هیچ ارزشی برای خواست و خرد انسان قائل نمی‌شود. اما آیا غرب در مورد دانستن اراده خدا دچار نخوت عظیمی نشده است که فرض را بر این می‌گذارد که مردم هستند و خرد به آن ختم می‌شود؟ این فریب به چند وجه آشکار می‌شود! تیر زدن به اسب در حال مرگ فقط نمونه کوچکی است. اشلی فکر کرده بود که کاری از روی ترحم است. ولی امکان نداشت که حیوان بیچاره هم مانند انسان ترجیح بدهد، علی‌رغم تمام دردهایش تا آخرین نفس به زندگی بچسبد، یا در یک‌لحظه دستش از این جهان با تمام زیبائی‌ها و امیدش کوتاه گردد؟

این امری است که اراده الهی در مورد آن آشکار نگردیده و ما باید بر خرد انسانی تکیه کنیم. اشلی با فروتنی گفت من اذعان می‌کنم که شاید اشتباه می‌کنم.

ایلخان برای ختم این موضوع گفت به نظر من فرنگی‌ها همیشه خیلی عاقل بوده‌اند، و منطق تو هم بدون شک درست است. سپس بدون معطلی رفت سراغ مطلبی دیگر و گفت:

ملازمان شما درست به شما احترام نمی‌گذارند. من از دور آنها را زیر نظر داشتم.

اشلی عذر آورد که آنها سرباز هستند و سربازها اهل ادب نیستند.

ایلخان به نرمی خندید.

این‌ها شغال هانی هستند که برای شغال چاق‌تری خیمه می‌زنند که در قصر می‌نشیند و شیرینی ملچ‌ملچ می‌کند. چون در این کوه‌ها غذا گیر نمی‌آید و

ممکن است از گرسنگی بمیرند شاید بهتر باشد آنها را هم از رنج‌کشیدن نجات بدهیم.

درحالی‌که لبخند می‌زد در اطراف دهانش چروک‌هایی دیده می‌شد که هرچند کلماتش مؤدبانه بود حکایت از یک فاجعه قریب‌الوقوع داشت و با حرکات تند و عصبی‌اش علف‌های نورسیده را لگدمال می‌کرد مثل پلنگی که روی شکارش می‌پرد.

اشلی ویشارد اکنون فهمید که سر و کارش با اسماعیل‌خان معروف است. دچار وحشت شد و با اضطراب حرکت می‌کرد.

البته متوجه هستم شما مزاح می‌کنید که منطق مرا به بازی بگیرید. آنها چنان‌که خودتان بدون شک می‌دانید نوکر های وفادار پادشاه هستند که تلاش مذبوحانه‌ای بود که منطق ایلخان را علیه خودش به چرخاند.

خان با سیاست‌مداری تأکید کرد: هیچ احدی مخلصانه‌تر از من به شاه خدمت نمی‌کند. مگر به ما نمی‌گویند شاهسون [شاه‌دوست]؟ ولی وقتی‌که چشم‌های شاه با تملق بسته می‌شود، چه کسی باید آنها را باز کند؟

اشلی ویشارد سخت می‌خواست که توجه ایلخان را از این‌گونه بداندیشی‌ها منصرف کند. درباره استاد کاری قلیان اظهارنظر کرد. به نظر رسید که ایلخان به‌راحتی منصرف شده. دست‌هایش را به هم زد و دستور داد که خورجین او را آوردند و شروع کرد با خوشحالی یک کودک گنجینه‌هایش را نشان‌دادن. یک جعبه‌آینه لاک‌کاری ظریف، یک چاقوی غلاف‌دار که به طرز باشکوهی حکاکی شده بود، و قلیان‌هایش همه با کوزه‌های برنجی که با ریزه‌کاری ظریف با فیروزه و عقیق تزیین شده بود و هنگامی‌که مشغول حرف‌زدن بود آفتاب در پشت کوه‌ها غروب کرد و مه ارغوانی‌رنگی دره را در بر گرفت. در این وضعیت افراد او با بی‌تابی به جنب‌وجوش افتاده بودند و اسب‌ها به سمت سوارانشان روی آوردند.

ایلخان بالاخره زلم‌زیمبوهایش را کنار گذاشت و پرسید شما باید به سفر ادامه بدهید؟ این سؤال نبود بلکه علامت بود برای راه‌افتادن. اشلی متعجب و خوشحال شد.

با اشتیاق خیلی زیاد گفت با اجازه شما.

ایلخان برحسب تعارفات هنگام خداحافظی گفت سایه شما بر در ما صفا

آورده. ولی شما باید این افتخار را به من بدهید که یکی از اسب‌های من را سوار بشوید. در آن طرف دره دهی هست که می‌توانید برای شب محل اقامت پیدا کنید.

اشلی یادآوری کرد ولی ما اسب برای سواری داریم.

رو من سیاه میشه اگر اجازه بدهم با این اسب‌های مفلوک از اینجا بروید. نه، شما باید اسبی را که من برایتان زین کرده‌ام سوار بشوید.

اسب‌ها را آوردند یک نره اسب اصیل برای اشلی و اسبی از نژاد کم‌اهمیت‌تری برای فتحی.

ایلخان صبر کرد تا اشلی سوار شود تا به او سفربه‌خیر بگوید. ولی اشلی از جایش تکان نخورد.

پرسید و ملتزمین من؟

به‌قدری بد به شما خدمت کرده‌اند که باید آنها را پس بفرستم. چند تا از افراد من شما را همراهی می‌کنند.

اشلی قاطعانه گفت ولی من غیر از همراهان خودم همراهی نمی‌خواهم.

ولی این کوه‌ها پر از راهزن است و شما بایستی محافظ داشته باشید. این سربازها محافظ نیستند. اینها به‌اندازه چند تا خواجه هم محافظ نیستند.

میزبان من بزرگوار است و دوراندیش ولی من نمی‌توانم بدون سربازان اینجا را ترک بکنم.

ایلخان کوتاه گفت این شدنی نیست. آنها نمی‌توانند از این دره عبور کنند. من برای این دره‌ها مسئول هستم و فقط در برابر شاه.

اشلی ویشارد در این وضع تأمل کرد. به‌نوعی خوشحال بود که از دست سربازان خلاص شده چون احساس می‌کرد حالت کاذبی به اهداف او می‌دادند. او که فاتح یا فرستاده قدرت‌های دنیوی نبود و همراهی سربازان چنین فضائی برای سفر او ایجاد می‌کرد. به‌اضافه، خصومت نسبت به مقامات در این نواحی به‌قدری بود که حضور سربازان هرگونه خوشامدی هم که آمدن فرنگی ممکن بود داشته باشد را به سردی می‌کشد. بدون حضور سربازان نه‌تنها احساس امنیت بیشتری می‌کرد بلکه فکر می‌کرد صمیمانه‌تر پذیرایش خواهند شد. گرچه اسلحه و اسب‌هایشان را از آنها گرفته‌اند اگر

خان به آنها تأمین بدهد که سالم به میان‌آباد برگردند اشلی از این بابت خیالش راحت خواهد شد.

او پیش خود چنین فرض می‌کرد، بدون اینکه از میزان خیانت‌پیشگی ایلخان یا خونخواری قبایل کوهی سرکش آگاه باشد. این امری طبیعی بود چون اشلی ویشارد هیچگاه با خباثت نوع بشر رودررو نشده بود و افکارش خیلی بالاتر از این سطح متمرکز شده بود. اگر به او گفته بودند که ایلیاتی‌ها از کشتار بی‌رحمانه دشمنان خود لذت سادیستی می‌برند، اشلی باور نمی‌کرد، خیلی ساده چونکه ذهن او نمی‌توانست چنین خصلتی را در موجودات بشری یعنی فرزندان پدر آسمانی، در خود بگنجاند.

پرسید اگر آنها را ترک کنم با صلح و آرامش با آنها رفتار خواهد شد؟

ایلخان به طور مبهم جواب داد به آن‌ها آرامش داده خواهد شد.

و شما می‌گذارید بدون آزار و اذیت به خانه‌های خود برگردند؟

من آنها را به خانه‌هایشان می‌فرستم، خدا شاهد است.

شما به من قول می‌دهید؟

چشم‌هایم به گرو باشد.

اشلی پاهایش را به رکاب انداخت و سوار شد. فتحی هم از او پیروی کرد.

ایلخان گفت باید مطمئن شوم که مسیر درست می‌روید یعنی که می‌خواهد مهمانانش را برای فاصله کوتاهی بدرقه کند. سه نفر از افرادش پریدند رو زین.

آنها به‌پیش راندند. سرخی غروب در دره گسترده بود و آسمان بر فراز قله‌های کوه بسان چادری شعله‌ور شده بود. لاشخوری بامید یافتن لاشه‌ای بالای سرشان می‌چرخید.

از یک برآمدگی در راه گذشتند و دیگر اردوگاه را نمی‌دیدند. در این موقع اشلی صدای شلیک متوالی تفنگ به گوشش رسید. اسبش رم کرد. ایلخان برخلاف میل خود اخم خفیفی در صورتش نمایان شد.

ملایم گفت معلوم می‌شود افراد من به شکار برخورده‌اند ولی دارد دیر می‌شود، شما را بیش از این معطل نمی‌کنم. برای خداحافظی به اشلی سلام

۱۱۹

داد و چهارنعل برگشت.

اشلی و فتحی به‌اتفاق سه مرد ایلیاتی کوره‌راه را گرفتند و به‌سرعت رفتند.

فصل چهاردهم

ماه پشت قله کوه پنهان می‌شد که اشلی ویشارد و همراهانش به دهکده رسیدند. دهکده شامل گروهی کومهٔ درب‌وداغون در دامنه پرنشیب کوه بود، شبیه کپه‌های پهن تیره‌رنگی که در متن آسمان قلمکاری شده باشد. وقتی‌که از راه باریک ناهموار بالا می‌رفتند صدای عوعو سگ‌ها به پیشوازشان آمد که بیرون دویدند و دنبال اسب‌ها گذاشتند تا اینکه چراغی پیدا شد و یکی از روستاییان آنها را ساکت کرد. یکی از ایلیاتی‌ها به پشت در کاروان‌سرا راند و فریاد زد:

یک صاحب. منزل برای شب.

صدایی از ته گلو جواب داد و میله‌ها برداشته شد. مسافرین وارد حیاط کثیفی احاطه با دیوارهای گلی شدند که پر از بوی زغال و تاپاله در حال سوختن بود. چند نفر قبا ارخلق پوش بیرون آمدند و اسب‌ها را گرفتند. نایب محل سلام کرد و اشلی و فتحی را به محوطه آن طرف درب ورودی راهنمائی کرد. ایلیاتی‌ها خودشان را در نمدزین پیچیدند و در راهرو پائینی دراز کشیدند.

حیاط دوباره ساکت شد به جز صدای خرخر بلند و زنگوله خرها که در طویله بسته بودند. اشلی سعی کرد بخوابد و موفق شد چرت بزند ولی خوابش آشفته بود و با کمترین صدایی بیدار می‌شد.

باد شبانگاهی وزیدن آغاز کرد نه خیلی شدید ولی آن‌قدر که در شکفت ها سوت بکشد. اشلی بیدار بود، گوش به زنگ. خیال کرد که در دوردست صدای تفنگ به طور ضعیف به گوشش رسید. متوجه بود که این فقط بازتاب صدای رگبار شومی است که تصور می‌کرد هنگام ترک اردوگاه خان شنیده بود. بازهم سعی کرد که بخوابد. سپس، بدون تردید از پائین کوره‌راه صدای سم اسب شنید. صدا متوقف شد. در این هنگام اشلی صدای پای کسی را شنید که آرام و با گام‌های ناهماهنگ، محتاطانه به سمت کاروان‌سرا می‌آمد. هرکه بود قبل از رسیدن به کاروان‌سرا از اسب پیاده شده بود که سگ‌ها را بیدار نکند.

ضربه ملایمی به درب کاروان‌سرا به دنبال آمد که دسته سگ‌ها را به واق‌واق انداخت. نایب پائین رفت و با سگ‌ها حرف زد که موس‌موس

کردند و رفتند. صدای نجوا شنیده شد سپس تازه‌وارد به داخل آمد. از طریق راهرو نیامد ولی اشلی شنید که از پله‌های بیرونی رفت بالا به بالکن. سپس درب اتاق اشلی را زد. اشلی چراغ دریائی را روشن کرد و آمد بیرون. روی بالکن هیکل لاغری ایستاده بود که خودش را کاملاً در عبا پیچیده بود. دید که پسر خان است.

جوان با صدای آهنگین نرمی شب‌به‌خیر گفت.

اشلی پاسخ داد خوش آمدید و اشاره کرد که به داخل اتاق بیاید. پسر وارد شد و عبایش را به کناری انداخت. اشلی حالا می‌دید که پسر خوش‌قیافه‌ای بود با چهره‌ای بشاش، گندم گون، گرد و پر، باصلابتی که زیر نور چراغ دریائی مانند سیب رسیده می‌درخشید. چشم‌هایش قهوه‌ای‌رنگ و بافاصله و جمجمه‌اش بیشتر شکل دولیکوسفالی عمودی آریائی‌ها بود تا مختصات زمخت ترکی پدرش. مادرش احتمالاً چرکسی بوده.

اشلی با نگرانی و کمی هم احمقانه پرسید دنبال اسب‌ها آمده‌اید؟

آه، نه، قابلی ندارند، اگر می‌خواهید آن‌ها را نگه دارید. من آمده‌ام به بازدید شما که با دیدارتان ما را مفتخر کردید.

اشلی ماتش زد. یک کرسی به پسر تعارف کرد ولی نمی‌دانست چه بگوید. البته می‌دانست که دلیل ملاقات این نبود ولی ادب حکم می‌کرد که سؤال نکند. پسر شروع کرد به در هم‌وبر هم گفتن. بالاخره گفت:

شب زیبایی است. شب خوبی است برای سفر.

بله. ستاره‌ها در شبی مثل این، کار ماه را می‌کنند.

فکر نمی‌کنید عاقلانه است که به سفر ادامه بدهید؟

فکرش را نکرده بودم.

پسر گفت پدر من اسماعیل‌خان است. این را طوری گفت مثل‌اینکه توضیح دیگری لازم نداشت.

بله این‌قدر حدس زده بودم.

خلق و خوی اسماعیل‌خان متغیر است. توصیه می‌کنم الان از اینجا بروید.

من با پدرتان نمک‌خورده‌ام و ما با هم رفیق هستیم.

از آن موقعی که با او نمک‌خورده‌اید خورشید غروب کرده و فردا روزی دیگر است. اسماعیل‌خان با ولع شدید بیدار می‌شود و شما ایمن نیستید. فردا موقع عبور از گردنه حتماً به شما حمله می‌کنند.

پس شما فکر می‌کنید جان من در خطر است؟

شاید، شاید نه. بستگی به این دارد که چقدر پول همراهتان دارید.

من فقط سی تومان دارم، برای مخارج اسب‌ها و کاروان‌سرا تا نهند.

این خیلی نیست.

حواله هم دارم سر تاجرهای نهند ولی حواله پول نیست.

ایلیاتی‌ها این را نمی‌دانند. ولی خیلی فرق نمی‌کند. گاهی ممکن است تو را بکشند چون خیلی زیاد داری ولی گاهی هم چون خیلی کم داری. کردها مردمی قابل‌پیش‌بینی نیستند. بندرت می‌دانند چه می‌خواهند.

اشلی ویشارد گفت پس راه می‌افتیم و درحالی‌که به سمت در می‌رفت، یواش صدا زد فتحی.

فتحی پیداش شد و گفت بله ارباب.

این جوان فکر می‌کند بهتر است ما الان راه بیافتیم. آماده‌ای؟

بله ارباب، ولی چطور؟ نمی‌توانیم بدون اینکه افراد را بیدار کنیم اسب‌ها را بیاوریم.

تقی‌خان یواش گفت من اسب‌ها را پائین بسته‌ام.

اشلی گفت پس بیا، بیا برویم.

مقداری پول بابت اقامت در کاروان‌سرا روی کرسی گذاشت و هر سه بدون سروصدا از پله‌ها پائین رفتند و از کاروان‌سرا خارج شدند. در حاشیه دهکده سه اسب بسته بودند، اسب تقی‌خان و دو یابویی که اشلی صبح روز قبل خریده بود. پشت یکی از یابوها بقچه‌ای بسته بودند. اشلی آن را لمس کرد و دید قالیچه ایست که درویش به او داده بود. از این‌همه توجه و دوراندیشی قدرشناس بود.

هر سه سوار شدند، تقی‌خان در پیش، از باریکه‌ای که در بالای دره می‌گذشت در سکوت پیش راندند تا اینکه به‌خوبی از محدوده دهکده دور شدند. در اینجا به راه پهن‌تری رسیدند که به سمت گردنه می‌رفت.

اشلی ویشارد گفت به ما محبت کرده‌اید، این مسیر جلو ما واضح است و خودمان می‌توانیم راهمان را پیدا کنیم.

اگر اجازه بدهید من تا صبح همراه شما می‌آیم.

متوجه غیبت شما نمی‌شوند که پدرتان را نگران کند؟

پسر شانه‌هایش را بالا انداخت.

پدر من خیلی آسان‌گیر است. ممکن است نپرسد من کجا بوده‌ام. اگر بپرسد به او خواهم گفت. برای مدتی عصبانی خواهد بود، بعد می‌خندد و به‌خاطر زیرکیم به پشت من می‌زند.

اشلی پرسید چرا می‌خواهید این محبت را به ما بکنید؟

من کنجکاو هستم شما را بهتر بشناسم. به‌خاطر این است که آمده‌ام.

و چرا می‌خواهی ما را بهتر بشناسی؟

به‌آرامی پاسخ داد: آه، به‌خاطر کنجکاوی و به‌خاطر اینکه جاه‌طلب هستم. می‌دانید، من یک سال مدرسه میسیونرها در تبریز رفتم و یک چیزهایی از راه‌ورسم شما یاد گرفتم ولی نه به‌قدر کافی. دوست نداشتم مدرسه بروم. می‌گفتم فرنگی به ما که پیامبر و اصل و نسبی به قدمت این کوه‌ها داریم چه چیزی می‌تواند یاد بدهد.

ولی پدر من آدم عجیبی است. گفت برو حتی اگر فقط برای اینکه مطمئن بشوی که ما راه‌ورسم بهتری داریم. می‌دانستم شوخی می‌کند ولی نمی‌دانستم شوخی‌اش متوجه من است یا فرنگی‌ها. عادت دارد با من شوخی بکند. می‌داند که من جاه‌طلب هستم. من جاه طلبم، صاحب.

تقی‌خان، برای چی جاه‌طلبی؟

برای دانش. ایران به جوانانی که شایسته حکومت‌کردن باشند نیاز دارد. پدر من شخص قدرتمندی است و من ممکن است یک روزی استاندار یک استان بشوم. من باید آماده باشم. من بایستی عادل‌تر و تواناتر از شخصی

۱۲۴

باشم که امروزه در این ولایت حکومت می‌کند.

پس پدر شما نقشه دارد آشکارا وارد جنگ با دولت بشود؟

پسر خندید.

این چیزها در ایران لازم نیست. ممکن است در تهران بر سر قیمت نان نارضایتی باشد، و اغتشاش هم به دنبال داشته باشد و وزیر هم استعفا بدهد. وزیر جدید پدرم را دعوت می‌کند که وارد مجلس بشود و به ناگاه، خان یاغی استاندار ایالت می‌شود.

پسر شروع کرد به حرف‌زدن راجع به پدرش. گرچه معلوم بود که احترام خیلی زیادی برای پدرش قائل است ولی خصوصیات او را می‌شناخت و آن را به طور صریح و خنده داری به زبان می‌آورد.

پرسید می‌دانید پدر من چگونه به یک خان یاغی تبدیل شد. تمامش تقصیر من بود. می‌خواهید برایتان بگویم؟

اشلی با تکان سر تأیید کرد.

می‌دانید که پدر من قبلاً در کرمانشاه تاجر بود. او یک کرد بود و فامیل ما مشهور بود، بنابراین معاملات زیادی با ایلیاتی‌ها داشت که برای خرید پارچه‌های ابریشمی و النگو و گندم (و در صورت امکان، مخفیانه اسلحه از آن‌هایی که اهل این‌گونه معاملات بودند) به شهر می‌آمدند. ماه رمضان بود، من پسربچه‌ای بیش نبودم و هنوز در چادرزن‌ها بازی می‌کردم که ما با تمام فامیل برای زیارت کربلا به راه افتادیم.

ما قانوناً اجازه حمل اسلحه نداشتیم ولی چون «ولایات» ترک ناامن بودند پدرم یک جعبه اسلحه در باروبنه زن‌ها پنهان کرده بود. یک شبی که قبل از عبور از مرز، در سینه زیبای یک کوه در فاصله کمی از ایستگاه پست چادر زده بودیم، من میان چادرها بازی می‌کردم. جعبه اسلحه را دیدم و از روی کنجکاوی آن را باز کردم.

اشلی که از داستان پسر لبخند می‌زد گفت نمی‌بایستی این‌قدر کنجکاو باشی.

ولی همان‌طوری که به شما گفتم من آدم کنجکاوی هستم. همه ایلیاتی‌ها هم که جای دیگری را ندیده‌اند کنجکاو هستند. خیلی اشیای زیبا در این جعبه بود و چشم‌هایم از خوشحالی برق زد. یک هفت‌تیر دسته نقره‌ای دیدم، یک

تفنگ بلند که قسمت‌های آن از هم باز شده بود، تعدادی خنجر، و چیزهای دیگر. در میان آنها یک تفنگ دو دهانه شکاری بود. مدل آمریکائی باسم...

اشلی توضیح داد دولول.

بله دولول. اجازه بده به فارسی حرف بزنم چون این زبان را بهتر می‌دانم. انواع فشنگ‌ها هم بود. من تفنگ دولول را بااحتیاط برداشتم، بدون سروصدا، فشنگی هم که بخورد انتخاب کردم و یواشکی از چادر خارج شدم.

کمی دور از چادر دره زیر پایم بود. ماه می‌تابید و صخره‌های پراکنده در کف دره شبیه بچه گوزن‌های سفید بودند که ایستاده و به شکارچی نگاه می‌کردند. پیش خود فکر کردم اینها شکار من هستند و من شکارچی مثل «جیلو» نوکر پدرم. تفنگ دولول را آوردم بالا و شلیک کردم.

صدایی وحشتناک بود مانند ریزش بهمن. تفنگ به هوا پرتاب شد و مرا از پشت به زمین انداخت. فکر کردم تفنگ را عوضی گرفته بودم. میدونی چطور شده بود؟ بله... هر دو ماشه را با هم کشیده بودم.

وقتی که صدا در کوه‌ها و غرّش آن در گوش من ساکت شد، صدای جوش‌وخروش از چادرها بلند شد. سربازان مقیم ایستگاه به دو آمده و چادرها را محاصره کرده و پدرم را متهم کرده بودند که به سمت ایستگاه شلیک کرده است. یواشکی برگشتم به چادرها بدون اینکه سربازها یا نوکرهای پدرم مرا ببینند و تفنگ را همان جایی که افتاده بود ول کردم.

سربازها به دستور فرماندهانشان شروع کرده بودند به تفتیش چادرها. تمام خورجین اسبها را باز کردند و بعضی از سربازها هر زیورآلاتی را که پیدا می‌کردند بدون معطلی می‌چپاندند تو جیب‌هایشان. بعد آغل شترها و خرهای سواری را باز کردند و بالاخره چادرهای مردها (پدرم، برادرهاش و نوکرها) را زیرورو کردند. هیچ سلاحی پیدا نکردند حتی یک دشنه تزیینی.

پدرم به آنها گفت می‌بینید ما تاجرهایی بیش نیستیم و هیچ اسلحه‌ای نداریم.

افسر راضی نشد.

با عصبانیت پرسید فکر می‌کنید باور می‌کنم که شتر بود که آن صدای بلند را درآورد؟ بعد به نفراتش گفت: چادرزن‌ها را بگردید.

پدرم از این حرف به‌شدت عصبانی شد. شما رسم مملکت را می‌دانید – هیچ‌کس غیر از شوهر نمی‌تواند وارد حجره زن‌ها بشود. این یک توهین بود. ولی چون ایلات کرد زن‌هایشان را مثل شهری‌ها سفت‌وسخت حجاب نمی‌کنند و به آنها آزادی بیشتری می‌دهند، آن افسر تصور کرد که می‌تواند بی‌هیچ نگرانی وارد محوطه زندگی زن‌ها بشود.

پدرم فریاد زد به چادرها نزدیک نشوید. دستور می‌دهم تمام بسته‌ها را بیاورند اینجا.

ولی افسر اعتماد نمی‌کرد، مبادا که نوکران پدرم موقع آوردن بسته‌ها مسلح بشوند. بهتر بود به حرف پدرم گوش داده بودند. سربازها پرده چادرها را پس زدند و به زن‌ها دستور دادند بیایند جلو. طبیعتاً آنها می‌ترسیدند، از دستور آنها پیروی نکردند و در عوض شروع کردند به شیون و زاری. افسر به سربازانش دستور داد که بروند داخل چادر و آنها را بکشند بیرون.

با این بی‌حرمتی، پدرم دست‌هایش را بالا آورد و تمام مردها – برادرها، پسرعموها، مهترها، نوکرها – همگی با طیب خاطر و از صمیم قلب با سنگ، چماق، تسمه و مشت به جان سربازها افتادند. تفنگ و هفت‌تیر چند سرباز را به‌زور گرفتند. میخ چادرها از جا کنده شد و دیدند که جعبه اسلحه باز شده. درحالی‌که زن‌ها فریادزنان بیرون می‌دویدند پدرم تفنگ‌ها را برداشت و به اطرافیان داد.

پسر لحظه‌ای نقل داستان را متوقف کرد و نفس عمیقی کشید. از یادآوری زدوخورد، دوباره به‌هیجان‌آمده بود، با نفس‌های عمیق و چشم‌هایی که برق می‌زد ادامه داد:

در زیر نور ماه، آشوب و ضرب و شتم عظیمی براه افتاد. یکی از زن‌ها کارد خورد. دو سرباز و یکی از نوکران پدرم به قتل رسیدند. بعد سربازها فرار کردند و ما را به حال خود رها کردند.

همه چیز به‌هم‌ریخته بود. خرها باز شده عرعر می‌کردند، اسب‌ها در اطراف می‌دویدند، چادرها افتاده و باروبنه پراکنده. جای معطلی نبود. باروبنه را به‌سرعت جمع کردند، اسب‌ها و قاطرها زین شدند، چادرها را پیچیدند و از مسیری که نوکران پدرم می‌دانستند کجا می‌توانیم بین بستگانمان پناه ببریم به میان‌کوه‌ها فرار کردیم.

وقتی ایلیاتی‌ها داستان ما را شنیدند همگی ملتهب شدند و چون توهین متوجه

پدرم شده بود می‌بایستی او هم رهبری انتقام را به عهده بگیرد. از آن موقع ما در کوه مانده‌ایم که باگذشت زمان پدرم خان مهمی شده است همان‌گونه که روزگاری تاجر مهمی بود.

اما خود من، از خشم پدرم وحشت داشتم. از اینکه دیده بود جعبه باز شده، خیلی عصبانی شده بود. من در کجاوه «نورانی» که یک‌وقتی پرستار من بود، پیرزن وراجی که دیگر قادر به حرف‌زدن نبود، پنهان شدم. او هنوز به من علاقه داشت و وقتی ازش می‌پرسیدند دست‌هایش را می‌آورد بالا وانمود می‌کرد چیزی نمی‌داند. دو روز که مشغول فرار در کوه‌ها بودیم قایم شدم، ولی یک شب خیلی تشنه شدم و پنهانی به سمت چشمه رفتم.

آنجا پدرم مرا دید، دوید و مرا در بغل گرفت. به گریه افتاد و اشک شوق از چشم‌هایش سرازیر شد و پرسید پسرم کجا بودی؟ فکر کردیم تو را کشته‌اند یا در کوه‌ها گم شده‌ای. الحمدلله! و درحالی‌که بلندبلند گریه می‌کرد مرا روی شانه‌هایش گذاشت و به اردوگاه برگرداند.

صاحب، می‌دانم که کار بدی کردم ولی تا مدت‌ها به پدرم نگفتم که من باعث بدبختی‌اش بوده‌ام. موقعی که به او گفتم، دیگر بین ایلیاتی‌ها صاحب‌نفوذ شده بود و بیشتر دوست داشت سوار اسب باشد تا در بازار چمباتمه‌زده طاقه حریر متر کند؛ او فقط خندید و مرا بخشید.

ولی صاحب، نگاه کن روز دارد طلوع می‌کند. ببین پنجه‌های خورشید چگونه بر قله‌های کوه می‌تابد و رگه‌های سرخ بجای می‌گذارد. الان به پشت تیغه کوه می‌رسیم و منظره‌ای به شما نشان خواهم داد که الله‌اکبرش می‌نامند، به‌خاطر شادی مسافری که کوه‌ها را پشت سر گذاشته است.

بدون شک مرتفع‌ترین نقطه سلسله کوه‌ها را پشت سر گذاشته بودند، و باد سرد و سوزانی در آن گردنه وسیع کولاک می‌کرد. پائین‌تر، دره کاملاً عمودی همچون آبشار فرومی‌افتاد و هوای دم‌کرده مه آلودی داشت ولی دورتر از آن هوا داشت روشن می‌شد و تا آنجا که چشم کار می‌کرد مثل این بود که عالمی از آسمان و زمین جلو اشلی ویشارد گسترده باشد. تپه‌ها شبیه ابریشم زیر آفتاب چروکیده، تا بی‌نهایت ادامه داشت ولی در دوردست کوچک‌تر و پهن‌تر می‌شدند. بالای سرشان لکه‌های نازک ابر در آسمان در نور صبحگاهی صدفی رنگ می‌نمودند و نقابی روی زمین می‌کشیدند که باعث می‌شد تپه‌ها در مه طلائی رنگی بدرخشند. نه‌چندان دور بر سینه وسیع تپه‌ای دهکده‌ای غنوده بود احاطه با دیوارهایی که درختان صنوبر

۱۲۸

بر فرازشان در اهتزاز بود.

همچنان که اشلی از این مکان مرتفع که بین سرزمین کوه‌ها و سرزمین دشت‌ها قرار داشت یعنی بین منطقه بی‌قانون قبائل چادرنشین و منطقه امن و آرام مردمان ساکن به زمین نگاه می‌کرد ، دریافت که وارد مرحله دیگری از سفرش شده است. پشت سرش بربریت برقرار بود و در پیش رو مناطق امنی که اثرات مطبوع تمدن به آنها وارد شده بود. در جلو صلح و امنیت بود. زمین مستعد و کشت نشده این دهکده‌های آرام برای بذر پیام او آماده بودند. خسته و وامانده از وقایع روز گذشته و سواری طولانی و خسته‌کننده شبانه، در آرزوی استراحت، خلوت و تنهائی دهکده پائینی بود که به آن نگاه می‌کرد.

تقی‌خان گفت آنجا در امان خواهید بود. نوکرهای پدرم از گردنه این‌طرف‌تر نخواهند آمد.

اشلی از اینکه از ایلیاتی‌ها باآن‌همه وحشیگری، قساوت و فقدان ملاحظات بشردوستانه دور می‌شد، خوشحال بود. ولی نه خیلی خوشحال. داستان پسر در او اثر کرده بود و علاقه مخصوصی نسبت به خان، تاجری که یاغی شده بود در او برانگیخته بود و خود پسر هم جذابیت خودش را داشت با استقلال رأی و طرز فکر بکر که موردتوجه اشلی ویشارد قرار می‌گرفت. او می‌پذیرفت که علی‌رغم همه انزجارش، کردها مردمی بودند که او نسبت به آنها احساس همدردی می‌کرد و علاقه‌مند بود آنها را بهتر بشناسد.

پسر می‌گفت سربازها فقط وقتی‌که عازم کوهستان می‌شوند باید بترسند. وقتی‌که وارد کوه‌های قره قروم می‌شوند، خدا جانشان را حفظ کند.

اشلی ویشارد مثل‌اینکه حواسش جای دیگری باشد گفت ولی محافظان من آسیب ندیدند. او به راهی که در پیش‌داشت فکر می‌کرد و جایی که باید کار واقعی‌اش را شروع کند.

پسر آرام گفت تمامشان را تیرباران کردند.

اشلی چرخید. حالا حواسش جمع بود.

پرسید چی گفتی؟

بعد از رفتن شما، نوکرهای پدرم سربازان را کشتند. نمی‌خواستند شما را با منظره اجساد ناراحت کنند.

صورت اشلی ویشارد از خشم سفید شد. اسبش را چرخاند و روبروی جوان کرد ایستاد.

این شرم‌آور است. پدرت به من قول داد آزار و عزیتی به سربازان نرساند. مردم به قولشان وفا نمی‌کنند؟

ولی پدرم قبلاً قسم‌خورده بود که هر سربازی را که می‌گیرد بکشد. او به آن قسم وفادار بود.

ولی او به من دروغ گفت. اگر می‌دانستم هرگز بدون آن‌ها آنجا را ترک نمی‌کردم. وحشتناک!

ولی او دروغ نگفت. او نگفت آن‌ها را نمی‌کشد. او گفت به آن‌ها صلح و آرامش خواهد داد و آن‌ها واقعاً به صلح و آرامش رسیده‌اند.

اشلی به تلخی گفت بله صلح و آرامش در مرگ و دست شما به خون افراد بی‌گناه آلوده است.

دست همه‌کس بر علیه ماست و دست‌های ما هم بر علیه همه است.

هیچ‌کس هرگز از عشق خدا برای شما نگفت یا به شما نیاموخت که همسایگانتان را دوست بدارید؟

خدا رحمان و رحیم است. این را ما می‌دانیم ولی قرآن از جهاد بر ضد زندیقان سخن می‌گوید. احساس ترحم زائدالوصفی نسبت به پسر، به پدرش، به ایلیاتی‌ها اشلی ویشارد را فراگرفت. ترحمی بود که حاصل آمیختن عشق و اندوه بود. در قلبش احساس نکوهش نمی‌کرد، فقط احساس غم می‌کرد، غم عشق، غمی همانند غم مولایش زمانی که بر کوه زیتون ایستاده بود و بر اورشلیم می‌گریست و با آن اندوه، آن رنج عمیقی که نه از روی غیظ و کینه بلکه از عشقی عمیق بر می‌خیزد، اشلی ویشارد احساس چنان بیداری روحی می‌کرد که پیش از آن هرگز احساس نکرده بود. قبل از آن راهنمای او ایمانش بود و تعهد و اشتیاقی خام برای آنچه که تصور می‌کرد ثمرات دین او هستند. اما اکنون چیزی عمیق‌تر در او اثر کرده بود و او را به وجد آورده بود. اکنون می‌دانست برای چه به این سرزمین آمده بود، اکنون از آرمان خود مطمئن بود.

رو به مستخدمش که تابه‌حال به همه چیز در سکوت گوش داده بود کرد و گفت فتحی من با این پسر به سمت کوه‌ها بر می‌گردم. از تو می‌خواهم

که به اسدآباد بروی و مواظب میسیونری باشی تا من برگردم.

فتحی اشرف با چشم‌های نگران و بیمناک، التماس کنان گفت ارباب. برای شما ناامن است. آنها سربازها را کشته‌اند و ما فقط به لطف الهی جان سالم بدر برده‌ایم.

من بر می‌گردم بین آنها. من باید عشق خدا بین آنها وعظ کنم. آنها مانند کودکان یتیم هستند. آنها نه این گناه را می‌شناسند نه راه رستگاری را.

فتحی اشرف ملتمسانه پرسید ولی چه کسی می‌تواند حرف مرده را بشنود؟ از فراز تپه‌ها بر سرشان فریاد بزن ولی نرو پائین بین آنها.

تو نمی‌توانی فردی را بدون اینکه زخم‌هایش را معاینه کنی شفا بدهی. تو با دور ایستادن قلعه را فتح نمی‌کنی. فتحی من می‌روم و تو برگرد و از جاه و مکان من به «کلیسای عصر» پیام بفرست.

فتحی اشرف با قاطعیت گفت: ارباب، نمی‌توانم به شما اجازه بدهم که بروید.

اشلی ویشارد به چشم‌های نوکرش نگاه کرد و گفت: و تو مرا ارباب خطاب می‌کنی.

چون دید اشک در چشم‌های نوکرش جمع شده، اسبش را به‌طرف او برد و دستش را در دست گرفت.

علاقه تو نسب به من فوق‌العاده است فتحی اشرف و من از برای آن خدا را شکر می‌کنم. او همیشه وفادار و همیشه مراقب است. باشد که الطاف خداوندی بر ما تجلی بخشد و در این مدتی که از یکدیگر دور هستیم از ما مواظبت کند.

فتحی اشرف بالاخره گفت این مشیت الهی است. خداحافظ شما باشد.

اشلی ویشارد رو به پسر گفت: من می‌خواهم همراه تو به چادرهای پدرت بروم.

اگر چادرهای پدرم مال من بود می‌گفتم خوش آمدید. از دیدارتان خشنودم. ولی نمی‌توانم از طرف پدرم حرف بزنم و از آنچه هم که به من مربوط نیست نمی‌توانم با پدرم حرف بزنم. ولی شما را می‌برم و به مشیت الهی است.

اشلی گفت بهپیش و اسبش را چرخاند ولی قبل از حرکت رفت و دست نوکرش را فشرد.

پسر و میسیونر در نور صبحگاهی در کورهراه براه افتادند. فتحی اشرف ایستاد و با چشمهایش آنها را دنبال کرد تا در مه آبیرنگ درّه از نظر ناپدید شدند. سپس اسبش را چرخاند و آهسته و اندیشناک به سمت دهکده راند.

بخش سوم

فصل پانزدهم

اردوگاه اصلی کردهای شاهسون به سمت غرب بود، در یک درّه تقریباً غیرقابل‌دسترسی در آن طرف رودخانه خروشان قره چای. [۳۱] موقعی که اشلی ویشارد با دسته اسماعیل‌خان در توقفگاه موقتشان برخورد کرده بود، آنها داشتند به آنجا برمی‌گشتند و حالا اشلی و تقی‌خان به آن سو می‌رفتند. اگر سخت می‌راندند در ظرف یک روز و نیم به اردوگاه می‌رسیدند؛ اما اشلی از سواری طولانی شب قبل از فرط خستگی تقریباً از پای درآمده بود. تقی‌خان دید که او روی زین چرت می‌زند و پیشنهاد کرد تا بعدازظهر توقف کنند. اشلی اعتراض کرد؛ ولی تقی‌خان اسبش را به بیشه کنار جویباری راند و فرود آمد و به میسیونر کمک کرد پیاده شود. از اسب‌هایشان زین برداشتند و آنها را بستند که چرا کنند و نمدزین‌ها را روی علف پهن کردند. تقی‌خان در خورجین خود نان و پنیر و آجیل و مویز داشت که گذاشت وسط با هم خوردند. بعد از رفع تشنگی از آب جویبار، هر دو بخواب رفتند.

اواسط عصر بود که بیدار شدند کاملاً تروتازه. بازهم خوردند و نوشیدند، سپس اسب‌هایشان را زین کردند و براه افتادند.

تقی‌خان در حال راندن از زندگی کردها حرف زد. برای میسیونر گفت که در زمستان در دشت‌های بین‌النهرین چادر می‌زنند و هنگامی‌که خورشید وارد برج حمل شد و روزها رو به گرمی نهاد، نوعی بی‌تابی ایل را فرامی‌گیرد و در این موقع با چادرها، گله‌ها و بارورنه، مردها، زن‌ها و بچه‌ها به سمت بلندی‌های مرتفع، به سمت کوه‌ها براه می‌افتند. ماه‌های تابستان را در اینجا سر می‌کنند، گله‌های گوسفند و بزهایشان را روی علف‌های سبز زمرّدین می‌چرانند تا آغاز یخبندان که کوچ هر ساله خود را به سمت دشت‌های جنوبی از سر می‌گیرند.

---

[۳۱] در متن غلام چای نوشته

مرد جوان گفت کردها زمان را با تغییرات طبیعت می‌سنجند. تا زمانی که هوا در کوه‌ها خشک و گرم است تابستان است، ولی حاجی‌لک‌لک را زیر نظر دارند، لک‌لک زائر که هروقت زیارت سالانه خود به سمت شهرهای مقدس مکه و مدینه را آغاز می‌کند، می‌دانند پایان تابستان نزدیک است. به‌زودی علف‌ها شروع به پژمردن و برگ‌های صنوبر شروع به ریختن می‌کنند، و سپس گله‌های گوسفندان و بزها را گردآورده، چادرهای سیاه را جمع می‌کنند و به سمت دشت‌های جنوبی براه می‌افتند.

در ادامه گفت ایل ما در دره‌ای پائین پرتگاه‌های سخت قره قروم چادر می‌زنند. قره قروم از سال‌ها پیش، حتی پیش از آنکه افراد خیلی پیر به یاد بیاورند، پناهگاه ایل ما بوده است. صاحب، دره دلپذیری است. شما خوشتان خواهد آمد شاید نه در بدو امر. من در ابتدا از آن وحشت داشتم، چون وقتی که پدرم به ایل برگشت من خیلی کوچک بودم و کوه‌های سیاه خیلی با باغ‌های با صفای کرمانشاه فرق داشتند. ولی زندگی خوبی است. پسرها از گله‌ها که در سراشیبی‌ها می‌چرند مواظبت می‌کنند. زن‌ها مشغول تهیه کشک یا بافتن قالی و سیاه‌چادر یا جمع‌آوری عسل طبیعی و ریواس هستند. نمی‌گذارند کسی گرسنه بماند.

اشلی پرسید و مردها؟ آن‌ها چه می‌کنند؟

آنها شکار می‌کنند، یا بازی، یا....

پسر تردید کرد.

یا به دهات می‌روند و دادوستد می‌کنند...

اشلی اضافه کرد " یا به‌زور می‌گیرند".

بله صاحب کوه‌ها مردان قوی و مردان مستقل می‌پرورند، ولی چیزها پرورش نمی‌دهند و آدم نمی‌تواند بدون چیزها زندگی کند؛ می‌تواند؟

مثلاً چی؟

آدم به سلاح‌های خوب احتیاج دارد که برای ساختنشان پولاد خوب صیقلی و محکم لازم است. آدم به نان احتیاج دارد، چون زمین را نمی‌توان به دست مردانی کاشت که هیچگاه فارغ و آرام نیستند، و خیلی چیزهای دیگر مانند تنباکو، مویز و ابریشم و نقره‌کاری و چیزهایی که زن‌ها را خوشحال می‌کند. این‌گونه چیزها فقط در دشت‌ها، دهات و شهرها یافت می‌شوند که

مردم هیچ‌وقت بیکار نمی‌نشینند؛ بلکه همه ساله زحمت می‌کشند.

این حرف درستی بود. آدم‌ها نمی‌توانند بدون چیزها زندگی کنند. بعضی به‌خاطر چیزها، به میل خود زحمت می‌کشند، بعضی، مثل رعیت وابسته به زمین و کارگر وابسته به کارخانه، چون چاره دیگری ندارند؛ و دیگران به‌خاطر همین چیزها غارت و استثمار می‌کنند. اشلی از خود پرسید و "چیزها" برای مرد روحانی لازم‌اند؟ نمی‌توانست انکار کند که چیزها زندگی را غنی می‌سازند و به زیبائی و جذابیت آن کمک می‌کنند و وسیله‌ای هستند برای ارضای غرایز والای انسانی. مسئله در این است که دستیابی به تفوق تکنیکی بر مواد اولیه طبیعت به تنهائی کافی نیست بلکه بایستی شامل تفوق اخلاقی بر مصرف آنها هم بشود. اکنون به‌وضوح می‌دید که تمدن خودش در مورد تکنیک چیزها بالاترین تفوق را به دست آورده تا آنجا که به نظر می‌رسد در برابر قدرت هوش انسان برای فهمیدن و کنترل، هیچ‌چیزی نمی‌تواند مقاومت کند، خواه قدرت سهمگین الکتریسیته باشد، یا نیروهای کوچک‌ترین اتم که احتمالاً به همان اندازه سهمگین هستند. انسان در پاسخ به فرمان خدا که بر قلمرو زمین فرمانروایی داشته باشد، تمام اینها را تحت فرمان اراده و هوش خود درآورده. تفاوت توسعه در بین مردم آریائی غرب و آریائی‌های شرق در وسعت این فرمانروایی سنجیده می‌شود. ازیک‌طرف، مردمی که فقط بر بدویّیات خیلی ساده تفوق یافته بودند، یعنی نیروهای طبیعت مثل خورشید و باد و آب، استفاده از فصول، هنرهای ساده‌تر بافندگی، دباغی چرم و بهره‌گیری از حیوانات اهلی. از طرف دیگر مردمی که سعی کرده‌اند رعدوبرق و نیروی آبشار را مهار کنند که ماشین پرنده ساخته‌اند که در هوا پرواز کند، کشتی‌هایی که شهری در آن جا می‌گیرد، ساختمان‌هایی که هر کدام هزاران نفر را پناه می‌دهند و درعین‌حال مواد شیمیائی که در یک آن ساختمان‌ها، کشتی‌ها و ماشین‌آلات را نابود می‌کنند.

معهذا در موضوع تفوق بر استفاده از چیزها احتمالاً تفاوت کمتری بین کردهای بی‌تمدن و آمریکائی‌های آریائی متمدن وجود داشت تا بین کردهای یک کوه و همسایگان اطرافشان در دشت. اشلی تمام رهنمودهایی را که در دوره‌های آموزشی به او داده بودند به یاد آورد، بله، حتی در درس‌های پزشکی، و حالا به نظرش می‌رسید که روال و روند آن آموزش‌ها بر بهسازی تکنیک بنا شده بود اما عملاً هیچ‌گونه تاکیدی بر استفاده شایسته از آن نشده بود. تمام هدف آن آموزش چیزی بیش از آموزش فن تاراج نبود،

یعنی فن آسان ترین و کم رنج ترین راه بدست آوردن چیزها. تفاوت نمی‌کرد که انسان متمدن فقط طبیعت را تاراج می‌کند و انسان وحشی همسایگانش را. تاراج، گناهی اجتماعی نیست بلکه گناهی است فردی. تصاحب را می‌بایستی محکوم کرد نه غارت. و گناه چیزها در استفاده از آنها نبود بلکه در شیفتگی به آنها....

روز دوم سفرشان وارد منطقه ای شدند که پرآب، تر و تازه و سرسبز بود. چراگاه های وسیع دره ها را فرش کرده بود و دامنه کوه ها پوشیده از جنگل های بلوط و کاج و گردو بود. پیشتر که رفتند بلدرچین ها را دیدند که میان علف های خودرو و کپه های خار شتر می‌دویدند یا فرفر کنان پرواز می‌کردند. تک و توکی روباه، گاهی آهو، و یک بار هم خرس قهوه ای رنگی دیدند که در میان صخره ها خوابیده بود. در خلال بعد از ظهر به قره چای رسیدند که هنوز از ذوب برف ها تا لبه پر بود و برای عبور به آب زدند که به شانه اسب هایشان می‌رسید.

همان شب در نور ماه نو که همچون شمشیری در افق غرب آویخته بود به اردوگاه اسماعیل‌خان وارد شدند. اشلی دریافت که شاهسون‌ها جمعیت زیادی هستند و شاید هزار چادر را مانند صخره‌های سیاه که فرسنگ‌ها در دامنه‌های کوه پراکنده بود اشغال می‌کردند. اینجاوآنجا تکه‌های سفیدرنگ کدر که از نوسانات بی‌تابانه معلوم بود آغل گوسفندان و بزها است و روی صخره‌ها مردهایی در حرکت بودند که تفنگ‌های بلندشان زیر نور ستارگان برق می‌زدند — اینها نگهبانان اردوگاه بودند. صدای بع‌بع حاکی از سیری از آغل‌ها بلند بود همراه با ترق توروق نعل اسب‌ها روی صخره‌ها که سواران به هر طرف می‌راندند و واق‌واق سگ‌ها که از ورود اشلی و تقی‌خان به جنب‌وجوش افتاده بودند. چند سوار آمدند که جلو تازه‌واردین را بگیرند ولی جوان را که دیدند شناختند و پیش گله‌های خود برگشتند.

چادر اسماعیل‌خان همچنان که شایسته بزرگ و سرکرده ایل است از سایر چادرها بزرگ‌تر بود و مجزا از سایرین در زمین مرتفع زده بودند. چادر او سیاه نبود بلکه سفید و بافته از بهترین پشم بز و یک چراغ دریائی هم در آن روشن بود.

هنگامی‌که ویشارد و تقی‌خان نزدیک شدند دیدند اسماعیل‌خان جلو چادر روی یک قالی قرمز پر زرق‌وبرق نشسته چپق می‌کشد و چند نفر از نوکرهایش از روی احترام دورتر، دور او حلقه‌زده بودند.

تقی‌خان گفت پدر، من یک مهمان به چادر می‌آورم، و با احترام از اسب پیاده شد و از دور به پدرش سلام داد.

خان جواب داد ایشان به‌عنوان میهمان پسرم خوش آمدند. ولی از جایش بلند نشد که به میسیونر سلام بگوید و به پسرش هم اشاره نکرد که نزدیک شود.

اشلی هم که از اسبش پیاده شده بود با صدای بلند گفت من به‌عنوان مهمان نیامده‌ام بلکه به‌عنوان کسی آمده ام که دوست دارد در بین شما زندگی کند که یاد بگیرد و یاد بدهد.

خان جواب داد راه‌ورسم مردم ما راه‌ورسم شهرها نیست و ما دوست نداریم که با راه‌ورسم فرنگی آلوده بشویم.

برگشت به چپق کشیدن یعنی که تمایلی به گفتگوی بیشتری ندارد. اشلی دو قدم پیش گذاشت و ایستاد. خان چشم‌هایش را بالا آورد و بی‌تفاوت و بی‌اعتنا به میسیونر نگاه کرد. اشلی به سخن آمد.

آنان که کشت و کار باغ می‌کنند می‌دانند که نهال گیلاس خودرو قدرتمند است و این را نیز می‌دانند که اگر بخواهند میوه فراوان و خوش‌طعم و شیرین به بار آورد باید جوانه درختان نوع دیگری بر آن پیوند زنند.

اسماعیل‌خان کوتاه ولی بدون بی‌ادبی گفت نژاد ما میوه خود را به بار می‌آورد و از راه‌های غیرطبیعی باغبان‌ها استقبال نمی‌کند. شما به عنوان مسافر خوش آمدید همان‌طوری که سر راه با نان‌ونمک من از شما پذیرائی شد، ولی مسافر نباید از مهمان‌نوازی فقرا سوء استفاده کند.

اسماعیل‌خان، من آمده‌ام در بین شما زندگی کنم چون شماها را دوست دارم، و برایتان از عشق خدا بگویم.

خان پرسید عشق خدا چیست؟ به اشلی اشاره کرد که روی یک پشتی بنشیند و خودش به کشیدن چپق مشغول شد. دیگر حالت خصمانه نداشت ولی دوستانه هم نبود. به عنوان یک شرقی که به بحث، گرچه نه عمل، در امور دین بیشتر از غربی‌ها عادت دارد او حاضر بود به اشلی گوش بدهد. سؤال او از روی شک و انکار یا اشتیاق مفرط نبود؛ مانند توجهی بود که کشاورزی به کشاورزی می‌کند که می‌گوید فردا هوا آفتابی خواهد بود، یا پاسخ تاجری به تاجری که می‌گوید اوضاع دارد بهتر می‌شود – بیان ابدی

امیدهای خفته که از زیر سیاه‌خاک‌های رخوت و بی‌تفاوتی بیرون می‌زند.

اشلی در جایی که به او تعارف شده بود نشست و شروع کرد به حرف‌زدن. گرچه خسته راه بود و لباس‌هایش در گرفتاری‌های چند روز گذشته پاره‌پوره شده بود و ریش هاش به خارش افتاده بود و احساس می‌کرد به حمام و غذا نیاز دارد هیچ‌کدام اینها در آن لحظه برایش اهمیتی نداشت. اسماعیل‌خان حاضر شده بود به سخنان او گوش بدهد و اشلی شاید برای اولین‌بار در ظرف دو سالی که در ایران بود ضرورت آتشین پیامش را احساس می‌کرد. این در واقع آغاز کار میسیونری‌اش بود. تا حالا یک دکتر بود — مبشر تمدن — ولی حالا مبشر مسیحا بود و در او یک احساس آزادگی و نیروی ملکوتی برمی‌انگیخت که مانند آن را هرگز تجربه نکرده بود. او شروع کرد به حرف‌زدن.

از خیلی راه‌ها می‌توان در باره عشق خدا سخن گفت. می‌شود از طبیعت گفت و اعتدال شکوهمند فصل‌ها که در کمال هماهنگی با نیاز‌های دنیوی‌اند. می‌توان بر موهبت‌های الهی تأمل کرد که در صحن کاخ خود یعنی جهان گسترده است، از اینکه چگونه روشنائی را بر بشر ارزانی داشته که بزرگ‌ترینش روز را روشن می‌کند و کوچک‌ترینش در شب می‌تابد؛ و سبزی‌ها که مزارع را با آنها پوشانده؛ حیوانات که بشر را بر آنها فرمانروایی داده؛ گنج‌هایی که در دل خاک نهاده، از لعل و یاقوت و زمرد. اشلی می‌توانست از تمام این موهبت‌های الهی حرف بزند چون مردمی مانند کردها که در دامن طبیعت زندگی می‌کنند که تپش‌های آن را حس می‌کنند و ثمرات آن را می‌شناسند، با این نعمت‌ها به‌خوبی آشنا هستند.

یا از عشق خدا می‌توان در مفاهیم اخلاقی و فلسفی سخن گفت که در امور انسان عشق تنها قانون است، نیرویی که جامعه را به هم پیوند می‌زند و آن را به سمت اعلی سوق می‌دهد. کردها این را خوب می‌فهمند. چون فیلسوف نیستند و با سفسطه‌های عشرت طلبانه غرب آشنائی ندارند، مکتب جبر که معتقد است تمام آنچه که انسان هست یا امیدوار است که باشد حاصل قدرت‌هایی خارج از اراده انسان و تقارن رویدادها است، خواهند فهمید که زندگی آنها تحت فرمان یک تقدیر بی‌چون‌وچرا نیست که سرنوشتی که بر همه چیز حکمرانی می‌کند بی‌رحم نیست، نمی‌تواند از عناصری تشکیل شده باشد که برای ازبین‌بردن خود کار می‌کنند.

یک ماه قبل اشلی ویشارد ممکن بود از این چیزها و بدین روال حرف

بزند. ولی عقلانیتی که حاصل منطق آگاه نبود بلکه از رشد درونی بود به او ندا داد که ساده‌ترین توصیف عشق خدا که قابل‌فهم کرد و آریائی و یونانی و کلیمی هست، توصیفی است اندر مقام پدری انسان که بهترین نمونه‌اش داستان «پسر گمشده» است. اشلی شروع به گفتن آن داستان کرد.

وقتی‌که صحبتش تمام شد، خان گفت: پدر من چنین مردی بود و من چنین جوانی بودم. اما پدر من از کجا چنین طرز کاری را یاد گرفته بود؟

در یک آن پاسخ خان در حکایتی که درویش برایش تعریف کرده بود به یاد اشلی افتاد و درحالی‌که ناخودآگاه متوجه برادری بنیادین در بین تمام انسان‌ها شده بود، پاسخ داد:

از نگاه‌کردن به چهره خدا.

خان گفت من دوست دارم الله را ببینم.

اشلی گفت در عیسی مسیح خدا را می‌بینی آنگونه که بر انسان ظهور کرد.

این حرف جسورانه‌ای بود، چیزی که تابه‌حال در ایران اعلام نکرده بود زیرا برای مسلمانان مؤمن کفر است که بگوئی خدا به شکل انسانی درآمده. اسماعیل‌خان از این سخنان چشم‌هایش را بالا آورد ولی علاقه‌اش به این مطلب به‌گونه‌ای بود که فقط سرزنش مختصری از خود بروز دهد.

گفت: خداوند نه زاده و نه زائیده شده. (آیه مشهوری است از قرآن که قلب آئین مسیحی را نشان گرفته). [۳۲]

اشلی که التهابش بالا می‌گرفت و رخسارش سرخ شده بود اعلام کرد: و من به شما می‌گویم خدا به‌قدری این جهان را دوست داشت که تنها پسر زاده شده‌اش را فدا کرد که هر آنکس که به او ایمان داشته باشد نمی‌میرد بلکه زندگی جاوید می‌یابد. اسماعیل‌خان، گناه با آدم ابوالبشر به این جهان آمد و با مسیح گناه از میان می‌رود. من این را ادعا و برای شما وعظ می‌کنم.

شورو‌شوق اشلی بسان عطر بود در هوای بیابان.

اسماعیل‌خان گفت حالا دیر است و شما سفری طولانی داشته‌اید. بازهم از

---

[۳۲] لم یلد و لم یولد، آیه ۳ سوره اخلاص

این مطلب از شما خواهیم شنید.

به یکی از افرادش دستور داد اشلی را به یک چادر ببرند، و مصاحبه به پایان رسید.

فصل شانزدهم

در پایان گفتگو با خان، اشلی ویشارد را به چادری بردند که روی پشته‌ای از زمین بایر قرار داشت و تخته‌سنگ‌هایی که در اطرافش گذاشته بودند آن را از بقیه اردو مجزا می‌ساخت. او را در اینجا به حال خود رها کردند. این محل سکونت از آن نوعی نبود که به مهمانان عزیز و گرامی اختصاص داده می‌شد. چادری بود کهنه و مندرس و بدون هیچ‌گونه فرش و اثاثیه‌ای به‌غیراز قالیچه درویش که کف زمین لخت پهن شده بود و یک رو‌انداز نمدین از پشم گوسفند.

خرد و خسته از راه دراز، روحاً افسرده از پذیرائی سرد و جسماً یخ‌زده از سرما، اشلی روی قالیچه دراز کشید، نمد را روی خود انداخت و بدون اینکه لباس‌هایش را در بیاورد بخواب رفت.

صبح که شد پیرزنی برایش یک‌کاسه ماست آورد، یک آفتابه آب و مقداری نان تنک. اینها را یواشکی به زمین گذاشت، مثل آدمی که دارد کار بدی انجام می‌دهد، و درحالی‌که صورتش را برگردانده بود به میسیونر نگاه می‌کرد – که احتمال چشم بد را از خود دفع کند - و بدون اینکه چیزی بگوید از آنجا دور شد.

اشلی دید که قادر به خوردن نیست. خستگی عمیقاً در او اثر کرده بود و غذاهای عادی برایش ناخوشایند و منظره این ماست خاکستری‌رنگ برایش تهوع آورد بود. کمی از آب خورد و دوباره خوابید.

اشلی فکر می‌کرد خان دنبال او بفرستد یا تقی‌خان به چادرش بیاید. از خان پیغامی نرسید و از پسرش هم خبری نشد. به تلخی دریافت تا چه اندازه در اردوی کردها مهمان ناخوانده ایست.

نزدیکی‌های ظهر آفتاب برآمده و به‌شدت بر صخره‌ها می‌تابید که گرما را به چادر منعکس می‌کردند و اشلی از حالت لرز به حال تب و زیر چادرسیاه پشمی به عرق‌کردن افتاد. تمام آب آفتابه را خورد و تشنگی‌اش بیشتر شد. پس از مدتی برخاست در این فکر که به نهر رفته ظرف آب را دوباره پر کند.

نهر تند و شفاف بود و شادان و وسوسه‌گر روی صخره‌ها سرازیر می‌شد.

اشلی به کنار نهر نزدیک شد و داشت آفتابه را فرومی‌برد که صدایی او را ندا داد. برگشت نگهبان کردی را دید که تفنگ‌به‌دوش روی صخره‌ای در آن نزدیکی ایستاده بود. مرد با غرغر به او فهماند که از آنجا دور شود و درعین‌حال به پائین نهر اشاره کرد. اشلی دید که پائین‌تر زن‌های کرد ردیف کنار نهر مشغول شستشوی لباس و لوازم آشپزخانه هستند و فهمید که منظور نگهبان این بود که با آن کارش آب را کثیف می‌کند.

از آنجا فاصله گرفت و به سمت جایی پائین مسیر آب به راه افتاد. در راه زن‌ها را دید که با پای‌برهنه و با قبای چیت روزگاری پر زرق‌وبرق، ایستاده بودند و لباس‌های خیس را به صخره‌ها می‌کوبیدند. دید که پچ‌پچشان را قطع کردند و با سوءظن به او نگاه کردند و درحالی‌که او را زیر نظر داشتند صورتشان را نیمی چرخانده بودند تا خطر چشم‌زخم از چشم‌شور را از خود دفع کنند.

پائین‌تر از رخت‌شورها که دو طرف نهر در فاصله کمی صف‌کشیده بودند چند سوارکار کرد اسب‌هایشان را در نهر آب‌تنی می‌دادند. اینجا ترس از چشم‌شور کمتر بود چون مهره‌های سبز بر گردن اسب‌ها آویزان بود که معتقدند طلسم مؤثری است و مردها هم کمتر خرافاتی هستند. مع‌هذا هیچ‌کدام از حضور میسیونر استقبال نکردند و با سلام‌نکردن کراهت خود را نشان دادند.

اشلی از سواران گذشت. پائین‌تر از آنها چند تا پسربچهٔ کرد کنار نهر مشغول بازی پرتاب سنگ از روی آب بودند. هنگامی‌که اشلی عبور می‌کرد شروع کردند به خواندن " ارمنی، ارمنی" و یکی از آنها با گستاخی سنگی به سمت او پرتاب کرد. اگر یکی از افرادی که مراقب اسب‌ها بودند جلو آنها را نگرفته بود بقیه هم ممکن بود همین کار را بکنند.

اشلی خسته به راه ادامه داد. پائین‌تر از زن‌ها که ظرف می‌شستند، پائین‌تر از سوارکاران و پسرها، اشلی یک‌تکه زمین شنی طلائی رنگ آمیخته با گوش‌ماهی‌های مروارید رنگ دید که مثل پلاژ کوچکی به داخل آب ادامه داشت. اشلی به کنار نهر رفت و زانو زد آفتابه‌اش را پر کرد. همچنانکه به درون آب زلال نگریست و به زمزمه آب که روی شن‌ها می‌غلتید گوش فراداد پنداشت آب از کوه‌هایی که آمده بود با او سخن می‌گوید، از برف‌چال‌های سفید آبی‌فام که زمانی جزئی از آنها بود، از آسمان‌هایی که نزدیکشان سکنا گزیده بود در قله کوهساران که سرتاسر زمستان طولانی

منجمد مانده بود، از خورشید که با گرمایش به او زندگی داد و به‌صورت آب، روح و جان بخشید که به‌سوی سرنوشت مقدر خود به آغوش اعماق بشتابد و به نظر می‌رسید از مناظری سخن می‌گفت که از آنها عبور کرده بود – صخره‌های قهوه‌ای‌رنگ که راه بر او بسته بودند و جنگل‌هایی که او را فرامی‌خواندند که میان خزه‌هایشان اقامت گزیند، و آسمان‌های پوشیده از ابر بر فراز، و به نظر می‌رسید که به اشلی می‌گوید:

مرا بنوش، اگر تشنگی‌ات را فرو می‌نشانم، از سفر به‌سوی دریا درنگ می‌کنم، اگر با ماندنم بتوانم لب‌های سوخته یکی از بندگان خدا را التیام بخشم.

و اشلی می‌دانست سخن آبِ زمزمه‌گر سخنِ خدا است و آنچه در ژرفای زلال دید و از سطح دل‌پذیرش منعکس گشت صورت او بود.

اشلی احساس نمی‌کرد که از بی‌نزاکتی کردها تحقیر شده است. غم در درونش می‌جوشید، غمی که همیشه با عشق همراه است و اکنون آن غم در حال تسلیم و رضائی که همراه شادی است محو شده بود. هرچه می‌توانست از آب خورد و صورت و دست‌های گرمش را در آن فروبرد و احساس کرد حالش بهتر شده به چادر خود برگشت. وقتی از آنجا می‌گذشت به نظر رسید پسرها با احترام به او نگاه می‌کردند و مردها با ترش‌رویی کمتر و زن‌ها با ترس یا کنجکاوی کمتر حضورش را پذیرفتند. احساس کرد که دارد اینجا منزل می‌کند و این احساس بر این باور استوار بود که گرچه او را درست درک نکرده و به او سوءظن دارند، او و این قوم با هم خویشی دارند که آن‌ها با عشقی خاص با او پیوند دارند – نه عشق به خودش بلکه عشقی که به‌درستی مانند روشنائی جزئی از فضای همه چیز بود که هرچند انسان نمی‌تواند آن را لمس کند از گرمی آن، از قدرت بینائی بخش و رویش‌زای آن، آن را می‌شناسد.

به چادر خود برگشت. نه خان به سراغش آمد نه تقی‌خان. خان بدون شک پسرش را از دیدن میسیونر منع کرده بود. نه آن روز، نه فردا نه پس‌فردا، خان یا پسرش یا هیچ‌کدام از اعضای قبیله به دیدن اشلی نیامدند. باگذشت روزها مردان قبیله نیز احترامی بیش از روز اول نسبت به او نشان ندادند. اشلی گاهی در بین آنها می‌رفت، گرچه آزار و اذیتی به او نمی‌رساندند و حالا سلامش را پاسخ می‌گفتند، هیچ تمایلی به سلام‌گفتن به او بروز نمی‌دادند و به پیشقدم شدن‌های او برای دوستی پاسخ نمی‌دادند.

در این روزها ایل به‌قدری فعال بود که ابتدا اشلی را به حیرت انداخت. شب‌هایی که ماه زیر ابر پنهان بود و بعد در زمانی که ماه در آسمان نبود، دسته‌های مردان سراپا مسلح و سوار بر اسب‌های تازه‌نفس و تیزپا از اردو خارج می‌شدند و طرف‌های صبح خسته، با خورجین‌های مملو از اموال و اجناس چپاول شده – گندم، توپ‌های پارچه، ست‌های کارد و چنگال، زینت‌آلات و گاهی هم اسلحه – برمی‌گشتند. یک‌بار حوالی سحر که از سروصدای غارت گران که برمی‌گشتند از خواب بیدار شده بود، اشلی صدای گریه‌وزاری دختری را شنید. از چادرش که به بیرون نگاه کرد در فاصله نیمه‌روشن شب‌وروز یک دختر نسطوری دید که روی زین، جلو یک سوار کرد نشسته. دختری زیبا هنوز در اوان نوباوگی و اشلی می‌دانست که او را به چادر خان می‌برند. در شبیخون بعد دسته‌ای که برمی‌گشتند دو اسب با خود داشتند که زین‌هایشان خالی بود و سه اسب که سوارانشان شل‌وول به قاچ زین چسبیده بودند و اشلی دانست که زدوخورد شده و از حرف‌هایی که این‌ور و آن ور در عرض روز به گوشش رسید فهمید که روستاییان که حمله ایلیاتی‌ها را پیش‌بینی می‌کردند نگهبان گذاشته و در چاله‌های تاکستان‌ها سنگربندی کرده و به‌شدت حمله را دفع کرده بودند. آن شب برای ازدست‌رفتن جنگجویانی که جانشان را ازدست‌داده بودند در اردو شیون و زاری می‌کردند، و شبیخون‌ها مدتی متوقف شد و اردو به شکار و بازی و رسیدگی به گله‌ها و بافتن چادر و قالی پرداخت.

باگذشت زمان اشلی ویشارد دریافت که وضعیت او تا آنجا که به سلامتی و سرووضع ظاهری‌اش مربوط می‌شود روزبه‌روز بدتر شده. از کت‌وشلوار فاستونی او بیش از تکه‌پاره‌ای بر پشت باقی نمانده بود و پیراهنش مندرس و پاره و کفش‌هایش فرسوده شده بود. به هر وضعی بود چیزی می‌خورد؛ ولی یکنواختی خوراکی که هر روز جلو او می‌گذاشتند اشتهایش را کور کرده بود و متوجه شد که لاغر و لاغرتر می‌شود. شب‌ها در آب سرد رودخانه آبتنی می‌کرد، در هوای سرد شبانه می‌ایستاد و با آب سرد رودخانه آن‌قدر خود را می‌شست تا اینکه آرام می‌شد. یک شانه جیبی داشت ولی تیغ و قیچی نداشت و موهایش بلند و به‌هم‌ریخته شده بود. روزی یک سلمانی را در اردو دید که ابزارش را در کیسه‌های چرمی دور کمرش آویزان کرده بود و مشغول تراشیدن ریش مردی بود که سَر کُرپِه رو زمین نشسته بود و سلمانی جلو او چمباتمه‌زده بود. وقتی کارش تمام شد اشلی اشاره کرد که او هم احتیاج به سلمانی دارد و یک سکه نقره از جیبش بیرون آورد. سلمانی به اشلی نگاه کرد، بعد به سکه، دوباره به اشلی و

امتناع کرد. سکه نقره آن‌قدر ارزش نداشت که خطر چشم‌شور یا احتمال نجس شدن ابزارش روی یک مسیحی را جبران کند.

مختصری طراوت و زیبائی که آن روزها نصیب اشلی می‌شد از قالیچه درویش بود. هرچه لباس‌هایش روزبه‌روز مندرس‌تر، چادر فرسوده‌تر و صورتش از ریش بیشتر درهم‌برهم می‌شد قالیچه زیبائی ازلی‌اش را حفظ می‌کرد و در فلاکتی که اطرافش را فراگرفته بود همچون «پنجره گل‌سرخی» [۳۳] بر طاق کلیسای جامع، می‌درخشید.

اشلی هرچه در قالی تأمل کرد به نظرش رسید که فراتر از فرشی است که با صبر بسیار، از پشمی لطیف و پر جلا، با تنوع حیرت‌انگیز از رنگ‌های گوناگون در نقشی در منتهای ظرافت و گیرائی بافته شده است. آن نیز به صدا در آمد و از سابقه طولانی این مردم و تحول تدریجی نقش اولیه قالی که در طی قرن‌ها شکل‌گرفته بود با او سخن گفت. دریافت که فقط در همین یک قالی شاید بیشتر از مثلاً کل صنایع اتومبیل‌سازی تفکر و انرژی خلاقه انسانی متبلور گشته است. کار ساده‌ای نیست طرحی را متحول ساخت که تکرار آن ملال‌آور نباشد. اشلی کاغذدیواری اتاقش زمانی که پسربچه‌ای بود را به یاد آورد که کاغذ گران قیمتی بود - طرحی ازگل‌ها که روی دیوار بی‌نهایت تکرار می‌شدند که اگر به حد اعلای تنفرانگیزی نمی‌رسید فقط به این دلیل بود که رنگ‌ها زننده نبودند بلکه خوشایند بودند. اشلی همچنین یکی از ساختمان‌های عظیم اداری نیویورک را به یاد آورد که کمی قبل از سفر دریائی به ایران به آنجا رفته بود. در راهرو بزرگ آن دیوار وسیعی بود که آرشیتکت با طرح نوگرایانه‌ای که طراح پرآوازه‌ای آفریده بود آن را تزیین کرده بود. اشلی دو بار به آن ساختمان رفته بود و در دیدار دوم بود که به نظرش رسید دیوار زشتی‌اش را بر او فریاد می‌زند. طرح خیلی به دقت محاسبه شده بود، خیلی غیرمعمول بود، خیلی متهوّرانه بود، در نگاه دوم به نظر رسید چیزی نبود به جز سمبول یکنواختی، یعنی بی تنوعی و تکرار عالم گیری که تنها دستاورد ماشین است. شاید حقیقت داشت که کل دستاوردهای تمدن مدرن در زمینه هنر به اعتلای این قالیچه ساده نمی‌رسید. تولیدات علم و اختراع و مهارت‌های خلاقه مدرن نتوانسته‌اند چیزی مانند طرح ساده‌ای که گیرائی اولیه خود را حفظ کند به وجود بیاورند.

---

[۳۳] Catherine window

این فکری بود که به‌خاطر مفاهیم عمیق‌ترش توجه او را به خود وامی‌داشت. جامه معمولی زنان مشرق‌زمین که خوشایند هم هست، طی نسل‌های متوالی تقریباً تغییری نکرده است. اما در غرب، عموماً رسم بر این است که مدل لباس بندرت یک سال دوام می‌آورد زیرا کمبود بنیادی خلاقیت هنری آن را ناخوشایند ساخته و مدل تازه‌ای مد روز می‌شود. مدل‌ها و مدهای پنج سال قبل یقیناً مضحک یا زننده هستند. چگونه است که برای ساده‌ترین ضروریات زندگی – لباس و مبلمان – تمدن غرب نتوانسته حتی به کمترین خلاقیتی نائل شود.

اما یک قالی، علی‌رغم اتکا به یک طرح اولیه قدیمی که قرن‌ها توسعه‌یافته و کیفیتی دارد که نیاز زیباشناختی روح را، در مقیاسی که محصولات صنایع مکانیکی با آن قابل‌مقایسه نیستند برآورده می‌کند، کار یک نفر است و در مورد امری ساده مانند طرح روی جانماز به نظر می‌رسید که اشلی پاسخ به شکست تمدن غرب را یافته باشد. پاسخ به اینکه چرا تمدن آن طوری که او می‌شناسد هرگز نتوانسته الهامی برای روح پریشان بشر باشد. چون‌که علی‌رغم دستاوردهایش، علی‌رغم توانائی‌هایش، علی‌رغم گسترشی که به نظر می‌رسد به بازوی انسان می‌دهد، در ذات خود انکار فردیت است، سرکوبی تمام خواسته‌ها و آرمان‌های روح فرد است. چون محصول ماشین کالای استاندارد شده ایست که به دلیل محدودیت‌های ماشین یک دسته شکل‌وشمایل محدود می‌تواند داشته باشد. اما چون تنوع افراد بی‌نهایت است، محصول استاندارد ماشین هرگز نمی‌تواند تنوع سلیقه و فردیت انسان را ارضا کند. علاوه بر آنکه با محدودکردن خواست انسان در یک قالب، فردیت او را محدود می‌کند فردیت شخص از نقطه‌نظر خلاقیت را هم محدود می‌سازد زیرا ماشین افرادی را که از آن رسیدگی و به‌وسیله آن تولید می‌کنند را برده خود می‌سازد. آنها را به حالت اتوماسیون (خودکاری) تقلیل می‌دهد. غرایز خلاقه آنان را به همان قالب در میاورد. از هر جنبه‌ای که انسان با ماشین تماس داشته اثرات آن همان بوده است. هر کس که با آن تماس برقرار می‌کند فردیت او به همان مصیبت گرفتار می‌شود، خواه کسی که آن را به‌عنوان ابزار استعدادهای خلاقه بکار می‌گیرد، خواه کسی که از محصولات آن استفاده می‌کند.

اشلی شروع کرد که ماشین و تمدن تحت سلطه ماشین را آنتی‌تز همه مسیحیت ببیند؛ چون اگر مسیح اهمیتی دارد، اگر مسیحیت از چیزی دفاع می‌کند همانا فردیت روح انسان است. فلسفه فردیت روح، انتخاب آزاد، و

کفاره و رستگاری، در تضاد کامل با فلسفه فیزیک مکانیک، دیترمینیزم (تعیین گرایی) علمی، شرایط محیطی و عکس‌العمل‌های سببی (عِلّی) یعنی اصل و نصب تمدن ماشینی است.

تناقض (پارادکس) شگرف در این است که غرب گرچه اسماً مسیحی است اما در کُنه خود و به گوهر لامذهب است. شرق گرچه اسماً جبری است به‌غایت فردگرا است. هر کس که بخواهد مسیح خود را برای این مردم موعظه کند نه‌تنها باید این را به‌روشنی دریابد بلکه باید به‌کلی از تمدنی که بدان تعلق دارد دست بشوید و فقط مسیح و انجیل او را موعظه کند. رسالت او در واقع این بود که مردم را به زادوبوم خود دعوت کنیم، به سرشت ذاتی خودشان. او باید به یاد داشته باشد که مسیح یک فرد غربی نبود بلکه خودش شرقی بود و دین او می‌بایستی از تمام مظاهر غربی زدوده شود و به‌صورت پیام کسی از نژاد و سرزمین خودشان به این مردم عرضه شود.

اشلی ویشارد همچنین دریافت که قالی ایرانی گرچه عموماً تک هستند اغلب یک جفت بافته می‌شوند. قالی که درویش به او داده بود لنگه یک جفت بود و چون بر این نکته تأمل کرد به نظرش رسید سؤالی را پاسخ می‌دهد که فلاسفه در باره عنصر اساسی دین مسیحی به‌پیش می‌کشند، یعنی توان انسان که خالق خود را بشناسد و با او رازونیاز کند، حقیقت والایی که مسیح تعلیم داد که آدم‌ها فرزندان خدا هستند، نه‌تنها به مفهوم مجازی بلکه به معنی واقعی، به معنی ربوبیت مشترک خدا و انسان. وجود شباهت بین دو قالی گرچه در بازارهایی صدها میل دور از یکدیگر تشخیص داده می‌شود فقط بدین صورت قابل‌توجیه است که هر دو از یک «دار» و از یک طبع خلاقه سرچشمه گرفته‌اند. همین‌گونه نیست فیلسوف یا دانشمندی که هرگاه طرح فکری به‌صورت یک فرمول یا یک سنتز، یا یک تئوری درباره عالم هستی در ذهنش شکل می‌گیرد و آن طرح فکری را با مشاهده واقعیات طبیعت اطراف خود به آزمایش می‌گذارد و کشف می‌کند طرحی که در ذهن او شکل‌گرفته با طرح طبیعت همساز است؟ وجود این دو طرح مشابه یعنی طرح ذهن و طرح طبیعت نشان این نیست که ذهن «استادکار» عالم هستی و ذهن متفکر از یک قالب و یک الگو است؟ این واقعیت که انسان می‌تواند طرح طبیعت را بخواند و بسازد همانا دلیلی است نهائی در تأیید آنچه که طرح ظاهراً نفی می‌کند که ربوبیتی که یکی را خلق کرده ربوبیتی است که دیگری را خلق کرده و اینکه هر دو از نَفَس به یکدیگر نزدیک‌ترند.

دریافتن اینکه قالیچه درویش لنگه‌ای بود از یک جفت، نقطه عطفی بود نشانگر نظیرالسمت احوالات اشلی ویشارد و مقدمه تسکین آن. یک روز اشلی قالیچه را انداخته بود روی صخره‌ای بیرون چادرش که آن را هوا و آفتاب بدهد. از قضا پیرزنی که برایش غذا می‌آورد از راه رسید. قالیچه را که دید ایستاد و خوب که نگاه کرد به حیرت افتاد.

با تحکم پرسید این قالیچه را از کجا آورده‌ای؟ این یک قالیچه کردی است.

اشلی جواب داد یک درویش این را به من داد.

گفت: یک مرد مقدس! سبحان‌الله که هیچ‌وقت نمی‌خسبد. کاسه را زمین گذاشت و باعجله شلان ـ شلان دور شد. بلافاصله برگشت، قالیچه‌ای در دست داشت و هنگامی‌که جلو اشلی ایستاد آن را به زمین انداخت و پهن کرد. در تمام جزئیات، جفت‌وجور قالیچه اشلی بود.

گفت: این را دخترم برای نامزدی‌اش بافت. داستانش را میدانی؟

اشلی جواب داد: برایم گفته نشد.

داستانی است، صاحب که می‌باید گفته شود. مربوط است به یوسف و آزیتا. یوسف فرزند پسرعموی من بود، آزیتا دختر من بود. وقتی‌که هنوز بچه بودند با هم نامزد شدند چون همدیگر را دوست داشتند و هر دو بور بودند مثل ماه تازه درآمده. یوسف بی‌باک بود و دست‌وپایش قدرت بلوط داشت، آزیتا مثل صنوبر برازنده و چون درخت بادام پر شکوفه که خورشید از میان شاخه‌هایش می‌تابد لطیف بود. یک روز در بهار هنگامی‌که ما از دشت‌ها برگشته و چادرهای سیاهمان را سینه دره زده بودیم، یوسف و آزیتا همچنان که نشسته بودند و غروب آفتاب را تماشا می‌کردند که دامنه‌های پوشیده از برف را گلگون می‌کرد شروع به گفتگو کردند. آنها به سن کامیابی می‌رسیدند، زمانی که شور عشق در دل بیدار می‌شود و آن را همچون گل‌ها در پرتو ماه می‌گشاید؛ و از روزی حرف زدند که چادر موهر سیاه خودشان را داشته باشند. یوسف از روزی گفت که اسب و تفنگ بلند خودش را داشته باشد، و از آرزویش که کوه‌ها را در نوردد و از میان مزارع دشت‌نشینان منفور براند و از شهرهای شگفت‌انگیزشان دیدار کند. در اینجا آزیتا به گریه افتاد.

التماس کنان گفت از این چیزها حرف نزن. از رفتن و جنگیدن حرف نزن. ببین چند نفر از ایل ما سوار بر اسب‌هایشان مرده‌اند آماج گلوله‌های دشمن.

۱۴۸

چون مرا دوستداری از آن حرف نزن.

یوسف به اعتراض گفت ولی جنگیدن کار شجاعانه‌ایست. من اگر تفنگ بر دوش نباشم و در پیش نرانم مرد نیستم.

آزیتا به تلخی جواب داد و برزن‌ها است که در چادرها بمانند و بچه‌هایی بارآورند که به قتل برسند.

دخترم همان‌طور که می‌دانی در بین قوم خود غیرعادی بود چون بیشتر زن‌های ما برایشان مایه شرمساری است اگر مردهایشان جنگجو نباشند و غنیمت‌های پر بها از دهات به منزل نیاورند. ولی از این نظر همچنان که خواهی دید یوسف مثل مردهای ما نبود. هر دوشان عجیب‌وغریب بودند و کارهای خدا هم عجیب‌وغریب است که چنین وجود مخالف را در عشق با هم پیوند می‌دهد.

یوسف با بی‌خیالی خندید. به ریشم قسم، البته ریش نداشت، برای جنگیدن نمی‌روم. فقط برای دیدن می‌روم. آرزو می‌کنم این شهرهای عجیب‌وغریب را ببینم و ببینم این مردم چگونه در جاهایی به شلوغی پشه‌ها روی لاشه زندگی می‌کنند و بعد بر می‌گردم و در چادرمان به شادی زندگی می‌کنیم.

آزیتا هنوز اندیشناک بود ولی نگرانی‌های خود را در دریای عشق غرق کرد، و قرار گذاشتند قالیچه‌ای، یک جفت قالیچه، ببافند، به نشانه میثاق و سوگند نامزدی‌شان و در تاروپود آن یک سوگند باید بافته شود.

بافتن قالی، صاحب، کار خسته‌کننده‌ای است ولی روزها با عشق کوتاه می‌شوند. به‌تدریج طرح آن شکل گرفت، شکلی که می‌بینید. نقش هر دو یکی بود ‌ـ سجاده ‌ـ با درخت زندگی که صفه را پر کند. نماز آنها بود و زندگی‌شان بود که نماز را پر می‌کرد. زمینه قالیچه یوسف گلی بود، مثل غروب، مثل خون وقتی‌که گونه را آکنده می‌کند، مثل شجاعت مرد. زمینه قالی آزیتا آبی بود، مثل آسمان، مثل سرنوشت، مثل عشق زن کردی. وگرنه هر دو همانند بودند.

در پائین آن یک سوره بافتند، آیاتی از قرآن که می‌بینی نوشته شده، سوره‌ای که پیامبر می‌گوید:

وَ ما أَدْراکَ ما لَیْلَةُ الْقَدْر

لَيْلَةُ الْقَدْرِ خَيْرٌ مِنْ أَلْفِ شَهْرٍ

تَنَزَّلُ الْمَلائِكَةُ وَ الرُّوحُ فِيها بِإِذْنِ رَبِّهِمْ مِنْ كُلِّ أَمْرٍ

سَلامٌ هِيَ حَتَّي مَطْلَعِ الْفَجْرِ [34]

و با این آیه‌ها به عشقشان سوگند خوردند.

پیرزن هنگامی‌که این آیه‌ها را می‌خواند پیشانی‌اش را لمس و تعظیم کرد.

پیرزن بعد از مکثی کوتاه ادامه داد: تقدیر بود که کلام مقدس قرآن را نوشتند چون یوسف و آزیتا از هم جدا شدند. روزی سوار بر اسب با خورجین پر از مویز و «سجاده» که آن را لوله‌کرده و بر زین بسته بود از آنجا رفت.

یوسف دیگر بر نگشت. بعدها از بعضی افراد یک ایل همسایه که به بغداد رفت‌وآمد داشتند فهمیدیم که در آن شهر بوده و با رشادت می‌گفته قصد دارد به ینگه‌دنیا برود و با عجایب آنجا از نزدیک آشنا شود.

آزیتا در بین همه ایل روسیاه شد چون نامزدش او را ول کرده بود و دیگر هیچ مردی او را به زنی نمی‌گرفت. او اشک می‌ریخت و منتظر حرکت هر ساله ایل به دشت‌ها شد و وقتی‌که او بر نگشت، موقعی که از گردنه رد می‌شدیم خودش را از صخره‌ای پرت کرد.

پیرزن مکث کرد و صورت زشتش از غصه درهم شد.

و حالا من بی‌فرزند مانده‌ام، بدون پسر یا دختری که در سن پیری کمک به حال من باشند، موقعی که ایل اردو می‌زند چادرم را برپا کنند، وقتی‌که حرکت می‌کند آن را جمع کنند، هیچ‌کس نیست که برای راه‌های طولانی مرا سوار زین کند، نه دستی که موقع پائین رفتن از پرتگاه‌ها زیر بغلم را بگیرد، نه دستی که موقع عبور از قره چای عمیق، پایم را بگیرد، و من

---

[۳۴] و تو چه می‌دانی شب قدر چیست؟
شب قدراز هزار ماه بهتر و بالاتر است.
در این شب فرشتگان و روح به اذن خدا از هر فرمان نازل می‌شوند.
این شب رحمت و سلامت و تهنیت است تا صبحگاه.

آشغال اردو را بخورم و از وا پس‌زده‌هایی مانند تو مواظبت کنم و چند سالی بیش نمانده که پاهایم وامانده و زانوهایم به لرزه افتد و قادر نباشم سوار خر بشوم یا از صخره‌ها بالا بروم، موقعی که ایل دنبال چراگاه در حرکت است، مرا سر راه رها می‌کنند، از تشنگی له - له زنان و با وجودی که هنوز در سینه نفس - نفس می‌زنم مرغ‌های لاشخور می‌آیند و چشم‌هایم را از کاسه در می‌آورند.

اشلی با مهربانی گفت بد به دلت راه نده. خداوند بخشنده و مهربان است. ببین، از لطف او قالیچه پسرت به تو بازگردانده شده. بگیر، آن را نگه‌دار، به فال نیک به این امید که یک روزی پسر تو بیاید و در پیری مایه آسایش تو بشود.

زن‌های کرد اهل غصه به حال خود خوردن یا از جفای روزگاران عزاگرفتن نیستند و پیرزن هم پس از این ضجه و مویه گذرا به حال زننده و خشن خود برگشت. مع‌هذا از سخنان اشلی چشم‌هایش برق زد و گفت:

صاحب، آن را به من پس می‌دهید؟ ان‌شاءالله وقتی به لقاءالله رسیدی، خاک استخوان‌هایت را بپوشاند و سایه‌ات در پیشگاه خداوند گسترده شود.

قالیچه را گرفت و رفت و بلافاصله با یک جفت تخت نمد برگشت و جای آن پهن کرد. همان شب شیر گرم و تازه بز برایش به چادر آورد و عسل و چلو و از او خواست که بخورد و چند روزی نگذشت که خبر پیشگوئی فرنگی و برگشت معجزه‌آسای قالیچه یوسف در اردو پخش شد و هنگامی‌که اشلی بین ایلیاتی‌ها راه می‌رفت متوجه شد که دیگر با سوءظن و ترس به او نگاه نمی‌کنند بلکه باشهامت گرچه نگاه‌هایشان هنوز دوستانه نبود.

فصل هفدهم

چند روز بعد وقت «تماشا» یعنی جشن سالیانه کردها بود. در این روز زندگی سخت چادرنشینی، دشمنان قبیله، مزارع پربرکت دشت‌ها، همسایگان مرفه، و فکر دزدی و چپاول و جنگاوری به فراموشی سپرده می‌شوند. اسماعیل‌خان به بالا و پائین رودخانه پیغام فرستاده بود که فردا «تماشا» برگزار می‌شود، و آن شب آتش‌های اطراف چادرها تا دیروقت روشن بود، تفنگ‌ها را صیقل دادند، اسب‌ها را قشو کردند و در باره بازی‌هایی که قرار بود برگزار شود حرف زدند.

صبح روز «تماشا» روشن و جذاب بود و ظاهر اردو هم روشن و جذاب بود. مردها دستارهایشان را با پارچه‌های ابریشمی خوش‌رنگ‌تر چنان بزرگ کرده بودند که شبیه کدوتنبل شده بود. کت و پیراهن‌های نو که از فرط گل‌دوزی شق‌ورق شده بود و شلوارهای گل‌وگشاد بر تن داشتند. خنجر بر کمر جنگجویان برق می‌زد و درحالی‌که با تبختر در اطراف اردو راه می‌رفتند تفنگ‌های لول بلند روی شانه‌هایشان چپ و راست می‌رفت. بعضی – آن‌هایی که در بسیاری از غارت‌ها موفق بودند – رشته‌های خرمهره، کهربا و عقیق دور دسته خنجرشان چسبانده بودند. اینها همان تسبیح‌اند که مسلمانان مؤمن بوقت نماز بکار می‌برند ولی در دست ایلیاتی‌های بی‌نزاکت چیزی بیش از بازیچه یا تزییناتی برای لحظات بیکاری نبودند.

زن‌ها حتی پر زرق‌وبرق تر از مردها هم لباس پوشیده بودند گرچه تقریباً کار محالی بود. بعضی‌ها رشته‌های اشرفی دور سرشان بسته بودند – نشان آشکار ثروت. بعضی چارقد ابریشمی گل‌دوزی شده زیبا بر سر داشتند، و بعضی پابرنجن‌هایی از جنس برنج یا نقره بر پای بسته بودند.

اسماعیل‌خان ظاهر شد، حتی شاهانه‌تر از معمول هم لباس پوشیده بود، دستیاران ارشد دور او حلقه‌زده بودند و پسرش به احترام پشت سرش، و با اهن‌وتلپ روی خورجین‌هایی که بالای تل کوچکی جلو چادرش تلنبار شده بود نشست و یکی از نوکرها برایش قلیان آورد. بعد از آنکه چند پک زد و نی‌قلیان را به نزدیک‌ترین و گرامی‌ترین دستیارش داد دست‌هایش را به هم زد که تماشا آغاز شود.

با صدای نقاره که به اشاره اسماعیل‌خان به دنبال آمد، اشلی ویشارد از چادر خود بیرون آمد و روی صخره‌های نزدیک، در فاصله کمی از میدان مسابقات جای گرفت و به تماشای آنچه در جریان بود پرداخت.

اولین برنامه روز عید، جنگ قوچ بود. قوچ‌ها بزرگ و سیاه و جنگی بودند و آنها را یک هفته در آغل بسته بودند که جنگی‌تر بشوند. دو تا از آنها را بیرون آوردند و در فاصله‌ای جلو یکدیگر نگاه داشتند که برای این کار چند نفر لازم بود. جمع هیجان‌زده پر سروصدایی به عشق تماشای جنگ و نوید گوشت، گرد آنها حلقه‌زده بودند، چونکه قوچ بازنده را سر می‌بریدند و آبگوشت می‌پختند و بین ایل تقسیم می‌کردند. به یک اشاره قوچ‌ها را رها کردند که به‌طرف هم دویدند. زبانشان له - له می‌زد و سرهایشان به چپ و راست می‌چرخید درست مثل دو کشتی‌گیر که مترصد فرصت هستند. در یک‌لحظه به یکدیگر حمله‌ور شدند و سرهایشان را به هم کوفتند، و جمعیت، مشتاق هیجان هرچند ترسان و لرزان که از دسترس خطر دور بمانند، به‌سرعت زیاد شدند.

قوچ‌ها پس از برخورد اولیه، با حمله و ضد حمله و ضربات یکی پس از دیگر بی‌امان به هم حمله‌ور شدند تا جایی که از نفس ماندند شکم‌هایشان به هن‌وهن افتاد و آتش خشم به‌طوری حزن‌آور در چشم‌هایشان شعله‌ور گشت.

اشلی دید که در هنگامه جنگ تفاوت چندانی بین اعمال انسان و بهایم وجود ندارد.

قوچ‌ها شاخ در هم انداختند و هنگامی‌که پاهایشان را محکم مستقر کرده و تقلا می‌کردند، شاخ یکی از آنها شکست و به زمین افتاد. خون از محل زخم جاری شد و صورت هر دو جنگنده را آغشته کرد.

در این موقع قوچ زخمی از جنگیدن باز ایستاد. خواست فرار کند ولی افرادی که جنگ را اداره می‌کردند او را به میدان مبارزه هل دادند تا اینکه بالاخره طرف مقابل با یک حالت بزرگوارانه شبیه آنچه ممکن است در رینگ بوکس مشاهده شود، حاضر به حمله نشد و شروع کرد به‌دور محوطه چرخیدن که جایی برای فرار پیدا کند.

قصاب که دید قوچ‌ها دیگر تماشاچیان را سرگرم نمی‌کنند پیش آمد و هم بازنده و هم برنده را با یک ضربت کارد از پای درآورد. در ظرف چند

دقیقه گوشت آنها در یک دیگ بزرگ می‌جوشید.

شش قوچ را بدین ترتیب به قتلگاه فرستادند، ایلیاتی‌ها در ابتدا از تماشای آنها سرگرم شدند و در نهایت شکمی از عزا درآوردند و هنگامی‌که این بازی حلاوتش را از دست داد به بازی‌های مهارتی پرداختند. اول‌ازهمه پرتاب نیزه بود. نیزه عبارت از چوب باریکی بود که ته آن پَخ شده بود و هنر سوارکار در این بود که در حال تاخت نیزه را طوری به زمین بکوبد که بچرخد و به سمت خودش برگردد که بتواند آن را در هوا بگیرد بدون اینکه سرعت خود را کم کند یا مسیر اسب را تغییر دهد. این بازی خیلی موردعلاقه کردها بود. اشلی بارها دیده بود که پسرها آن را تمرین می‌کنند که چوب را آنقدر به صخره می‌زدند که یاد بگیرند چطور بچرخد و به سمت خودشان برگردد.

سپس نوبت به تیراندازی به هدف رسید. سواران کرد از کنار صخره‌ای به تاخت می‌راندند و به پوست گوسفندی که بر قله آن آویزان شده بود تیر می‌انداختند و در همین حال روی زین خود می‌چرخیدند، تا آنکه پوست از گلوله سوراخ - سوراخ می‌شد و تکه‌پاره به پائین صخره می‌افتاد. بعضی هم با تاخت کامل به سمت یک نهال کارد می‌انداختند تا به دو قسمت تقسیم می‌شد. اشلی که این صحنه‌ها را تماشا می‌کرد متوجه شد چرا دیگران این‌همه در جنگ از کردها واهمه داشتند و تازه فهمید لشکر مغول در تاخت و تازهای بی‌محابای سوارانشان در سرتاسر آسیا و اروپای شرقی چگونه توانستند هر مانعی را از سر راه خود بردارند.

درحالی‌که مردها مهارت خود را در تیراندازی به هدف نمایش می‌دادند پسرها به بازی «زو» مشغول شدند که بدین منظور از یکی از نیزه‌ها و یک قطعه کوچک چوب کلفت استفاده می‌کردند. پسری که نزدیک‌تر از همه سنگ به نشانه انداخته بود به‌عنوان سرکرده انتخاب شد. سرکرده که پسرها دور او جمع شده بودند شروع کرد قطعه چوب کوچک را آرام به صخره‌ای کوبیدن تا اینکه با ضربه محکم‌تری چوب را بالا انداخت و با نیزه محکم زیر آن زد که با سروصدا و چرخان پرتاب شد. یکی از پسرها که فاصله سنگش که به هدف نخورده از همه بیشتر بود، مجبور بود بدود آن را بگیرد و با سرعت به یک جای معینی ببرد و در تمام این مدت فریاد بزند زوو. اگر در حال شتاب او را می‌گرفتند یا از نفس می‌افتاد و هنگام دویدن فریاد نمی‌زد زوو بازی متوقف و از اول شروع می‌شد. اما اگر با موفقیت به محل معین می‌رسید نوبت او بود که سرکرده گروه بشود.

ظهر که شد بازی جای خود را به خوردوخوراک داد – طاس‌کباب گوشت قوچ به‌عنوان غذای اصلی همراه با نان و پنیر و دوغ و عسل طبیعی به حاضران داده شد. دسر عبارت بود از شربت برفاب با آب‌میوه، خیلی گوارا که پذیرائی غیرمعمولی بود. اشلی متوجه شد که کردها شراب یا سایر نوشابه‌های الکلی مصرف نمی‌کنند.

پس از آنکه جماعت شکمی از عزا درآوردند، بعضی به دود کشیدن روی آوردند، دیگران به بازی «دامه» [۳۵] یا تخته‌نرد و پسرها به قاپ‌بازی مشغول شدند. گرمای نیمروز که به پایان رسید، مسابقات عمده روز یعنی مسابقات اسب‌سواری آغاز شد. اینجاوآنجا سوارکاران خود را برای این کار آماده کرده بودند اسب‌هایشان را گرم کرده و با پرتاب سنگریزه و دولا شدن و برداشتن آنها از روی زمین و سایر حرکات آکروباتیک بر پشت اسب، مهارت خود را به نمایش گذاشته بودند.

بالاخره بانگ شروع برآمد و سواران برای مسابقه بزرگ گرد آمدند. جایزه یک لاشه تازه گوسفند بود که خیلی طالب داشت، چون گرچه گله‌ها بزرگ بودند بندرت گوسفند می‌کشتند و هرگاه می‌کشتند گوشت آن را به‌دقت جدا کرده و تقسیم می‌کردند. دوازده نفر در مسابقه شرکت کرده بودند. اینها افراد نحیف و چالاک مثل جوکی‌های مسابقات اسب‌سواری نبودند بلکه مردان قدرتمندی بودند که به آنها پهلوان می‌گفتند، تهمتن‌های ایل، سیه‌چرده و عضلانی با سینه ستبر و گونه‌های برجسته. واقعاً هم لازم بود که هم خودشان و هم اسب‌هایشان قدرتمند باشند، زیرا برنده کسی بود که پس از دست‌یافتن به جایزه باید بتواند آن را از دستبرد دیگران هم محافظت کند.

گوسفند را کشتند و پوست کندند و لاشه را که خون از آن می‌چکید بر درختی در سراشیبی کوه تقریباً در فاصله یک میلی آویزان کردند. برنده کسی بود که زودتر از همه به لاشه برسد و آن را به اردوگاه بیاورد. اسب او می‌بایستی هم سریع باشد هم قوی، و بازوان نیرومندی هم لازم بود زیرا موقع برگشتن، سایر شرکت‌کنندگان به او هجوم می‌بردند که اگر می‌توانستند جایزه را از دست او در بیاورند مال خودشان می‌شد. فقط یک شرط بر مسابقه حاکم بود: شخصی که لاشه در دستش بود ناچار نبود درآن‌واحد با بیش از یک نفر مقابله کند.

افراد به صف ایستادند، هر کس بغل‌دستی‌اش را با سوءظن زیر نظر داشت

---

[۳۵] چکرز

و با نگاه‌های سریع زمین پیش رو را بررسی می‌کرد. اسب‌ها ناآرام بودند، مسابقه را حس می‌کردند و به‌سختی می‌شد آنها را در صف نگاه داشت. اسماعیل‌خان خودش علامت داد. دست‌هایش را به هم زد و سواران به حرکت آمدند. یکی از اسب‌ها لغزید و سوار را به زمین پرت کرد ولی او در یک‌چشم به‌هم‌زدن دهنه را گرفت، سوار شد و دوباره براه افتاد. مرد تنومندی که از زور خودش مطمئن بود عمداً اسبش را عقب نگاه داشت تا موقعی که قهرمان مسابقه دارد برمی‌گردد، با توسل به‌زور خود جایزه را از او بگیرد. بدین سبب فریاد اعتراضی بلند شد. این کار رسم جوانمردی نبود. سرش را که برگرداند حرکات تهدیدآمیز ایلیاتی‌ها را دید و با توجه به اینها دهنه اسبش را کشید و به تاخت دور شد.

یکی از سواران از دیگران جلو افتاد. او مرد بلند بالای، باریک‌اندام و سبک‌وزنی بود که به مهارت و سرعت خود اتکا داشت نه به زوربازو. رسید به درخت و مردمی که در اردو بودند او را دیدند که مکث کرد، لاشه را گرفت و مانند خورجین رو قاچ زین انداخت و به عقب برگشت. ولی بجای اینکه مستقیم به‌طرف اردو برگردد و از سد مبارزان ناموفق عبور کند، در میان جنگل ناپدید شد. فریاد برخاست، این نیز حیله‌گری بود. کردها مشکلی با حیله‌گری نداشتند مگر موقعی که بازی را برایشان به هم می‌زد.

در این لحظه او را دورتر در پائین دره دیدند که از کنار رودخانه به تاخت به سمت اردوگاه می‌آید. سایر سواران هم که در حاشیه جنگل دنبال او می‌گشتند اسب‌هایشان را به آن سمت چرخانده رفتند که راه بر او ببندند. یک‌به‌یک به مقابل او رسیدند، یک‌به‌یک را با مانورهای سریع اسبش دست‌به‌سر کرد. به‌شتاب به اردوگاه نزدیک‌تر شد تا جایی که جمعیتی که گردآمده بودند می‌توانستند خونی که از لاشه می‌چکید را ببینند که با عرق اسب و گردوخاک، درآمیخته گل‌ولای بجا می‌گذاشت.

آخرین مدعی، همانی که در شروع مسابقه خودش را عقب کشیده بود که فرد حیله‌گری هم بود، حالا پیش آمد، اسبش تازه‌نفس، نیروی خودش هم کمال و تمام. مستقیم به سمت مرد بلندبالا حمله برد که اگر به‌چابکی اسبش را نچرخانده و از این مهلکه نجات نیافته بود، به‌شدت به هم برخورد می‌کردند و اسب‌هایشان بدون شک هلاک می‌شدند.

حالا هر دو سینه‌به‌سینه اسب می‌راندند، اسب‌هایشان به نفس - نفس افتاده و خودشان برای گرفتن لاشه درگیر کشمکش بودند. فریاد از جمعیت

برخاست که گاهی این گاهی آن را تشویق می‌کردند ولی معلوم بود که از بین این دو نفر، سمپاتی ایل بیشتر به نفع مرد بلندبالا است. ظاهراً دومی را فردی قلچماق و اوباش دانسته از او بیزار بودند.

مرد تنومند حالا لاشه را قاپید ولی خون‌آلود بود و لغزنده و به زمین افتاد. آن یکی بلافاصله با حرکتی سریع و چابک خم شد و آن را برداشت و روی زین گذاشت. طرف مقابل بازهم راه بر او بست. تازه‌نفس بودن اسبش برایش یک امتیاز بود و حالا سعی کرد بازور برتر لاشه را تصاحب کند. اما مرد بلندقد باسماجت آن را چسبید، اسبش را هی زد و به‌سرعت دور شد.

مرد قوی‌هیکل خشمگین شد و جمعیت دیدند که دست‌هایش را به سمت مرد بلندبالا دراز کرده می‌خواهد او را از اسبش فرو اندازد. جمعیت از این عمل او به غرّش آمد و رنگ از چهره اسماعیل‌خان پرید.

مرد بلندبالا یک‌دستش را رها کرد و به‌سرعت کاردی از کمر در آورد و پرتاب کرد. کارد در هوا برق زد و فرود آمد. طرف مقابل لاشه را رها کرد، به زمین لغزید، سرش به یک تخته‌سنگ خورد و بی‌جان افتاد. برنده مسابقه به تاخت به اردوگاه آمد و لاشه را به نشان پیروزی جلو پای اسماعیل‌خان انداخت.

اسماعیل‌خان با خشنودی گفت "سلامت" و ایلیاتی‌ها جمع شدند. هیچ‌کس به مردی که زمین‌خورده بود توجهی نکرد به جز دو سه نفر از قوم‌وخویش های او که به‌طرف جسد دویده دور او زانو زدند. اشلی که چندان فاصله‌ای نداشت می‌توانست ببیند که از غصه در تاب و تابند و می‌شنید که فریاد می‌زنند اولده، اولده (مرده، مرده).

چون آنها کار دیگری انجام نداده و سعی نکردند وضع او را دقیقاً بررسی کنند یا او را از آنجا ببرند، اشلی باعجله خودش را به آنها رساند. خم شد و دستش را روی سینه او گذاشت و متوجه شد که قلبش هنوز می‌زند. امکان داشت که جمجمه‌اش شکسته باشد. اشلی نمی‌توانست مطمئن باشد. از زخم ناحیه کمر به شدت خونریزی داشت و پایش طوری زیر بدنش تا شده بود که معلوم بود شکسته است.

اشلی چاقویش را برداشت و شلوار کردی و کمربند او را برید. زخم را پیدا کرد، شکافی بود به طول دو اینچ، طرف راست، زیر دنده‌ها که دهان

بازکرده به‌شدت خونریزی می‌کرد ولی عمقی نبود.

اشلی با حرکاتی استادانه و سریع زخم را معاینه کرد و دستور داد: آب، پتو و چارقد تمیز بیاورند.

آب از رودخانه آوردند. اشلی خون را با آب پاک کرد و دید که بریدگی سطحی است. زخم را شستشو داد و پانسمان کرد و دور کمر را محکم با پارچه بست. این که تمام شد حواسش را متوجه جمجمه کرد. بازهم خوشبختانه ضربه ملایم بود و مرد فوراً بهوش آمد.

وضع پا جدی‌تر بود. شکسته بود. اشلی با کمک یکی از افراد، مرد کرد را روی یک پتو دراز کرد. سپس کفش و جورابش را درآورد و پایش را معاینه کرد. با انگشتان ماهرش در یک‌لحظه دریافت که شکستگی «پات» است.[۳۶] پا درست بالای قوزک شکسته بود و استخوان‌های «درشت‌نی» و «نازک‌نی» در اثر پارگی از هم مجزا شده بودند. از آن نوع شکستگی‌هایی که معالجه‌اش خیلی مشکل است. اشلی دلش می‌خواست رادیوگرافی در اختیار داشت ولی این اصلاً امکان‌پذیر نبود و ناچار بود به انگشتان ماهر، قدرت بازو و ذکاوت خویش متکی باشد.

یکی از مردها را واداشت که به‌سرعت به جنگل رفته برایش ترکه‌های نورس ببرد. دیگری را دستور داد که برود از سردترین چشمه برایش آب سرد بیاورد. سومی آتش کرده پاره‌سنگ‌ها را گرم کند، چهارمی برایش خاک رس پیدا کند و پنجمی و ششمی آماده باشند که مرد کرد را که حالا به تقلا افتاده و ناله‌های حاکی از درد سر داده بود را محکم از شانه‌هایش بگیرند.

پا را با آب شستشو داد و تورم اولیه را تخفیف داد. ترکه‌ها را در اندازه و ابعاد لازم شکست و تراشید تا از آنها «تخته شکسته‌بندی» در اندازه و ابعاد مناسب بسازد. گل رس را با مقدار کافی آب مخلوط کرد و ملاط سفتی تهیه کرد.

جماعتی گردآمده بودند که کارش را تماشا کنند. از دیدن حرکات ماهرانه او صداهای " والاّ " در تأیید و اعجاب برخاست. مرد کرد اکنون در حال نیمه بیهوشی از درد ناله و تقلا می‌کرد.

---

[۳۶] Pott's Fracture

اشلی دستور داد او را محکم بگیرند.

آنها با رضایتمندی گفتند بله، صاحب، و مرد را محکم‌تر گرفتند.

حالا به یکی دیگر دستور داد که پایش را حدود ران بگیرد.

بله، صاحب.

حالا بکش.

مردها کشیدند. اشلی پائین پای‌شکسته را کشید در عین‌حال با انگشتانش و با تمام مهارت‌های جراحی که آموخته بود پا را ورز داد تا اینکه احساس کرد شکستگی‌های استخوان‌ها رفته‌رفته به هم نزدیک شده و مطمئن شد که آنها را درست جا انداخته است.

بعد با ملاط گلِ رُس و «تخته شکسته‌بندی» پا را سفت و محکم بست و چارقدها را دور آن پیچید. حالا خورده سنگ‌های داغ را روی آن ریخت که به‌تدریج گل رس را خشک کرد و «گچ شکسته‌بندی» محکمی به وجود آورد.

صدای والاً از تحسین، از جمعیت برخاست.

اینکه تمام شد اشلی از مردها خواست که یک برانکارد بسازند، به آنها یاد داد چگونه، و مرد کرد را بلند کرده و به چادرش بردند.

آن شب صحبتی که بر زبان همه جاری بود کشف حکیم جدید بود، پزشک خارق‌العاده‌ای که یکه و تنها و مورد بدرفتاری در بین آنها زندگی می‌کرد.

فصل هیجدهم

چادر یوکعلی – مرد عشایری که اشلی پایش را شکسته‌بندی کرده بود – در فاصله کمی بالای رودخانه بود و هر روز که میسیونر به بالین او می‌رفت ناچار بود از شلوغ‌ترین ناحیه اردوگاه عبور کند. ایلیاتی‌ها که تا آن موقع سلام نمی‌کردند یا با بی‌تفاوتی و سردی به او نگاه می‌کردند، حالا هنگام عبور با احترام سلام می‌کردند. البته فامیل یوکعلی زیاد محبت می‌کردند و موقعی که خدمات پزشکی‌اش را تمام می‌کرد، خوراکی و نوشیدنی به او تعارف می‌کردند، سؤال‌هایی می‌پرسیدند و با او حرف می‌زدند. طولی نکشید که دیگران هم علاوه بر سلام‌کردن، رفتارشان دوستانه شده بود و بعضی هم نزد او آمده مؤدبانه خواهش می‌کردند که لطفاً از فلانی که بیمار است مراقبت کند. چند روزی که گذشت اشلی دید که متخصص و پزشک ایل شده و تمام‌وقتش صرف مراقبت از بیماران می‌شود.

جای خوشبختی بود که کردها فوق‌العاده سالم بودند و بیماری جدی تقریباً وجود نداشت چون اشلی ویشارد هیچ دارو یا ابزار و هیچ‌کدام از ادوات حرفه‌ای را با خود نداشت درصورتی‌که او به‌گونه‌ای تعلیم‌دیده بود که این اسباب و ابزار را برای معالجه لازم داشت. سرزندگی کردها بدون شک ناشی از مبارزه سخت مرگ و زندگی بود که دو بار در سال هنگام کوچ با آن درگیر می‌شدند. فقط آن‌هایی که در کمال آمادگی جسمانی بودند آماده چنین سفری بودند. آن‌هایی که مریض یا گرفتار ضعف پیری و بیماری بودند، به‌ناچار از پا در می‌آمدند یا طبق قانون بی‌رحمانه ایل آنها را جا می‌گذاشتند. به‌اضافه، نوزادان و کودکانی که به طور ارثی ضعیف یا رنجور بودند یا بیماری‌ها و ناهنجاری‌های مادرزادی داشتند زود کنار گذاشته می‌شدند، زیرا کودکان هم مانند بزرگسالان می‌باید سهم خود را در سختی‌ها، گردنه‌های پرنشیب بر فراز کوه‌ها، رودهای خروشان و پیاده‌روی‌های طولانی متحمل شوند.

حکیم دیگری هم در اردو بود، پیرمرد سالخورده‌ای که کسی او را به‌حساب نمی‌آورد، چون خودش هم دچار بیماری چشم بود ولی نسبت به میسیونر قدری حسادت می‌کرد و سعی داشت مردم را بر علیه او تحریک کند. باوجود بر این اشلی به دیدار پیرمرد رفت و با چنان نزاکتی با او رفتار کرد که خصومت برطرف شد و اشلی از آن هم پا فراتر نهاد و به او

پیشنهاد داد که مشترکاً به حرفه خود بپردازند. از آن به بعد اشلی از افرادی که نزد او می‌آمدند می‌خواست که ابتدا پیش حکیم بروند و این موجب رضایت همگان شد.

اشلی ویشارد به‌تدریج هویت ایلی به خود گرفته بود و آنها هم او را به‌عنوان یکی از اعضاء خود پذیرفته بودند. این مخصوصاً در لباس او مشخص می‌شد. لباس‌های اروپایی او روزبه‌روز کهنه‌تر شده بود. کفش‌هایش از فرط راه‌رفتن روی صخره‌های تیز کاملاً سوراخ شده بود و از پیراهنش عملاً چیزی باقی نمانده بود. خانواده یوکعلی از دیدن سرووضع او یک جفت کفش و یک پیراهن و یک شلوار به او داده بودند. پیراهن و کفش را که دست‌ساخت کردی بودند با خرسندی و سپاس پذیرفت ولی شلوار را که دوخت شهری داشت قبول نکرد چون می‌ترسید قبلاً متعلق به یکی از قربانی‌های چپاولگری کردها بوده باشد.

مدتی بعد از شکسته‌بندی پای یوکعلی، یک نفر از چادر اسماعیل‌خان با یک بسته زیر بغل آمد و آن را پیش پای او گذاشت. گفت از طرف اسماعیل‌خان و اسماعیل‌خان سلام می‌رساند.

اشلی بسته را که باز کرد یک‌دست کامل لباس کردی دید: شلوار گل‌وگشاد، پیراهن ابریشمی، یک جفت چارق، جوراب گل‌دوزی شده، کلاه‌نمدی بلند و یک شال ابریشمی که دور آن ببندد و یک عبای مرغوب از موهر سفید که به طرزی فاخر با نخ‌های طلا گل‌دوزی شده بود. اشلی لباس‌ها را بررسی کرد اما آنها را دوباره به‌دقت بسته‌بندی کرد و به دست مرد داد.

به اسماعیل‌خان بگو من هدیه او را می‌پذیرم و سپاسگزارم ولی ارزنده‌تر از هدایایی که با دست داده می‌شوند، هدایای قلبی‌اند.

مرد گفت سمعاً و طاعتا، و رفت.

آن شب ورودی چادر اشلی تاریک شد و دید که اسماعیل‌خان مقابل او ایستاده.

گفت من می‌آیم تا هدیه قلبی‌ام را برایتان بیاورم. شما با مردم من خوبی می‌کنید و برای من هم مثل یک برادر هستید. بیا با هم دوست باشیم.

اشلی با احترام ایستاد جلو خان و گفت از صمیم قلب.

خان ادامه داد: مردم من درس نخوانده‌اند و شما صاحب‌هنرهای عالی و

خرد سرزمین‌های «غربی» هستید. حاضرید این هنرها را به مردم من یاد بدهید؟

اشلی پاسخ داد خرد ارزشمند است، ارزنده تراز آوای بلبلان یا جقه پادشاهان ولی ارزنده‌تر از خرد، عشق به خدا و ایمان به حضور باری‌تعالی است. اسماعیل‌خان، درست است که من یک فرنگی هستم و به آداب فرنگی بار آمده و در حکمت غرب تعلیم‌دیده‌ام اما قبل از آنکه یک فرنگی باشم، یک مسیحی هستم و به همین دلیل خودم را در میان شماها یک فرنگی یعنی یک غریبه به‌حساب نمی‌آورم. در برابر عشق مسیح، کل حکمت غرب را به هیچ نمی‌شمارم و برایم مایه رستگاری است اگر اجازه بفرمائید به میان مردم شما بروم و از عیسی مسیح برایشان حرف بزنم.

خان سرش را تکان داد و گفت این چیز عجیبی است. من مسلمان هستم ولی هیچ اصراری ندارم که بروم بین غریبه‌ها و این را برایشان بگویم. همین‌قدر راضی‌ام که توکل به خدا را به او اظهار می‌کنم و نمازهای پنج‌گانه را طبق حکم قرآن مجید بجای می‌آورم. مسیح پیامبری است باستانی. او قبل از محمد ظهور کرد و محمد بر او اولویت یافت. شما خیلی چیزها دارید که در غرب جدید است، چیزهای عالی و شگفت‌انگیزی که نه چشم آدمیان نه فرشتگان تابه‌حال ندیده. چرا نمی‌خواهی از این چیزها برای ما بگوئی؟

این‌طور نیست که نخواهم از این چیزها برای شما بگویم ولی قلب من مملو از چیزهای والاتر است. یک موقعی شیفته تازگی‌های غرب بودم و بر این باور که غرب چیزی ساخته که جهان مثل و مانند آن را هرگز ندیده، چیزی که جهان را طوری تغییر شکل می‌دهد که در چشم خوشایندتر، برای بشر مفیدتر و ملکوتی‌تر خواهد بود. ولی آدم باید به شرق بیاید تا بفهمد که تمام دستاوردهای غرب چیزی نیست به‌جز لایه‌ای رنگ بر روح انسان، همچون برف زمستانی بر قله‌ها که زیر آن دست‌نخورده باقی می‌ماند همچنان که طی نسل‌های بی‌شمار مانده.

خان گفت این عجیب است.

اسماعیل‌خان، عجیب نیست. کوزه‌گر گل را به هر قالبی که بخواهد در می‌آورد، ولی گل همان گل است و اگر گل خوبی نباشد تمام مهارت دست و چرخ کوزه‌گر، تمام حرارت کوره او اثری ندارد. گل به چه درد چادر می‌خورد اگر هنگام سوختن بشکند یا سوراخ یا ترد و نرم شود؟ کاری که

غرب کرده این است که زخم‌ها را التیام بخشد. ولی جلو آن چیزی که باعث زخم می‌شود را نگرفته است. ما جنبه‌ای از زندگی را تغییر داده‌ایم زیرا نمی‌خواسته‌ایم خود زندگی را تغییر بدهیم. ماشین‌هایی می‌سازیم که ما را در هوا حمل کند زیرا که روح ما در خاک می‌خزد. ما ماشین‌هایی داریم که جسم ما را از جایی به‌جای دیگر حمل کند زیرا روح ما در آرامش نیست. جنگ‌افزارهایی ساخته‌ایم که هزاران نفر را به قتل می‌رساند و می‌تواند شهرها را ویران کند و دولت‌های بزرگی به وجود آورده‌ایم بدین منظور که از صلح محافظت کنند اما قلب را نیاموخته‌ایم که در صلح بماند.

اما شما در پزشکی و شفای بیماران مهارت دارید. این حتماً چیز خوبی است.

همهٔ چیزها خوب‌اند اگر در راه شکوه و جلال خدا باشند. ولی بهتر از شفای مردم این است که آن‌ها را هدایت کنیم که به خود آسیب نزنند. معالجه جراحات افراد قبیله تو تا زمانی که روحشان که باعث این جراحات می‌شوند شفا داده نشوند، آب در هاون کوبیدن است.

خان گفت یوکعلی آدم بدی است و حقش بود که چنین بلایی به سرش بیاید.

یوکعلی آدم بدی نیست ولی بد آموخته شده است.

خان گفت بازهم از آموختن سخن به میان آوردید، چه چیزی مایلید به ما یاد بدهید؟

وظیفه من نیست که بیاموزم ولی وظیفه شما هست که پدر و سرکرده ایل هستید.

و از چه چیزی می‌خواهید که به آن‌ها بیاموزم؟

از صلح و صفا. اسماعیل‌خان شما یک کرد هستید اما فراتر از آن با تمام انسان‌ها برادرید. باوجود بر این نسبت به فارس‌ها قسی‌القلب و بی‌رحم، و به‌خاطر ظلمی که درگذشته بر شما رفته با مردم در جنگ و ستیزید. اما خدا از مردمی که با آزار مخلوقاتش او را می‌آزارند و با تمسخر آثارش او را به سخره می‌گیرند اعراض نمی‌کند. عشق به خدا از شما می‌خواهد که دشمنان خود را دوست بدارید، به آن‌هایی که از روی عداوت به شما توهین می‌کنند نیکی کنید و برای خلق منشأ خیر و انصاف باشید.

اسماعیل‌خان با لحنی اهانت‌آمیز گفت شما به پیش‌نمازی می‌مانید که نشستید

بالای منبر برای من موعظه می‌کنید. می‌دانید که من از تمام ایلات کرد جنوب قره قروم و غرب قره چای عوارض می‌گیرم که فارس‌ها را از تمام این کوه‌ها بیرون کنم. من، اسماعیل‌خان که یک روزی تاجر بودم، حالا مرد جنگ هستم و هر روزه فرستاده‌هایی از طرف خوانین کوچک‌تر می‌آیند قول می‌دهند که زوربازوی خود و اسب‌های تیز پایشان را برای جنگ بر علیه شغال کاخ در اختیار من بگذارند و زمانی که قبائل متحد و تحت فرمان من شدند، مثل چنگیزخان کوه‌ها را به‌سرعت درمی‌نوردیم و مردم زبون ایران را تارومار می‌کنیم.

اشلی نمی‌توانست باور کند که خان چه می‌گوید. در یک‌لحظه همچون طوفانی که در بهاران دره‌ها را ناگهان در بر می‌گیرد، چهره خان از تیرگی درهم آشفت و او که تا لحظه‌ای پیش خوش و خرم هرچند قدری بدبینانه با آمریکائی مشغول صحبت بود حالتی خشمگین و قهرآمیز به خود گرفت. اشلی به خود جرئت داد و گفت:

این ظالمانه است.

این مشیت الهی است. ما مردمی باستانی نیستیم؟ از سپیده‌دم زمین وابسته به این کوه‌ها نبوده‌ایم؟ ما مردمی دلاور و شایسته حکمرانی نیستیم؟ بااین‌حال نسل‌اندرنسل، سلاطین استانبول و پادشاهان ایران، سرزمین را بین خود تقسیم کرده، آمدوشد ما را تعیین کرده، حدود مراتع ما را مشخص کرده، ما را محدود کرده و برای عبور ما مالیات وضع کرده‌اند و وقت آن رسیده ــ تقدیر الهی بود که مرا به کوهستان برگرداند ــ که کردها متحد شوند و ملیت خود را اعلام کنند. من این‌قدرها هم نادان نیستم. مگر رئیس‌جمهور خود شما نبود که اعلام کرد مردم باید این حق را داشته باشند که فرمانروای خود را تعیین کنند؟

فرمانروای آنان خداوند است که همگان مرهون طاعت اویند.

ایلات مرا سلحشور خود برگزیده‌اند و من آنها را رهبری خواهم کرد و غنیمت فراوان خواهد بود. نمی‌خواهید شما هم مشارکت کنید؟ ما را بامهارت‌های خود و اطلاعاتی که از راه‌ورسم غرب در ساختن و حکومت‌کردن دارید ما را یاری دهید؟

اشلی به‌آرامی گفت من هیچ مشارکتی نخواهم کرد.

خان ساکت ماند و تیرگی خشم و برق اشتیاق، به همان سرعتی که ظاهر

شده بود از چهره او رخت بر بست. اشلی به شک افتاد که درست شنیده بود؟ خان واقعاً می‌دانست چه می‌گوید؟ ناگهان دچار خواب‌وخیال و غرق رؤیا شده بود؟ التهاب چشم‌هایش همچون آتش خاموش فرونشسته بود. با چهره‌ای مثل قبل بی‌تفاوت و اخمو گفت:

تو دوست ما هستی. هر طور که می‌خواهی بیاوبرو. غذایت را از چادر من بگیر و هرچه دلت می‌خواهد بگو. ایلیاتی‌ها شاید به حرف‌هایت گوش بدهند. شاید هم ندهند.

خداحافظی کرد و رفت.

فصل نوزدهم

بعد از آنکه خان به چادر او آمده و لباس کردی به او هدیه کرده بود، اشلی ویشارد آشکارا به موعظه دین خود پرداخت. فراهم‌کردن فرصت موعظه هم دشوار نبود. مثلاً بعد از معاینه بیماران که جمعیت دور او جمع می‌شدند، یا شب‌ها روی تخته‌سنگی نزدیک چادر خود، می‌ایستاد و با صدای بلند در باره حضرت مسیح سخن می‌گفت یا داستان‌های انجیل را روایت می‌کرد و برای تولّدی دوباره استغاثه می‌کرد. در بدو امر، اشخاصی که به او گوش می‌دادند بیشتر از روی کنجکاوی بود، فکر می‌کردند شاید می‌خواهد در باره جوشانده‌های گیاهی که تجویز می‌کند و طرز درمان آماس‌ها، دردها و کبودی‌ها که برای ایلیاتی‌ها موضوعات غامضی بود توضیح بدهد. اما باگذشت زمان، هر گاه صحبت در باره مسیحیت همراه با تمثیل‌ها و حکایت مرگ و قیام مولای خود را آغاز می‌کرد رنج و ناراحتی‌های خود را فراموش کرده با اشتیاق گوش می‌دادند و روحشان شاد می‌شد و به‌تدریج، بدون تردید و به‌طوری قدرتمند، اعتماد ایلیاتی‌ها به این میسیونر، به این فرنگی، تقویت شد و دیگر نه فقط به‌خاطر بیماری‌های جسمانی بلکه به‌خاطر ناراحتی‌های روحی و معنوی هم نزد او می‌آمدند. همسایگانی که با هم دعوا داشتند از او می‌خواستند که شکایاتشان را حل و فسخ کند، زن‌هایی که سخن‌چینی کرده بودند برای توبه پیش او می‌آمدند، مادران از او می‌خواستند که با فرزندان نافرمان سروکله بزند و مردهایی که در شبیخون‌ها دست به قتل و غارت زده بودند گاهی اوقات در باره درستی اعمالشان از او سؤال می‌کردند و در تمام این موارد اشلی زندگی مسیح، آموزه‌ها و الگوی او را مثال می‌آورد.

در این زمان اشلی از نظر رفتار و سر وضع ظاهر یک کرد شده بود. اگر با سرووضع ظاهرش شروع بکنیم، جامه‌ای که خان برایش فرستاده بود که او اکنون می‌پوشید مخصوص کردهای صاحب‌مال و مکنت بود. عبای مجلل با شلوار گل‌وگشاد و سربند پر زرق‌وبرق و بزرگ. مضافاً که اشلی حالا ریش هم گذاشته بود که طبق رسم محل، آن را تروتمیز اصلاح می‌کرد. درست است که ریش او در مقایسه با کردها خیلی بور و نرم بود، چشم‌هایش خیلی آبی، سیمایش خیلی ظریف، حرف‌زدنش خیلی ملایم‌تر از آن بود که بشود او را به‌عنوان سمبل کردها به‌حساب آورد اما رفتارش کمبودهای ظاهری‌اش را جبران می‌کرد. اشلی ویشارد آگاهانه بر آن بود

که روش لباس پوشیدن، حرف‌زدن و طرز برخورد بومی را اختیار کند و خودش را فردی متعلق به ایل بداند. آدمی که سفر میسیونری خود را با انگ نا زدودنی یک خارجی، با تمام مظاهر تمدن مکانیزه، با غروری آگاهانه، نزدیک به سلطه‌جویانه نسبت به میراث غرب آغاز کرده بود، حالا بالاخره، گرچه نه به طور برگشت‌ناپذیر، همه را به‌دور افکنده بود.

نه اینکه این‌ها تغییری در پیام او به وجود آورده باشد که بر تر از تفاوت‌های شرق و غرب و مشرق‌زمین و مغرب‌زمین بود. اما زدودن جلوه‌های غربی، پیام او را شفاف‌تر کرده بود و متوجه شد که باعث تفاوت عمده‌ای در آنچه می‌گوید و ترتیبی که دریافت می‌شود شده است. دیگر از استعاره‌های اسب بخار، دینامو یا شیمی نور استفاده نمی‌کرد. بلکه مثال‌ها و شواهد را از گله‌ها و اسب‌ها، تپه‌های عظیم و دره‌ها و گل‌های دره‌ها می‌آورد. متوجه شد که از این طریق آن‌چنان روح حقیقی و حال‌وهوای تاریخی انجیل را درمی‌یابد که هرگز درنیافته بود و روز بروز انجیل برایش معانی جدیدتر و تازه‌تری پیدا می‌کرد.

حرفه پزشکی اشلی او را در رسیدن به این درک تازه از پیام خود یاری داده بود. چون از تمام امکانات درمانی مدرن مانند دارو، ابزار پزشکی و وسایل مکانیکی محروم شده بود، به‌ناچار به اصول ابتدائی درمان روی آورده بود. روش‌های قدیمی به قدمت خود علم، تقریباً بقراطی، بیشتر ترموتراپی یعنی استفاده از گرما و سرما که از روزگار باستان مرسوم بوده و استراحت که کار درمان را به عهده طبیعت واگذار می‌کند. اشلی از مؤثربودن این روش‌های ساده و بدون استفاده از تجهیزات متحیّر شده بود. داشت متوجه می‌شد که نقش علم واقعی برای ارتقای قدرت انسان در برخورد با نیروهای طبیعی در مجهز کردن فکر است نه مجهز کردن دست، استفاده از وسایل فکری برتر است تا استفاده از وسایل فیزیکی برتر. آن‌کس که واقعاً استاد هنر خویش شده کسی است که می‌تواند بدون تجهیزات مکانیکی یک‌خانه بسازد یا یک بیماری را شفا بدهد یا یک ترانه را بخواند.

اشلی بر این جنبه از مسئله‌ای که علم و دین از دیرباز بر سر آن مجادله کرده‌اند تأمل کرد و نتیجه گرفت که علم و دین می‌توانند در این مورد با هم ارتباط تنگاتنگ داشته باشند. زیرا مطمئناً دین، دین که بالاترین تجلی خود را در مسیحیت یافته مخالفتی با پیشرفت‌های علمی یا خیر و رفاه انسان ندارد. اما آنگاه که از دین می‌خواهند بردگی انسان به ابزار را به‌عنوان پیشرفت بپذیرد دین طغیان می‌کند. در برابر بردگی روح انسان با دگماتیسم

جبر علمی و جهان‌بینی ماتریالیستی و مکانیکی که عمل انسان را خالی از فردیت، یا معرفت یا اراده می‌داند طغیان می‌کند. نه‌تنها به‌خاطر اینکه این‌گونه مطالب متضاد والاترین اهداف و اعتقادات دین هستند بلکه به‌خودی‌خود هم متضاد و متناقض خود هستند. زیرا آنچه را که اذعان می‌کنند خودشان نفی می‌کنند. دانشمند، در جستجوی حقیقت علمی به دنبال وسیله‌ای برای رفاه و آسایش بیشتر نوع بشر است. هیچ هدف دیگری، خواه در لفافه مشرب لذت‌گرایی (هدونیسم) یا اصطلاحات مینوی نمی‌تواند این جستجو را توجیه کند و اگر در این راه فکر یا جسم انسان را از طریق آموزه‌های آکنده از تعصب و بدبینی، یا مکانیزه‌کردن حرکات یا سخت‌گیری‌های شدید در مورد خواسته‌ها و فعالیت‌های او به اسارت می‌گیرد، اینها به خیر و صلاح و بهبود زندگی انسان نیست بلکه بر خلاف آن است.

بنابراین هنگامی‌که مخاطبین در باره این مسیحای او و معنای پیام مسیحیت از او سؤال می‌کردند، اشلی دیگر به مفهوم انسان جان‌بخش (پرومتئوس) انسانی که جهان مادی را با شمشیر روح تسخیر می‌کند متوسل نمی‌شد. بلکه از انسان مسیحی سخن می‌گفت که با نیروی عشق و جستجوی خدا از طریق مسیحا بر نفس خود چیره می‌شود.

دیگر از مقوله منطق هم با آنها سخن نمی‌گفت. زیرا فهمیده بود که نه پیام، نه شنونده، نه خاک نه بذر، به منطق جواب نمی‌دهند. منطق هم چیزی نیست مگر یک ابزار. ابزاری برای ذهن، ابزاری با کاربردی بسیار محدود که حتی نمی‌تواند به طور سطحی حقیقت را بنمایاند یا سیمای عشق را به تصویر کشد. این ابزاری بود که شنوندگان هم از محدودیت‌های آن به‌خوبی آگاه بودند و با زرنگی از منطق استفاده می‌کردند. مثلاً اگر برای رسیدن به هدف موردنظرشان وسیله مناسبی بود؛ یا هروقت مطلبی را نمی‌خواستند بدانند خود را به نفهمی می‌زدند؛ یا هرچه را مایل نبودند به‌عنوان حقیقت بپذیرند انکار می‌کردند. اشلی فهمید که منطق، اولین ابزار ذهن ابتدائی است و استفاده انسان مدرن از منطق اصولاً برگشت به‌نوعی راستی آزمائی بدوی است. انسان ابتدائی برای مقابله با حیوان وحشی طلسم آویزان می‌کرد. اگر حیوان ظاهر نشود گواه کارائی طلسم و اگر ظاهر بشود گواه نا کارائی طلسم است. رابطه علت و معلول مطلق است. انسان ابتدائی خدایش را خشمگین بکند بلا نازل می‌شود: گواه عذاب الهی. یا بلا نازل نمی‌شود: گواه عنایت الهی. طرز کار منطق علت و معلول در توالی زمان

بدین‌گونه است. انسان ابتدائی نمی‌توانست (انسان مدرن می‌تواند؟) باور کند که زمان نسبی است؟ که آنچه که به نظر می‌رسد قبلاً اتفاق افتاده شاید در حقیقت بعداً اتفاق افتاده باشد که شاید زمان یک دایره باشد که نقطه اول و نقطه آخر را نمی‌توان از یکدیگر مجزا ساخت. باوجود بر این چقدر از علم مدرن بر مبنای اعتقاد به منطق توالی سببی در زمان بنا شده است. منطق مکانی هم وجود دارد، یعنی ارتباطدادن دو چیز که در یک مکان پیدا می‌شوند. انسان ابتدائی سنگ صاف سفیدی در همان دره‌ای که شکار وجود دارد پیدا می‌کند. اینها به یکدیگر ارتباط داده می‌شوند و بدین ترتیب سنگ تبدیل به طلسم می‌شود. دانشمند هم تشابهی در ساختمان فسیل‌ها مشاهده می‌کند و آنها را در یک رده طبقه‌بندی می‌کند و برای آنها ارتباط تکاملی قائل می‌شود.

انسان اولیه هوشمندانه استدلال می‌کند. تمام جنبه‌های آسمان، امعاء و احشای حیوانات وحشی، اشکال عجیب‌وغریب سنگ‌ها و موقعیت ستارگان در وقت تولد حائز اهمیت‌اند و با معلومات محدودی که دارد به دنبال آن است که تمام این نشانه‌ها را با زندگانی خود و با بخت و اقبال چیزهایی که می‌جوید یا انجام می‌دهد ارتباط بدهد. انسان دانشمند برای جنبه‌های سطحی عناصر اهمیتی قائل نمی‌شود. دامنه مشاهداتش توسعه‌یافته است، اما منطق او بهمان اندازه تنگ‌نظرانه است. نشانه‌ها از روی جنبه‌های سطحی سنجیده نمی‌شوند اما نشانه‌ها و منطق کج‌ومعوج بجای خود باقی است. سرنوشت انسان هنوز به نیروهای طبیعت اطراف او وابسته است. انسان دانشمند به‌خاطر منطق نمی‌تواند از این نتیجه‌گیری پرهیز کند. ماهیت انسان تابع مجاورت فسیل‌ها است که او را با وحوش مرتبط می‌کند و بنابراین او هم از هر نظر حیوانی است که فقط تحت‌تأثیر نیازهای خوردن و تولیدمثل کردن است. ذهن او مرتبط با محیط او ست و مجموعه عوامل مؤثر محیطی زمینه گرایش‌های ذهنی را فراهم می‌آورند.

اشلی بجای منطق به هوش متوسل شد، اگر هوش لغت صحیحی برای آن مشخصه روح باشد که حقیقت ذاتی را درک می‌کند، آن قوه ذهنی که حقیقت را حس می‌کند. حقیقت خود را به صور مختلف ظاهر می‌سازد. منطق شاید در واقع یکی از کانال‌هایی باشد که به‌وسیله آن حقیقت به‌سوی قلب روان می‌شود، ولی کانالی است تنگ، پر پیچ‌وخم و دست‌وپاگیر. درک حقیقت ممکن است با خالی‌کردن ذهن هم حاصل بشود. تا بتواند به ذهن نفوذ کند همچون گازها که وارد حفره خالی می‌شوند. این روش یوگا است که

باقدرت تمرکز، ذهن را خالی می‌کنند به حدی که دیگر چیزی در آن باقی نمی‌ماند یا اگر ته‌مانده‌ای باقی بماند خودش را به‌صورت الگویی از حقیقت در می‌آورد. نمی‌توان گفت این حقیقت از کجا بروز می‌کند. شاید از گذشته سرچشمه می‌گیرد همان‌گونه که درویش به اشلی گفته بود. شاید از برون بیاید با اتصالی که برقرار می‌شود، اگر از مفاهیم علم الکتریسیته استفاده بکنیم، به‌وسیله اختلاف‌پتانسیل برون و درون و حقیقت ممکن است از راه طلب یعنی شور و شوقی ژرف درک شود، اشتیاقی چنان پرشور و آتشین که روح را از همه چیز تزکیه می‌کند به‌جز فلز خالصی که شمشیر بُرنده‌ای می‌سازد که واقعیت را می‌شکافد.

اشلی با شنوندگانش از منظر تجربه صحبت می‌کرد و متوجه قدرت روایات مسیح شد. تمام آن‌ها حتی حکایت برزگر، حرفه‌ای که بخصوص برای ایلیاتی‌ها ناآشنا بود، به دل می‌نشست و زمین مساعدتری می‌یافت، تا احتمالاً در سرزمین‌های متمدن‌تر...

در این اثنا که اشلی ویشارد ایمان و اعتماد و امید تازه‌ای در خود یافته بود که این جماعت را به‌سوی مسیحای خود هدایت کند، نیروهای دیگری بسان ابر تندری آماده می‌شدند تا کمترین بارقه شعله‌ای را که او احتمالاً روشن کرده بود به سیلاب دهند. اسماعیل‌خان داشت در بین کردها به‌عنوان ایلخانی بزرگ شناخته می‌شد. موفقیت شبیخون‌های او در گوشه‌وکنار قره قروم شهرت یافته بود. همه می‌دانستند که برای تأمین معاش قبیله، در انتخاب بهترین علفزار برای چرای گله‌ها ماهر و در حفظ آن در برابر مدعیان، شجاع است. در ضدیت همگانی نسبت به تقسیم اراضی از شرق تا غرب، اسماعیل‌خان رهبری جسور بود و نفرتی شدیدتر و کینه‌توزانه‌تر از دیگران او را به‌پیش می‌راند. ازاین‌رو، ثروت و جمعیت قبیله روبه‌افزایش بود. جوانان جسور کرد از سایر قبایل به این دره روی می‌آوردند، بعضی همسران و مستخدمین خود را می‌آوردند، بعضی به امید یافتن همسر از میان دوشیزگان اردو یا از میان اسرا بودند. خوانین دره‌های دوردست فرستادگانی نزد اسماعیل‌خان می‌فرستادند و در سراسر مملکت کردها قدرت او را به رسمیت می‌شناختند و تحت رهبری او به‌نوعی احساس همبستگی می‌کردند.

همه اینها البته به‌خاطر کیفیت رهبری شخص اسماعیل‌خان نبود. او فقط کانونی بود که آرمان‌های ناسیونالیستی عشایر به‌دور آن متمرکز شده بود. این آرمان‌ها تا حدودی به دلیل شکوفائی آگاهی نژادی بود و تا حدودی در

اثر کینه‌ورزی. هم در شرق هم در غرب حکومت‌های قدرتمندی تأسیس شده بودند مبتنی بر غرور ملی و رهبری باصلابت فردی. دولت‌های نو برخاسته ترکیه نوین و ایران نوین هر دو مشغول تعریف و تعیین مرزهای خود بودند و در این میان سرزمین کردها بمانند فندقی بود در دهان فندق‌شکن و هرچه حاکمیت این دو قدرت بیشتر استقرار می‌یافت، زمین هم بیشتر قطعه‌بندی، کوچ عشایر زمان‌بندی و از آنها مالیات اخذ می‌شد. کردها می‌دیدند که آزادی دیرینه‌شان دارد از بین می‌رود و به طور فزاینده‌ای نومید و بیمناک می‌شدند.

حرکات سیاسی مانند امواج جزرومد، با پیشرفت و پسرفت و باز هم پیشرفت همراه‌اند.

تحت رهبری اسماعیل‌خان امواج ناموافق به عقب رانده می‌شدند، ازاین‌رو اردو سرشار از غنائم می‌شد و شادی در بین ایلیاتی‌ها بالا گرفته بود. شب‌ها تا دیروقت آتش در میان صخره‌ها زبانه می‌کشید و در پرتو شعله‌های پر ترق‌وتوروق، کردها ترانه‌های خود را با صدای زیر، چهچهه زنان می‌خواندند و کباب خوشمزه گوشت گوسفند داغ ـ داغ از سر سیخ می‌خوردند و از فتوحات خود حرف می‌زدند. اما در داخل چادرها به‌دور از آتش‌های اردو صداهای دیگری به گوش می‌رسید، صدای گریه‌وزاری دختران اسیر و آه‌وناله زنانی که مردهایشان مرده یا در حال مرگ، افتاده بر زین برگشته بودند.

اشلی ویشارد که این چیزها را دیده و بر آن شده بود که اعتراض کند شبی وارد جرگه دور آتش شد و گفت:

آه، ای عشایر قره قروم، پیروان اسماعیل‌خان، این چه کاری است که می‌کنید؟ شما دره‌های خود و گله‌های خود و صلح و صفای این کوهستان را دارید. بااین‌حال با مردمی که دهات خود و صلح و صفای دشت‌ها را دارند می‌جنگید؟ آیا کوهسار به دشت فرود می‌آید؟ یا دشت می‌خواهد کوه را صاف کند؟ چرا باید در جنگ باشید؟ آیا شما چیزهایی را تولید نمی‌کنید که مردم دشت می‌خواهند ـ پشم گوسفند، کرک بز، قالی‌های بی‌نظیر دارهای بافندگی‌تان؟ بهتر نیست اینها را به طور مسالمت‌آمیز با گندم و مویز و فلزات و سایر چیزهایی که احتیاج دارید معامله کنید؟ جان خودتان، جان جوانانتان، شوهرهایتان، پسرانتان، بیش از یک گونی گندم ارزش ندارد؟ آه، ای کردهای کم‌عقل که جان را که این‌همه در عشق‌ها و

۱۷۱

دوستی‌هایتان ارزشمند است، این‌همه در پیشگاه خداوند ارزشمند است، به‌خاطر ارضای شکم یا حظ بصر فدا می‌کنید.

هنگامی‌که اشلی شروع به صحبت کرد عده‌ای دور او ازدحام کرده بودند. در بین آنها افرادی بودند که عزادار مرگ دوستان و بستگان خویش بودند. وقتی که اشلی از کشته‌شدگان یادکرد، جنب‌وجوشی راه افتاد، ناله‌های ضعیفی بلند شد، و اینجاوآنجا زمزمه والله بالله بگوش رسید.

در ادامه گفت شما آن‌هایی را که مخلوق خدا و مورد الطاف خداوندی هستند به قتل می‌رسانید و نمی‌ترسید که خشم خداوندی را بر شما نازل کند؟ شما باید برای صدمه‌ای که به فرزندان او می‌زنید نزد خدا پاسخگو باشید.

سپس اشلی داستانی را که حالا برایشان آشنا بود، دوباره تعریف کرد. داستان عیسی مسیح و عشق او و اینکه او آمده بود تا جهان را نجات بخشد و قلب مردان و زنان را از آلودگی پاک سازد و آن‌ها را به‌سوی عشق خدا باز گرداند. اشلی پنداشت که دارد ایلیاتی‌ها را تحت‌تأثیر قرار می‌دهد و گفته‌هایش به دل آنها می‌نشیند. اما در این لحظه در متن صحنه هیکل بلند بالای اسماعیل‌خان را دید که به حاشیه جرگه مردم آمد و دست‌به‌سینه، با قیافهٔ مات که هیچ احساسی از خود بروز نمی‌داد به او زل‌زده بود و به نظر می‌رسید یک نیرو یا درایش غیرملموسی که از رئیس قبیله ساطع شده بود در بین جمعیت پخش شد تا اثر آنچه را که اشلی می‌گفت خنثی کند. این‌گونه نبود که خان حضور خود را اعلان کرده باشد. احتمالاً هیچ‌کدام از افراد آن گروه از حضورش آگاه نبودند چون‌که او درست خارج حلقه روشنائی ایستاده بود. شاید تأثیر او روی اشلی بود که احساس کرد خان نسبت به هر چه او موعظه می‌کند اعتراض و عناد دارد.

این بود معارض حی حاضر اشلی، تجسم آنتی‌تز آنچه او در بین کردها نمایندگی می‌کرد. اشلی متوجه شد که در این اردوگاه جا برای هر دوی آنها نیست: او می‌خواست با موعظه‌هایش تمام کارهای خان را خنثی کند و راه‌ورسمی که برای زندگی تعلیم می‌داد در مخالفت محض با راه و رسمی بود که اسماعیل‌خان ایل را رهبری می‌کرد.

اسماعیل‌خان هم این را تشخیص داد و متوجه خطر این میسیونر جوان برای رهبری خود شد. لمحه‌ای بیشتر گوش داد و سپس افرادی را که جلواش ایستاده بودند کنار زد و به سمت روشنائی پیشرفت و با میسیونر مقابله کرد.

سخنان شما در این دره نامطلوب است. شما مردان مرا به پیرزنان و همسران ما را به کودکان تبدیل خواهید کرد. تاروپود وجود ما بر ضد این‌گونه سخنان طغیان می‌کند. کارهایت را انجام بده ولی سخنرانی را به عهده شخص رئیس و ریش‌سفیدان قبیله بگذار.

اشلی ویشارد به‌آرامی گفت: خان فرموده، و من هم کسی نیستم به‌جز یکی از همین مردم، و من می‌توانم صبر کنم تا بالاتری سخن گوید، یعنی خود خدا.

اسماعیل‌خان در ادامه گفت: فردا راه برای شما باز خواهد شد و اسب‌ها حاضر خواهند بود تا شما را از دره ما ببرند. آماده باشید که ما را ترک کنید.

خان ناگهان برگشت و جرگه را ترک کرد.

جمعیت در سکوت کنار رفت تا راه برای او باز کنند و بعد منتظر شدند ببینند میسیونر چه می‌کند.

اشلی که فهمید این به معنای پایان اقامت او در ایل است، از فرمان خان اطاعت کرد، از صخره پائین آمد و به چادر خود بازگشت.

فصل بیستم

اسماعیل‌خان گرچه چهار همسر در چادرهای سفید خود داشت فقط صاحب یک پسر بود به اسم تقی‌خان از همسر اولش، بانویی از نژاد چرکسی که وقتی اسماعیل‌خان در کرمانشاه به کار تجارت مشغول بود به طرز رمانتیک مشرق‌زمینی از او خواستگاری کرده بود که هنگام تولد تقی‌خان سر زا رفت. چون تنها پسر بود پدرش عمیقاً به او عشق می‌ورزید اما عشق عجیب‌وغریبی بود. بعضی‌اوقات به نظر می‌رسید اسماعیل‌خان ترجیح می‌داد از فرزندش متنفر باشد. تنفر او از رنجی سرچشمه می‌گرفت که تولد او باعث مرگ احیاناً تنها زنی شده بود که او واقعاً عاشقش بوده. شاید هم به دلیل خصوصیات اخلاقی او از او متنفر بود. تقی‌خان منش کردها را از خود بروز نمی‌داد. خیلی از خصلت‌های مردانه و برتری‌جویانه پدرش را نداشت. ترجیح می‌داد مثل شهری‌ها لباس بپوشد تا مردان ایلی و در باره شعر حرف بزند تا شکار. دربازی‌های خشن اردو شرکت نمی‌کرد و بیشتر دیده می‌شد که شب‌ها تنها، با اسب شبهای خود روی تپه‌ها اسب‌سواری می‌کند.

این بدان معنی نبود که هویت خودش را نداشت. او ذوقی سرزنده داشت. تیزهوش بود و به آداب ایلی و اطاعت از والدین عمیقاً احترام می‌گذاشت و چون بسیار دوست‌داشتنی بود، چون وظیفه‌شناس بود، چون دارای اشرافیت ذاتی در رفتار بود و به‌ویژه چون فرزند او بود، اسماعیل‌خان وقتی عصبانی نبود او را تا سرحدّ پرستش دوست می‌داشت.

تقی‌خان به جهت اطاعت از خواسته پدرش، بعد از ورود میسیونر به اردوگاه از تماس با او خودداری کرده بود. البته اشلی گاه‌به‌گاه او را دیده و با او صحبت کرده بود ولی گفت‌وگوی آنها در حد سلام و علیک و تعارفات مرسوم بود. اشلی او را همراه سایر جوانان اردو هم دیده بود. تقی‌خان که ظاهراً از تفاوت‌های خود با دیگران آگاه بود، مثل خود اشلی، سعی می‌کرد با مشارکت در بازی‌ها و چیزهای موردعلاقه و گفتگوهایشان هم‌رنگ جماعت بشود.

تقی‌خان هروقت می‌خواست، مشخصات رهبری از خود نشان می‌داد، و روزی که گروهی پسران نوجوان کم سن و سال را با خود به شکار برد پدرش خیلی احساس غرور کرد. آنها پس از گشتی طولانی در کوهستان با

سه آهو و چندین هوبره برگشتند. آهوها را روی آتش پختند و آنها را بین پیران و خاندان‌های عمده تقسیم کردند که خیلی موردتأیید قرار گرفت و صحبت از این که تقی‌خان یک روزی که به سنین بالاتر رسید رئیس بعدی ایل بشود و آرزوهای دورودراز که چگونه ایرانی‌ها را به تهران و ترک‌ها را به استانبول پس می‌راند.

اما پس از این موفقیت چشمگیر باز هم مصاحبت جوانان را ترک گفت، گوشه عزلت گزید و اسب‌سواری‌های تک‌نفره در کوهستان را از سر گرفت. سالمندان قبیله برای مدتی حکیمانه با سر تکان‌دادن تأیید کردند که دارد خود را با کوره‌راه‌ها و گردنه‌های منطقه آشنا می‌کند، و شرط عقل است که رئیس ایل بایستی مانند بزها که از مرتفع‌ترین کمرها بالا می‌روند و داخل هر غاری سر فرومی‌کنند منطقه را بشناسد. اما بعد با سر تأییدکردن‌ها کاهش یافت و با حرکات سر نفی‌کردن آغاز شد، ابتدا بدون آنکه حرفی بزنند اما بعد با اظهارات مبهمی همراه شد مثل: زنگوله دار جلو گله نباید خیلی زرنگ باشه، یا خرگوش فضول به تور شکارچی می‌افته، و ازاین‌قبیل.

تقی‌خان حتماً از این بگومگوها اطلاع داشت و می‌دانست لازم است موفقیت دیگری به دست آورد تا قدر و منزلت خود و غرور پدرش را دوباره برانگیزد. چند روز قبل از واقعه آتش اردو، دیدند که دوباره همراه جوانان اردو است و از ظاهر مرموز و پچ و پچ‌هایی که شنیده می‌شد، معلوم بود که دارند برای ماجرای دیگری نقشه می‌کشند.

یکی دو روز بعد، نزدیک‌های غروب نگهبانان اطراف اردو به خان گزارش دادند که پسرها بالای دره مشغول تدارک اسب و آذوقه و اسلحه هستند برای شبیخون.

اسماعیل‌خان اظهار داشت شکاری دیگر. دارند یاد می‌گیرند چطور تیراندازی و اسب‌ها را مهار کنند که وقتی بزرگ شدند و مجبور به دفاع از اردو، به دردشان خواهد خورد.

همان شب دسته جوانان به پیش راندند. دسته بزرگی بودند، بزرگ‌تر از بعضی دسته‌هایی که برای غارت گسیل می‌شدند، از بهترین اصل‌ونسب اردو، فرزندان بزرگان و فامیل‌های ممتاز، جوانانی که در مسابقات تند پائی و مهارت جایزه برده بودند، پسرهایی که از لحاظ هیکل و هوش از سن خود جلو زده بودند. ازدست‌رفتن چنین دسته‌ای از جوانان کرد مثل این

بود که غنچه‌های درخت بادامی را پرپر کنند.

دو روز گذشت و روز سوم. صبح روز بعد از صحنه آتش اردو که طی آن خان به اشلی ویشارد دستور داد که اردو را ترک کند. اشلی در چادر خودش بود مشغول خواندن از روی نسخه جیبی انجیل و منتظر بود که اسبش را بیاورند که غوغای عظیمی در گرفت و تمام اردو به خروش آمد. اشلی به در چادر رفت و به بیرون نگاه کرد. در تمام طول دره، کردها کارهای صبحگاهی‌شان را رها کرده و تمام توجهشان را به بالای دره انداخته بودند. بعضی جلو چادرهایشان ایستاده به نقطه‌ای خیره شده بودند بعضی سوار اسب شده بدان سو می‌تاختند.

اشلی به بالای دره نگاه کرد و در جایی که راه باریک به پیچ منتهی می‌شد صف سواران را دید که نزدیک می‌شدند. پسرها بودند که به اردو بر می‌گشتند. اسب‌ها خسته لکه می‌رفتند و سواران با افسردگی به زین آویخته بودند. بعضی از زین‌ها خالی بود، روی بعضی بسته‌های شل‌وول آویزان بود مثل کیسه‌های گندمی که درست پر نشده باشد.

دسته سواران که به مرکز اردو می‌رسیدند، داستانشان قبل از خودشان حرکت می‌کرد مانند آتش قبل از مشعل. پسرها تصمیم گرفته بودند از سرمشق پدران خود پیروی کنند و بجای شکار دسته‌جمعی، به‌قصد تاراج یک روستا رفته بودند. آنها روستای لاله را در نظر گرفته بودند، یکی از بزرگ‌ترین و پررونق‌ترین دهات ولایت وثوق‌الدوله، بالاتر از تنگ الله‌اکبر، همان جایی که اشلی از مستخدمش فتحی جدا شده بود. یک پادگان سرباز از این روستا محافظت می‌کرد؛ تقی‌خان این را می‌دانست ولی بدون شک آنجا را انتخاب کرده بود تا این پیروزی بزرگ را به رخ بکشد.

کار شتاب‌زده، ابلهانه و بچگانه‌ای بود. عواقبش هم اجتناب‌ناپذیر بود. قراولان علامت داده بودند که پسرهای بی‌تجربه اعتنا نکرده یا متوجه نشده بودند. سربازان پشت دیوارها کمین کرده بودند. به مجرّدی که پسرها بی‌محابا و با فریادزدن رجزهای کردی وارد کوچه‌های روستا شده بودند با آتش کوبنده تفنگ مواجه گشتند. پیش از آنکه بتوانند عقب‌نشینی کنند یک‌سوم آنها از زین به زیر افتاده، یک‌سوم زخمی و به‌سختی به قاچ زین چسبیده بودند درحالی‌که بقیه اسب خود را به پیش می‌راندند.

تقی‌خان جزء اولین افرادی بود که به زمین افتاده بود.

اشلی ویشارد فرمان خان را به فراموشی سپرد و فکر ترک‌کردن اردو را
از سر بدر کرد و توجه خود را روی زخمی‌ها متمرکز ساخت. به یکی
از دستیاران خان دستور داد که یکی از چادرهای بزرگ را خالی کنند،
کف آن تشک‌های کاهی و ملافه‌های تمیز پهن کنند و یک میز در خارج
چادر قرار دهند. این کار که انجام شد، چند نفر از مردهایی که در هفته‌های
اخیر در کار طبابت با او همکاری کرده بودند و یک چیزهایی راجع به
معالجه بیماران یاد گرفته بودند را صدا زد و از آنها خواست که آب گرم
و آب سرد، پنبه تمیز، روغن شفاف و شراب بیاورند و آماده باشند که به
او کمک کنند.

با این بیمارستان و اعضاء و وسایل ابتکاری شروع به معاینه و بررسی
وضع زخمی‌ها کرد. یک‌به‌یک آنها را تمیز و زخم‌هایشان را ضدعفونی
کرد. در صورت لزوم با فروکردن تیغه نازکی داخل زخم را بررسی کرد،
پانسمان کرد و بیماران را برای آسایش و آرامش روی تشک خواباند.

نزدیک‌های ظهر بود که از سی پسر مراقبت کرده بود. بعضی از آنها
وضع خطرناکی داشتند و اشلی فکر نمی‌کرد که تا آخر شب زنده بمانند.
فکر مردن آنها – پسرهایی در اوان جوانی، هوشمند، برومند، با هزاران
امید و آرزو - او را در غمی غیرقابل‌بیان فروبرد. دیگر از کسی
رنجیده‌خاطر نبود. قلبش چنان سرشار از عشق و تأسف به حال آنها بود
که جایی برای اندیشه‌های تلخ باقی نمی‌گذاشت.

پدر و مادرها برای کسب اطلاع نزد او آمدند با امید و اینکه قول بدهد
پسرهایشان را نجات دهد. مادرها گریه می‌کردند و فریاد می‌زدند. مردها
کم‌حرف با آن عدم تحرکی که نقابی برای پنهان‌کردن غم و اندوه درونی
است. اشلی آنها را فریب نداد. امیدهای واهی به آنها نداد ولی ناامیدشان هم
نکرد و جایی که لازم بود به آنها دلداری داد و سخنان مقدس عیسی مسیح
برایشان گفت که همراه و همدمشان باشد.

اشلی وقتی که کارهایش تمام شد به چادر اسماعیل‌خان رفت.

اسماعیل‌خان داخل چادر روی یک خورجین نشسته انگشت‌هایش با لبه تیز
یک خنجر بازی می‌کرد. اشلی به فرمان او داخل شد و جلو او ایستاد.

همچنان که اشلی منتظر ایستاده بود که خان حرف بزند، او گفت در چنین
موقعی کلمات همچون خاکسترند. پسر من مرده و به چرخاندن خنجر در

دستش ادامه داد. امیدوارم شما تا وقتی که ترتیب کار جوانان داده بشود اینجا بمانید؟

طبیعتاً، امیدوارم تا وقتی که اسماعیل‌خان به من چادر می‌دهد اینجا بمانم. ولی من فکر نمی‌کنم پسر شما مرده.

تقی‌خان مرده.

چرا اینچنین می‌گوئید؟

خان با خونسردی گفت اراده الله است، در پیشانی او نوشته شده بود.

اراده پدر آسمانی ما بر آن نیست که کوچک‌ترین فرزندانش به هلاکت برسند. خدا مخلوقات خود را به سخره نمی‌گیرد، بلکه به فرزندانش عشق می‌ورزد، با عشقی که فراتر از فهم است. اسماعیل‌خان باخدا در صلح باش، به او ایمان داشته باش و به رحمت او اعتماد کن.

خان پاسخ داد "هیچ قدرت و شکوهی نیست مگر الله‌اکبر" (که بیان ایمان مسلمانان است). سپس خنجر را غلاف کرد و ندا سر داد:

در مقابل هر جانی که گرفته‌اند پنجاه نفر انتقام می‌گیرم و برای جان تقی‌خان پانصد نفر.

محکم به‌پای‌خود کوفت و زمزمه کرد این یک سوگند است.

اشلی دید که حالت خان آشتی‌ناپذیر است و راه استدلال بسته. آنجا نشسته بود و به قالی که زیر پایش پهن شده بود خیره شده بود. چشم‌هایش هرچه بیشتر به یک نقطه ثابت مانده، سیمایش بی‌حرکت، فقط انگشتانش مشغول کندن حاشیه قالی بود. در این لحظه دست‌هایش به کمربند لغزید و دوباره خنجر از کمر کشید و درحالی‌که چشم‌هایش هنوز بر نقش قالی خیره مانده بود انگشت‌هایش لبه تیز خنجر را لمس می‌کرد. سپس لب‌هایش به حرکت آمد و زمزمه کرد:

این یک سوگند است.

زمزمه‌ای بود که روح اشلی را به لرزه انداخت. چشم‌هایش را بست و به دعا مشغول شد.

دعا کرد پدر، به من خرد عطا فرما که با این مرد چه کنم.

اشلی به نفس‌نفس افتاد و ذهنش از همه چیز تهی شد. در تاریکی چشم‌های بسته‌اش کل هستی ناپدید شد و او هیچ ندید، هیچ لمس نکرد، هیچ نشنید، هیچ حس نکرد. برای یک‌لحظه در نوعی خلسه فرورفت که از هوش و هستی فارغ شد.

وقتی به حال توجه بازگشت با خوداندیشید که خدا به ترتیبی ذهن و جسم او را پاک‌کرده است تا آن را از نو باخردی که برایش دعا کرده بود پر کند. اکنون پاسخی دریافت خواهد کرد؟

خان هنوز روی خورجین نشسته به قالی خیره شده بود و انگشتانش با لبه تیز خنجر بازی می‌کرد. بیرون، هم آوا با صدای شیون و زاری سوگ مردگان، همچون نفیر سوزناک باد شبانه که در اردو می‌وزید، آوای خوابناک طبیعت، ترنم آب رودخانه، صدای سم اسب‌ها بر صخره‌ها، فریادهای کودکان که بازی می‌کردند بگوش می‌رسید. در آن لحظه‌ای که اشلی هوش و حواسش را ازدست‌داده بود طبیعت تغییر نکرده بود. جهان تغییر نکرده بود. واقعیت عینی آن همانی بود که همیشه بود، تسلیم‌ناپذیر، مقاومت‌ناپذیر، مرموز، بدون احساس، تشویش ناپذیر.

آیا خدا به سخن آمده؟ آیا روح خدا بر روی این رمز حرکت کرده بود [۳۷] و آن را نظم و ترتیب داده بود و قابل‌درک کرده بود؟ آیا اشلی در آن لحظه انتزاع، خردی را که برایش دعا کرده بود دریافت کرده بود؟

پاسخ نمی‌توان داد. هیچ سخنی، هیچ رهنمون آگاهانه‌ای بر میسیونر جوان نازل نشد.

تنها چیزی که اشلی می‌دانست این بود که خان را جلو خود می‌دید، سرسخت، تلخ جان، بی‌منطق و سخنی از دهانش جاری نمی‌شد که به این مرد خطاب کند.

اشلی برگشت و از چادر خارج شد. شاید این کار خردمندانه‌ای بود.

نزدیکی‌های غروب، بعد از آنکه اشلی باز هم از بیمارانش مراقبت کرده و در تاریک و روشن جلو چادرش نشسته مشغول خواندن انجیل بود،

---

[۳۷] اشاره به جمله ای دارد از پیدایش: در ابتدا، خدا آسمان ها و زمین را آفرید. زمین خالی و بدون شکل بود. همه جا آب بود و تاریکی آنرا پوشیده بود و روح خدا بر روی آبها حرکت می‌کرد.

اسماعیل‌خان نزد او آمد.

ناگهان و بدون سلام احوالپرسی گفت: شما امروز به من گفتید که فکر می‌کنید پسر من هنوز زنده است. خدای تو با تو سخن گفته است؟

نه.

پس شما آدم راست‌گویی هستی، چون الله نه به کُردی صحبت می‌کند نه به زبان فرنگی. به من بگو چرا این‌طور فکر می‌کنی؟

چون موقعی که زخم‌هایشان را پانسمان می‌کردم با تمام پسرهایی که در بحبوحهٔ جنگ بودند صحبت کردم. منظورم تمام آن‌هایی است که می‌توانستند حرف بزنند. یکی از آنها، کریم‌خان، وقتی تقی‌خان افتاده نزدیک او بوده. دیده بود که تقی‌خان غلت زده خودش را از اسب دور کرده و سعی کرده بلند بشود. بعد یک در باز شده و او را به داخل کشیده. اسماعیل‌خان با چهره‌ای عصبانی و بی‌حوصله گفت پس چرا افراد من که موقع برگشتن پسرها با آن‌ها حرف زده‌اند این را به من نگفتند.

اشلی پاسخ داد: کریم‌خان سعی کرده بود این را به دیگران بگوید ولی همگی به‌قدری مضطرب و سراسیمه بودند که توجه نکردند. بعد هم موقع برگشتن به‌قدری ضعیف شده بود که نمی‌توانست حرف بزند. این بدان معنی نیست که تقی‌خان زنده است ولی جای امیدواری هست.

عصبانیت خان فرونشست ولی افسرده شد.

با ناامیدی گفت اگر هم آن موقع زنده بوده، حالا مرده. سرش را می‌برند و به نیزه می‌زنند و بالای دروازه ده به نمایش می‌گذارند.

اشلی آرام گفت افکار تیره‌وتار را پایانی نیست و امید نیز انتهائی ندارد.

چشم‌های خان درخشید و چهره‌اش آرام شد.

با فروتنی گفت اگر پسر من هنوز زنده باشد خداوند خالق متعال را شکر می‌گویم و با مردم دشت صلح می‌کنم و با اشتیاق اضافه کرد فکر می‌کنی هنوز زنده است؟

فکر می‌کنم زنده است.

چرا فکر می‌کنی؟

اشلی با صراحت گفت نمی‌دانم. شاید به دلیل اعتقاد به احسان خدا.

خان به‌آرامی گفت شاید امید آن خدائی است در وجود انسان که تو از آن حرف می‌زنی. می‌روی پسر مرا پیدا کرده نزد من بیاوری؟

اشلی پرسید شما می‌خواهید بروم؟

بله شما با قول صلح از طرف من بروید.

ولی چرا می‌خواهید که شخص من برود؟

چونکه تو مرد حقیقت هستی و مردی هستی که روی تو سوی الله است. وقتی تو حامل قول من باشی آن را باور می‌کنند درصورتی‌که حرف یک کرد را باور نمی‌کنند.

در موقعیتی دیگر اشلی ویشارد این اعتراف ساده‌لوحانه را به شوخی می‌گرفت ولی می‌دید که خان خیلی جدی است. علاوه‌بر آن احساس می‌کرد که پیشنهاد صلح او موضوع بیهوده یا فریبکارانه‌ای نیست. دست‌کم در حال حاضر تغییر فاحشی در اسماعیل‌خان رخ‌داده بود و از روح تازه‌ای سرشار شده بود. آیا این تغییر دائمی بود، آیا فراتر از یک حالت گذرا بود، ممکن است شک کنیم، ولی فعلاً واقعی بود، و درست یا غلط، عاقلانه بود که از این موقعیت پیشنهاد صلح حداکثر استفاده را کرد. حداقل به معنی صلح برای یک فصل سال بود. بعد از آن دست خدا بود. بالاخره خدا همه اراده‌اش را یکجا آشکار نمی‌کند، بلکه ذره‌ذره مثل ابرها که کنار می‌روند و سپهر پر ستاره را آشکار می‌کنند.

اشلی گفت فردا پس از آنکه زخم‌های جوانان را پانسمان کردم، پیش می‌رانم و به جستجوی پسر تو می‌پردازم که ببینم زنده است یا نه و اگر زنده بود حداکثر سعی خودم را می‌کنم که صحیح‌وسالم باشد.

خان انگشتانش را به لب‌ها و پیشانی زد و دستش را به‌طرف او دراز کرد.

گفت شما برادر من هستید و چادر من دیگر هرگز بروی شما بسته نخواهد شد. برو و پسر مرا پیدا کن و اگر خدا رحم کند، به وثوق‌الدوله بگو با او هم برادری می‌کنم و به او بگو با او صلح می‌کنیم.

وقتی که خان از آنجا خارج شد، اشلی به چادر خودش رفت بر زمین زانو زد و مدتی دراز با قلبی سرشار از سپاس دعا کرد.

فصل بیست و یکم

تقی‌خان نمرده بود. اشلی این را بعد از یک سفر طاقت‌فرسا که به لاله رسید فهمید. تقی‌خان را همراه پنج شش نفر دیگر که هنگام زدوخورد دستگیر شده بودند همان موقع به میان‌آباد، مرکز ولایت، برده بودند تا استاندار برایشان حکم صادر کند.

اشلی پس از آنکه این مطلب را توسط مرد کردی که همراه او آمده بود به اسماعیل‌خان پیام فرستاد، یکه و تنها اسب عرب خود را تا سرحدّ توان براند و به سمت میان‌آباد رفت. در ایستگاه‌های پست وسط راه به‌خاطر لباس کردی دچار مشکل می‌شد ولی وقتی که ملیت خود را به سربازان می‌گفت، با بهت و حیرت می‌گذاشتند برود. همچنان سخت و تا دیروقت راند تا نزدیکای ظهر روز سوم مناره‌ها و گنبدهای میان‌آباد را رؤیت کرد و در ظرف یک ساعت، با اسب دهان کف کرده از کوچه‌های پشت بازار گذشت، مستقیماً به کاخ وثوق‌الدوله رفت، تقاضای شرفیابی کرد و فوراً به دیوان‌خانه پذیرفته شد. [۳۸]

وثوق‌الدوله شاید کمی لاغرتر، آثار نگرانی در چهره‌اش کمی نمایان‌تر، برخاست و با اشلی که وارد اتاق شده بود سلام و احوالپرسی کرد. لباس کردی را که دید ابروهایش را به نشان تعجب، کمی بالا برد و دور چشم هاش خطوط نگرانی ظاهر شد.

درحالی‌که پیش رفت و دستش را دراز کرد به گرمی گفت سایه‌تان مبارک است. الحمدلله که خلاص شدید.

اشلی پاسخ داد من در دو ماه گذشته بین شاهسون‌ها زندگی کرده‌ام.

من خیلی نگران شما بوده‌ام. وزارت خارجه درخواست‌هایی در مورد محل زندگی شما از سفارت آمریکا دریافت داشته و مکاتبات بسیاری هم با من کرده‌اند و اخیراً مستخدم شما، شخصی باسم فتحی اشرف تقاضا کرد به حضور من برسد و التماس می‌کرد که شما را نجات بدهم. ولی چه کاری از دست من ساخته بود؟ همان‌طور که خودتان می‌بینید این کردها روزبه‌روز گستاخ‌تر و ترسناک‌تر می‌شوند، و دولت به‌قدر کافی برای من

---

[۳۸] عدالت خانه، دارالحکومه

سرباز نمی‌فرستند که بتوانم دهات را با پادگان محافظت کنم چه رسد به اعزام نیرو. ولی شما علی‌رغم اسارت، خوب و سرحال به نظر می‌رسید، گرچه سرووضع شما تا حدودی تغییر کرده است. بفرمائید چطور فرار کردید؟

من فرار نکردم و اسیر هم نبوده‌ام.

استاندار که تسبیح کهربا می‌انداخت، زیرلبی زمزمه کرد بسم‌الله الرحمن الرحیم.

اشلی ادامه داد: من برای موضوع دیگری خدمت رسیده‌ام، مطلبی مربوط به حمله یک دسته از پسرهای کرد به ده لاله. تا آنجائی که من می‌دانم تعدادی از آنها دستگیر شده و الان اینجا در میان‌آباد هستند.

استاندار همان‌طور که انگشت‌هایش با تسبیح بازی می‌کرد پاسخ داد بله و من مانده‌ام که با آنها چه بکنم. شاهسون‌ها گرچه روز بروز گستاخ‌تر می‌شوند، محتاطتر هم می‌شوند. من برایشان تله می‌گذارم ولی موفق به فرار می‌شوند.

و حالا که بالاخره عده‌ای از آن‌ها به دست من افتاده‌اند چه می‌بینم؟ چند تا پسر که پشت لبشان هنوز درست سبز نشده. باید با آنها چه بکنم؟ من نمی‌توانم آنها را اعدام بکنم و سرشان را به نمایش بگذارم. رویم سیاه می‌شود و مردم می‌پرسند که وارد جنگ بر ضد بچه‌ها شده‌ام. حیرت‌انگیز است.

اگر حضرت‌عالی اجازه بفرمایند من عرضی بکنم. به نظر من کار عاقلانه آن است که این پسرها را آزاد کنید و اجازه بفرمائید به مأوا و مسکن خود بروند. چنین عمل بزرگوارانه‌ای از جانب وثوق‌الدوله ممکن است بذر آشتی و نقطه عطفی بشود برای ایجاد روابط حسنه با ایلیاتی‌ها.

استاندار اظهار داشت شما مرد عقل و منطق هستید ولی در این مورد از روی بی‌اطلاعی حرف می‌زنید. کردها متأسفانه منطق یا تربیت ندارند و چنین کاری را به‌حساب بزدلی می‌گذارند.

برعکس، از روی اطلاع حرف می‌زنم و به‌عنوان حامل این اطلاع است که پیش شما می‌آیم. اسماعیل‌خان درصورتی‌که این جوانان بی‌هیچ گزندی آزاد بشوند پیشنهاد صلح داده است و قول داده اگر دولت حق چرا و رفع

هرگونه آزار و اذیت نسبت به ایل را تأیید کند در غرب منطقه قره قروم باقی بمانند.

وثوق‌الدوله سر جایش نشست و درحالی‌که تأمل می‌کرد و فکورانه تسبیح می‌انداخت بالاخره گفت:

این اسماعیل‌خان از چه گوشتی تغذیه می‌کرد که چنین پیشنهادی داده؟ این از جانب یک نفر کرد عجیب‌وغریب است.

اشلی صبورانه گفت ترجیح می‌دهم بگویم گوشت توبه و عشق برادرانه، ولی فکر می‌کنم حسرت و اندوه بود.

استاندار به‌سرعت پرسید برای چه و سپس به فراست افزود اسم پسرهایی که گرفته‌ام چیست؟

اشلی پرسید شما نمی‌دانید؟

حاضر نیستند حرف بزنند.

یکی از آنها پسر اسماعیل‌خان است، تقی‌خان.

چشم‌های فرماندار تنگ‌تر و حرکت دانه‌های تسبیح بین انگشتانش سریع‌تر شد.

موضوع صحبت را تغییر داد و گفت برایم تعریف کنید اوقاتتان را بین کردها چگونه صرف کردید.

با خدمات حرفه پزشکی و موعظه انجیل.

ایلیاتی‌ها با شما مؤدبانه برخورد کردند؟

کردها البته به‌اندازه فارس‌ها تحصیل‌کرده و مؤدب نیستند و نزاکتی که اینجا دیده‌ام ندیدم. اما به‌تدریج به من جا دادند و توجه کردند و بالاخره رفاقت. کردها مردم ارزنده‌ای هستند و اگر با آنها درست رفتار بکنند، من معتقدم به‌تدریج رعایای وفادار و همسایگان مطلوبی خواهند بود. آنها توانائی‌ها و استعدادهای فراوانی دارند که اگر پرورش داده بشود واکنش مثبت نشان خواهند داد.

به سخنانی که موعظه می‌کنید اعتنا کرده‌اند؟

آنها توجه کردند، ولی آن کس که با یاد خدا بذر می‌پاشد نمی‌تواند نگران خرمن باشد. اعتقاد و ایمان دارم که عشق مسیح در نهایت بین آنها غالب می‌شود. چون هم اکنون عشق در قلبشان هست.

یک ایل، یا نژاد به‌واسطهٔ نیروهای بیرونی، یا فشار نژادی دیگر، یا نیروهای طبیعی با هم متحد نمی‌شوند بلکه توسط پیوند درونی و آن نیروی درونی عشق به خانواده، عشق به قبیله، عشق به مسکن بومی. دولتمرد عاقل آن عشق را پرورش می‌دهد و افق آن را آن‌قدر گسترده می‌کند که نه فقط قبیله بلکه ملت را در بر گیرد. پیروان مسیح آن را از این هم بیشتر گسترش می‌دهند تا جایی که نه فقط ملت‌ها بلکه نژادها و نه فقط نژادها بلکه بشریت را و نه فقط نوع انسان بلکه خود خدا و تمام مخلوقات او را در بر می‌گیرد.

کردها باید خدا را شکر کنند که آموزگاری مانند شما در بین خود دارند.

اما این پسرها. من نمی‌توانم آن‌ها را آزاد کنم چون از فرمان شاه سرپیچی کرده و به یک ده حمله کرده‌اند. لایق قدر و منزلت ما نباشد که بر اساس حرف یک خان یاغی آن‌ها را آزاد کنیم.

اشلی ملتمسانه گفت اکنون یک فرصت در دست دارید که بین کردها آرامش برقرار کنید و با آنها وارد یک پیمان بشوید.

وثوق‌الدوله گفت این را به‌خوبی می‌فهمم، ولی یک قرارداد در کوهستان چه معنی دارد. یک‌لحظه ساکت ماند و تأمل کرد سپس گفت:

لکن کسی نگوید که وثوق‌الدوله مرد کیاست نیست گرچه شاید خوش‌خیالی کرده باشد. من با شرط و شروطی حاضر به ترک مخاصمه با اسماعیل‌خان هستم، شامل پرداخت مختصر مالیات سرانه، قبائل فقط در محدوده دره‌های قره قروم بمانند و این جوانان به‌صورت گروگان دست ما باشند.

اشلی پرسید گروگان؟

فرماندار ادامه داد: نه به معنای نظامی، به معنای مشرق‌زمینی که اسماعیل‌خان می‌فهمد. به‌عنوان پسران خان و رهبران قبیله به طرزی شایسته موقعیتشان با آن‌ها رفتار خواهد شد. آن‌ها را می‌فرستند تهران که وارد مدرسه شاه بشوند و هنر حکومت‌کردن را یاد بگیرند و بعداً جزء صاحب‌منصبان دولت شاهنشاهی بشوند. این برای گروگان موقعیت

افتخارآمیزی است و خیلی احتمال دارد که اسماعیل‌خان دنبال چنین مقام و مرتبه‌ای برای پسرش باشد. پیوند بین کردها و فارس‌ها را مهروموم می‌کند و میراث مشترک ما به سرزمین ایران را به تمام جهان اعلام می‌کند.

اشلی گفت اگر گروگان‌ها لازم هستند مطمئناً کردها هم مطالبه خواهند کرد.

فرماندار که لبخند می‌زد چشم‌هایش را قدری بست و به طرز زیرکانه‌ای که کاملاً واضح بود گفت: در آن صورت، شما گروگان آن‌ها خواهید بود، شخصی که خود من برای او در برابر وزارت امور خارجه و به نوبه خود سفارت کشور خودتان مسئول هستم. شما این را می‌خواهید، این‌طور نیست؟ که برگردید و انجیل خود را در بین آنها موعظه کنید؟

اشلی شورمندانه گفت هیچ‌چیز بیش از این، دلخواه من نیست.

پس بروید و این پیام را به اسماعیل‌خان برسانید و با آشنائی که من با خلق و خوی کردها دارم مطمئنم خواهید دید که پذیرا است. اگر جزئیاتی باشد که بر سر آن توافق صورت نگرفته، بگوئید من آماده حل و فسخ هستم. همچنان که بدون شک خودتان متوجه شده‌اید من استاندار پرخاشگر و جنگ‌طلبی نیستم. اما من استاندار سیاست‌مداری هستم و این ایالت را باتوجه‌به آداب‌ورسوم مردم اداره می‌کنم نه با توسل به‌زور. ما ایرانی‌ها مردمی صلح‌جو هستیم. هیچ علاقه‌ای به جنگ با همسایگانمان نداریم. اسماعیل‌خان این را می‌فهمد. ما مردمی شاعر مسلک هستیم، عاشق صوت دلنواز، شاخ درختان سبز، آب گوارا، حرکت ماه در میان ابرها. مردمی که این چیزها را دوست دارند، جنگ و ظفر را به دیگران بهل می‌کنند چون آنان چیز بهتری به دست نمی‌آورند. برو و انشاالله «دانای کل» «درهم‌شکننده امپراتوری‌ها» «طراح سرنوشت» در این مأموریت یارویاور شما باشد.

اشلی ویشارد بلند شد ولی قبل از خداحافظی از وثوق‌الدوله پرسید کجا می‌تواند مستخدم خود را پیدا کند.

استاندار پاسخ داد فکر می‌کنم در کاروان‌سرای اسکندرشاه باشد ولی اگر با منشی من، نظام دیوان، صحبت کنید می‌تواند شما را راهنمائی کند. با این فتحی اشرف شما مستخدم وفاداری دارید که فدائی شما است. خیلی تحسین مرا بر انگیخت.

اشلی از آنجا خارج شد ولی قبل از آنکه از درب اتاق مجاور عبور کند،

استاندار کار عجیبی کرد یعنی باعجله از دیوان‌خانه بیرون آمد و میسیونر را صدا زد.

قبل از رفتن باید چیزی به شما بگویم. چشم‌هایش برق می‌زد و از فرط هیجان صدایش گرفته بود.

اشلی برگشت و روبرو به استاندار گفت بله عالی‌جناب.

باید راجع به خیابان برایتان تعریف کنم. دردسری که در مورد ملاها به شما گفتم که به‌خاطر دارید. خوب، آنها تسلیم شده‌اند. پذیرفته‌اند که خیابان از میان قبرستان عبور کند. عالی نیست؟

اشلی فکری کرد و گفت بله عالی‌جناب عالی است.

استاندار گفت بله بسیار عالی، بسیار مهم. چشم مردم دارد باز می‌شود. راه حقیقت جلو ما گسترده می‌شود. افکار کهنه دارد فرومی‌پاشد، دشمنی‌های دیرینه درهم می‌شکند. روز نوینی برای ایرانیان طلوع می‌کند. روزی که با خورشید تفاهم برادرانه روشن می‌شود و آفتاب فرخنده عواطف برادرانه به آن گرمی می‌بخشد.

شادی استاندار به میسیونر هم سرایت کرد و او با سرخوشی تازه‌ای دنبال کار خود رفت.

قصد داشت به کاروان‌سرای اسکندرشاه برود چون افکارش سرشار از محبت متوجه مستخدم و یار و همراه خود شده بود. اما خبر ورود میسیونر به‌سرعت همه‌جا پیچیده بود و اشلی هنوز چیزی از دروازه کاخ دور نشده بود که فتحی اشرف نفس‌زنان سررسید.

وقتی ارباب خود را دید به‌سرعت پیش آمد ولی مقام و مرتبه خویش به یادش آمد، ایستاد و دست‌ها در آستین فروبرده تعظیم‌کنان سلام کرد.

اشلی به سمت او دوید و او را در بغل گرفت.

بانگ زد فتحی اشرف خوشحالم که دوباره تو را می‌بینم.

آه، ارباب، دیدن شما مثل آمدن بهار است در بیابان. وقتی مرا ترک کردید بغض گلویم را گرفت. خدا با شما مهربان بوده؟

اشلی پاسخ داد خدا با من مهربان بوده. متوجه شد که فتحی گفت خدا و

روحش از امید از امیدی نوظهور به وجد آمد. فتحی اشرف لغت خدا بجای کلمه مرسوم الله را فقط یک‌بار، صبح روز حرکت برای سفر ایران بکار برده بود.

فتحی گفت در غیاب شما روشنائی از شهر رفته. «میسیونری عصر» مانند صنوبر بی برگی شده است که در باد زمستان به خود می‌لرزد. کی برمی‌گردید و هوا را با حضور خود گرم می‌کنید؟

من به اسدآباد بر نخواهم گشت. من می‌خواهم در بین کردها موعظه کنم.

ولی چگونه می‌شود در بین آنها که مسکن ثابتی ندارند میسیونری برقرار کرد؟ عمارت سنگی در دامنه کوه‌های قره قروم میان چادرهای آنها همان قدر عجیب‌وغریب است که گیلاس روی خارشتر.

آن چیزی است که مرا خشنود می‌کند. خدای اسرائیل با بندگانش در میان چادرها حرف زد و در سرگردانی‌هایشان جلو آنها حرکت کرد و وقتی سعی کردند او را در یک‌خانه سنگی یعنی معبد اورشلیم محبوس کنند، روح آسمانی آنها را ترک کرد. من خانه‌ای از سنگ نخواهم ساخت، بلکه مسکنی در قلب آنها خواهم ساخت و اگر موهبت الهی یاری دهد بیش از هر ساختمان سنگی پایدار خواهد ماند.

فتحی اشرف سرش را پائین انداخت و درحالی‌که به زمین نگاه می‌کرد با فروتنی گفت ارباب من مرا همراه خود خواهد برد؟

فتحی اشرف تو اهل خانه به دوشی نیستی تو یک آدم شهری هستی. برای تو بهتر است که برگردی اسدآباد.

فتحی اشرف با قاطعیت، تقریباً لجوجانه درحالی‌که هنوز به زمین نگاه می‌کرد، گفت من دلم می‌خواهد با شما باشم.

اشلی ویشارد در سکوت به مستخدمش نگاه کرد و بعد یک احساس رضایت خاطر او را در بر گرفت، سپیده‌دم امید، همچون صبح که بر فراز کوهستان می‌دمد و نور بر دره می‌افشاند و از روشنائی سرشار می‌کند و زمین بیدار می‌شود و در زندگی روز نو به خود می‌لرزد.

فتحی اشرف مثل همیشه جدی و ملاحظه‌کار ادامه داد: از موقع رفتن شما افکاری به قلب من رسوخ کرده و عقل سراغ من آمده...

۱۸۸

مکث کرد و اشلی دید که خجالت می‌کشد. سپس سرش را بلند کرد و چشم‌های بزرگ قهوه‌ای‌رنگش به حالی ملتمسانه تو چشم‌های میسیونر نگاه کرد.

آه، ارباب، و درحالی‌که کلمات تقریباً درهم‌برهم از دهانش خارج می‌شد گفت من نادان بوده‌ام. من می‌خواهم با شما بمانم و یاد بگیرم و به تو و عیسی مسیح خدمت کنم چون تو هم راه را می‌دانی هم حقیقت را. من نمی‌دانم چرا، مرا ببخش اگر از روی نافهمی چیزی می‌گویم ولی من شادی را فقط با تو می‌یابم و فقط با تصور طرز زندگی و کردار تو است که به صلح و آسایش می‌رسم. اجازه بده که همراه تو بیایم و خدمت به تو را ادامه بدهم.

اشلی بازوانش را دور شانه مستخدم خود گذاشت.

بیا، فتحی اشرف، و ما سفری را که با هم آغاز کردیم با هم به پایان می‌رسانیم و در این راه، عقل و حقیقت را کشف می‌کنیم. فردا صبح به‌قصد قره قروم راه می‌افتیم. در این فاصله باید برویم عالی‌قاپو که تقی‌خان و همراهانش را نگه می‌دارند چون حرف‌هایی دارم که باید به آنها بگویم.

صبح روز بعد همچنان که سپیده‌دم در دامنه کوه به پائین می‌خزید و مؤذن‌ها با آوای خوش مردم را به نماز می‌خواندند، اشلی ویشارد و مستخدمش فتحی، سواره به سمت قره قروم از شهر خارج شدند. همچنان که دشت را به سمت کوهستان طی کرده شهر را در تلألؤ مخملین صبحگاهی پشت سر نهادند، فتحی اشرف از خوشحالی اسبش را به جست‌وخیز انداخت تا اسب و سوار هر دو خسته شدند و آرام براه ادامه دادند. اشلی که کمی جلو تراز آنها می‌رفت شنید که مستخدمش اشعاری زمزمه می‌کند. به‌آرامی دهنه اسبش را کشید تا بدون اینکه مزاحم مستخدمش بشود، بشنود که چه می‌خواند. قطعه شعری بود از سعدی که اشلی قبلاً هم شنیده بود مستخدمش خوانده بود:

دیدم گلِ تازه چند دسته

بر گنبدی از گیاه رسته

گفتم: چه بود گیاهِ ناچیز

تا در صفِ گل نشیند او نیز؟

بگریست گیاه و گفت: خاموش

صحبت نکند کرم فراموش

گر نیست جمال و رنگ و بویم

آخر نه گیاهِ باغِ اویم؟

THE PERSIAN JOURNEY

OF THE REVEREND ASHLEY WISHARD AND HIS
SERVANT FATHI

By:

Elgin Groseclose

The Bobbs Merrill Company

NEW YORK 1937

Translated By:

Dr. Bahram Azadeh

(2024)